曲亭馬琴肖像（『戯作六家撰』所収）　　館山市立博物館蔵

円 塚 山　歌川国芳画　　芳流閣両雄動　月岡芳年画

庚 申 山　歌川芳虎画　　3点とも館山市立博物館蔵

ビギナーズ・クラシックス 日本の古典

# 南総里見八犬伝

曲亭馬琴
石川 博＝編

角川文庫
14900

# ◆はじめに◆

正義が勝つ。それが理想ですが、現実ではそううまくいくとは限りません。しかしテレビドラマでは正義が勝ちます。刑事ドラマの犯人は必ずつかまるし、子供番組のヒーローは負けません。悪者が懲《こ》らしめられるのが時代劇の定番です。それでこそ主人公に肩入れし、手に汗を握りながらも安心して見ていられますよね。

読本《よみほん》と呼ばれる江戸時代の小説は、いわばテレビドラマなのです。正義が勝つ。こんな気分のいいことはありません。すっきりします。そして本書『南総里見八犬伝』（以下『八犬伝』と略称）は、読本の代表作です。正義の八犬士が次第に集まりながら、それぞれが苦難を乗り越え、超人的な働きで悪い奴らを打ち破っていきます。そして最終的には力を合わせて理想の国家を築く物語なのです。当時からたいへんな人気で、歌舞伎にもなり、他のメディアでも取り上げられてきました。現在でも漫画やゲームになったり、映画やテレビドラマが作られたりしています。

『八犬伝』は日本古典中の最長作品です。最長とは、分量と完結までの期間の長さという両方の意味を含みます。分量は百六冊（活字に組んで文字数を比べると『源氏物語』の二倍以上）、年月は二十八年間です。あまりに長く、原文で読むには努力を要します。いまのところ全文の現代語訳も出版されていません。本書はビギナーズ・クラシックスの一冊として、原文と訳文に振り仮名を付し、図版も加え、わかりやすい記述を心がけました。取り上げた分量は全体から見ればわずかですが、『八犬伝』のエッセンスを文庫本一冊にまとめました。どうぞ、ひいきの犬士を捜し、応援しながら、正義が勝つ話の楽しさを味わってください。

平成十九年九月

石川《いしかわ》　博《ひろし》

協力・瀧田《たきだ》裕子《ゆうこ》

原文に、個人蔵本並びに国文学研究資料館本を底本として用い、岩波文庫と新潮古典集成を参照したが、適宜表記を改めた。原文と訳文にはすべて振り仮名を付し、原文の表記を尊重しながら一般的と思われる読み方に改めたところもある。原文以外は、現代仮名遣いとした。

# ◆目　次◆

（　）内の数字は原文の回数を示す。

解　説　269



コラム　目　次

本文デザイン……代田　奨
地図制作…………リプレイ
写真・図版協力…館山市立博物館／町田達彦

## ◈義実《よしざね》、飼《か》い犬《いぬ》の八房《やつふさ》に冗談《じようだん》を言《い》う（九回）

初めからここまでのあらすじ

　室町時代《むろまちじだい》の中頃《なかごろ》のことである。鎌倉《かまくら》の管領《かんれい》足利持氏《あしかがもちうじ》父子《ふし》は、将軍《しようぐん》足利義教《あしかがよしのり》と執権《しつけん》上杉憲実《うえすぎのりざね》に攻《せ》められ自殺《じさつ》してしまう。その後《ご》持氏《もちうじ》の遺児《いじ》を立《た》て、結城《ゆうき》氏朝《うじとも》、里見季基《さとみすえもと》らが結城《ゆうき》の城《しろ》に籠《こも》り、戦《たたか》いを続《つづ》けるものの、里見季基《さとみすえもと》は戦死《せんし》し、その嫡子《ちやくし》義実《よしざね》は何《なん》とか落《お》ち延《の》びる。これを結城《ゆうき》合戦《かつせん》という。

　その頃《ころ》、安房国《あわのくに》滝田《たきた》では、神余《じんよ》光弘《みつひろ》が逆臣《ぎやくしん》山下定包《やましたさだかね》に殺《ころ》され、光弘《みつひろ》の妻《つま》玉梓《たまずさ》はかねて密通《みつつう》していた定包《さだかね》の妻《つま》になっていた。麻呂《まろ》信時《のぶとき》、安西景連《あんざいかげつら》、里見《さとみ》義実《よしざね》らは協力《きようりよく》し、定包《さだかね》を

玉梓《たまずさ》の処刑《しよけい》

追《お》い詰《つ》め、定包《さだかね》は家臣《かしん》に殺《ころ》される。里見義実《さとみよしざね》は捕《と》らえた玉梓《たまずさ》を許《ゆる》そうとしたが、かつての神余《じんよ》の臣《しん》、金碗八郎孝吉《かなまりはちろうたかよし》が玉梓《たまずさ》の悪事《あくじ》を並《なら》べ立《た》てたので、処刑《しょけい》を命《めい》ずる。玉梓《たまずさ》は、金碗《かなまり》の子孫《しそん》を絶《た》やし、里見《さとみ》の子孫《しそん》を犬《いぬ》にしてやる、と捨《す》て台詞《ぜりふ》を残《のこ》して首《くび》をはねられる。

安西景連《あんざいかげつら》は麻呂信時《まろのぶとき》を滅《ほろ》ぼす。また、金碗八郎《かなまりはちろう》は神余《じんよ》の臣《しん》としての道《みち》をまっとうすると言《い》って切腹《せっぷく》するが、死《し》ぬ間際《まぎわ》に久《ひさ》しく会《あ》っていない息子《むすこ》の金碗大輔《かなまりだいすけ》に面会《めんかい》する。

里見義実《さとみよしざね》は一男一女《いちなんいちじょ》をもうけるが、娘《むすめ》の伏姫《ふせひめ》は三歳《さんさい》になってものが言《い》えず、母《はは》は洲崎明神《すさきみようじん》に祈願《きがん》する。ある日《ひ》役行者《えんのぎょうじゃ》の化身《けしん》が現《あらわ》れ、姫《ひめ》に、仁《じん》・義《ぎ》・礼《れい》・智《ち》・忠《ちゅう》・信《しん》・孝《こう》・悌《てい》の八字《はちじ》の浮《う》かびあがった水晶《すいしょう》の数珠《じゅず》を与《あた》え、それ以後《いご》姫《ひめ》は順調《じゅんちょう》に成長《せいちょう》する。

長禄元年《ちょうろくがんねん》（一四五七）、里見領《さとみりょう》が凶作《きょうさく》で、義実《よしざね》は金碗大輔《かなまりだいすけ》を安西景連《あんざいかげつら》の元《もと》へ使者《ししゃ》として派遣《はけん》したが、抑留《よくりゅう》されてしまう。安西景連《あんざいかげつら》は、里見《さとみ》の困窮《こんきゅう》に乗《じょう》じて城《しろ》を攻《せ》め取《と》ろうと、大軍《たいぐん》で押《お》し寄《よ》せた。義実《よしざね》は籠城《ろうじょう》するが、もはや持《も》ちこたえ

〜ることはできそうにない。

義実《よしざね》は、討《う》ち死《じ》に覚悟《かくご》で城《しろ》から逃《のが》れようとしない家来《けらい》たちを救《すく》う方法《ほうほう》がないだろうかと思《おも》いをめぐらしなさるものの、そう簡単《かんたん》に敵《てき》を倒《たお》す方法《ほうほう》が思《おも》い浮《う》かぶはずもない。それでも、なにか知恵《ちえ》はないかと杖《つえ》を手《て》に庭《にわ》を歩《ある》き回《まわ》りなさる。長年可愛《ながねんかわい》がっていらっしゃる八房《やつふさ》という犬《いぬ》が、主人《しゅじん》を見《み》て尾《お》を振《ふ》ってやって来《き》たけれども、飢《う》えているので、よろよろとして足元《あしもと》がふらついている。やせて骨《ほね》が浮《う》き出《で》て、目《め》はくぼみ鼻《はな》は乾《かわ》いたままだ。義《よし》実《ざね》はこの様子《ようす》をご覧《らん》になって、右手《みぎて》で頭《あたま》をなでて語《かた》りかける。

「お前《まえ》だって飢《う》えているよな。家来《けらい》の飢《う》えを救《すく》おうとばかり思《おも》っていたので、お前《まえ》のことは忘《わす》れていたよ。賢《かしこ》いと愚《おろ》かの差《さ》はあっても、人間《にんげん》というものは万物《ばんぶつ》の霊長《れいちょう》だけあって、知恵《ちえ》を持《も》っている。教《おそ》わったことに従《したが》い、法《ほう》を守《まも》り、礼《れい》や恩《おん》を知《し》っているので、欲《よく》を出《だ》さず、気持《きも》ちを抑《おさ》え、飢《う》え死《じ》にするのも天命《てんめい》と思《おも》ってあきらめることもできよう。ただ、動物《どうぶつ》にはその知恵《ちえ》がない。教《おし》えを受《う》けていないし、法《ほう》は知《し》らず、礼《れい》や恩《おん》も理解《りかい》できず、欲《よく》を抑《おさ》えることもない。ただ、その主人《しゆじん》に飼《か》われて一生《いつしよう》を送《おく》るものなので、どうして飢《う》えるのか分《わ》からず、餌《えさ》を求《もと》めてますます媚《こ》びる。これもいじらしい。動物《どうぶつ》は恥《はじ》を知《し》ることもできないし、とても愚《おろ》かではあるが、人《ひと》に優《まさ》ることがないわけではない。たとえば、犬《いぬ》は主人《しゆじん》を忘《わす》れないし、鼻《はな》がよく利《き》く。これらは人《ひと》のかなわないところだ。だからこそ「人《ひと》の思慮《しりよ》はかえって浅《あさ》いことがあるものだが、犬《いぬ》が主人《しゆじん》を忘《わす》れないのはすばらしいことだ」という慈鎮和尚《じちんおしよう》の古《ふる》い和歌《わか》があるのだ。今《いま》、ためしにお前《まえ》に聞《き》くぞ。十年《じゆうねん》の恩《おん》を分《わ》かっているか。もし分《わ》かっているなら、城《しろ》を囲《かこ》んでいる敵陣《てきじん》へ忍《しの》びこんで、敵《てき》の大将安西景連《たいしようあんざいかげつら》を食《く》い殺《ころ》すのだ。そうすれば、城中《じようちゆう》の家来《けらい》を死《し》から救《すく》うことになる。つまり我《わ》が軍《ぐん》で一番《いちばん》の手柄《てがら》だ。できるか。」と微笑《ほほえ》みながらお聞《き》きになる。

するとと八房《やつふさ》は主人《しゆじん》の顔《かお》をじっと見上《みあ》げて、言《い》われたことを理解《りかい》しているようだ。義実《よしざね》はますますいじらしいとお思《おも》いになり、また頭《こうべ》をなで背《せ》をさ

すって
「なんとしても手柄《てがら》をたてるんだ。そうすれば魚《さかな》でも肉《にく》でも食《く》い放題《ほうだい》だぞ」
とおっしゃると、背《せ》を向《む》けてまるで辞退《じたい》するように見《み》えたので、義実《よしざね》は冗談《じょうだん》でまたお聞《き》きになる。
「それでは、役職《やくしょく》につけようか、それとも領地《りょうち》を与《あた》えようか。そういうものも望《のぞ》まないのなら、俺《おれ》の婿《むこ》になって、伏姫《ふせひめ》と結婚《けっこん》するか」
と。この時《とき》に八房《やつふさ》は尾《お》を振《ふ》り、頭《こうべ》を挙《あ》げ、瞬《また》きもしないで主人《しゅじん》の顔《かお》をじっと見《み》てワンと吠《ほ》えたので、義実《よしざね》は笑《わら》って
「伏姫《ふせひめ》は俺《おれ》と同《おな》じようにお前《まえ》を可愛《かわい》がっているので、手《て》に入《い》れたい、と思《おも》ったのだな。手柄《てがら》を立《た》てたら婿《むこ》にするぞ」とおっしゃる。

❖さる程《ほど》に義実《よしさね》は、なまじいに脱《のが》れ去《さ》らざる、士卒《しそつ》を救《すく》ふよしもがな、となほ肺肝《はいかん》をくだき給《たま》へど、たやすく敵《てき》を退《しりぞ》くる、謀《はかりごと》を得《え》給《たま》はず。凝《こ》りてはそこに至《いた》らじと

て、杖《つゑ》をひき、園《その》に出《い》で、そぞろあるきし給《たま》へば、年来愛《としごろあい》させ給《たま》ふなる、八房《やつふさ》の犬《いぬ》は主《しゆう》を見《み》て、尾《を》を振《ふ》りつつ来《き》にけれど、久《ひさ》しく餓《う》ゑたることなれば、ひよろひよろとして足定《あしさだ》まらず。肉《にく》おちて、骨高《ほねたか》く、眼《まなこ》おちいり、鼻乾《はなかわ》けり。義実《よしさね》これをみそなはして、右手《めて》をもてその頭《かうべ》をなで、「ああ汝《なんぢ》も餓《う》ゑたるか。士卒《しそつ》の飢渇《きかつ》を救《すく》はん、と思《おも》ふこころにいとまなければ、汝《なんぢ》が事《こと》を忘《わす》れたり。賢愚《けんぐ》その差《しな》ありといへども、人《ひと》はすなはち万物《ばんもつ》の、霊《れい》たるをもてみな智恵《ちゑ》あり。教《をし》へに従《したが》ひ、法度《はつと》を守《まも》り、礼譲《れいじやう》恩義《おんぎ》を知《し》るものなれば、欲《よく》を禁《とど》め、情《じやう》に堪《た》へ、餓《う》ゑて死《し》するも天命時運《てんめいじうん》、とおもはば思《おも》ひ諦《あきら》めなん。ただ畜生《ちくせう》にはその智恵《ちゑ》なし。教《をし》へを受《う》けず、法度《はつと》をしらず、礼譲《れいじやう》恩義《おんぎ》を弁《わきま》へず、欲《よく》を禁《とど》むるよしもなし。ただその主《しゆう》の養《やしな》ひに、一期《いちご》を送《おく》るものなれば、餓《う》ゑて餓《う》ゑたる故《ゆゑ》をえしらず、食《しよく》を求《もと》めてますます媚《こ》ぶ。これもまた不便《ふびん》なり。げに畜生《ちくせう》は恥辱《はぢ》を得《え》しらず、いと愚《おろ》かなるものなれども、人《ひと》にますことなきにあらず。たとひば犬《いぬ》の主《しゆう》を忘《わす》れず、鼻《はな》をもてよくものを弁《べん》ずる、これらは人《ひと》の及《しか》ざる所《ところ》、性《せい》の勝《すぐ》るる所《ところ》なり。されば古歌《こか》にも、

思《おも》ひぐまの、人《ひと》はなかなか、なきものを、あはれに犬《いぬ》の、ぬしをしりぬる。

慈鎮和尚《じちんおせう》の詠《ゑい》とかおぼゆ。今《いま》試《こころ》みに汝《なんぢ》に問《と》はん。十年《ととせ》の恩《おん》をよくしるや。もしその恩《おん》を知《し》ることあらば、寄手《よせて》の陣《ぢん》へしのび入《い》りて、敵将安西景連《てきしやうあんざいかげつら》をくひ殺《ころ》さば、わが城中《ぜうちう》の、士卒《しそつ》の必死《ひつし》を救《すく》ふに至《いた》らん。かかればその功第一《こうだいいち》なり。いかにこの事《こと》よくせんや」と、うちほほ笑《ゑ》みつつ問《と》ひ給《たま》へば、八房《やつふさ》は主《しゆう》のかほを、つくづくとうち向上《みあげ》て、よくそのこころを得《え》たるが如《ごと》し。義実《よしさね》いよいよ不便《ふびん》におぼして、また頭《かうべ》をなで、背《そびら》をなで、「汝勉《なんぢつと》めて功《こう》をたてよ。しからば魚肉《ぎよにく》に飽《あ》かすべし」と宣《のたま》へば、背向《そがひ》になりて、いなめるごとく見《み》えしかば、義実《よしさね》は戯《たはぶ》れに、問《と》ひ給《たま》ふことまたしばしば。「しからば職《つかさ》を授《さづ》けんか、あるは領地《りやうち》を宛《あ》て行《おこな》はんか。官職《くわんしよく》領地《りやうち》も望《のぞ》ましからずば、わが女婿《むこ》にして伏姫《ふせひめ》を、妻《めあは》せんか」と問《と》ひ給《たま》ふ。このときにこそ八房《やつふさ》は、尾《を》を振《ふ》り、頭《かうべ》をもたげつつ、瞬《またた》きもせず主《しゆう》の顔《かほ》を、熟視《まもり》てわわ、と吠《ほ》えしかば、義《よし》実《さね》ほほ、とうち笑《わら》ひ、「げに伏姫《ふせひめ》は予《よ》に等《ひと》しく、汝《なんぢ》を愛《あい》するものなれば、得《え》まほしとこそ思《おも》ふらめ。こと成《な》るときは女婿《むこ》にせん」と宣《のたま》はす。

✲里見義実《よしざね》が飼い犬の八房《やつふさ》に冗談を言ったのがきっかけで、長大な物語が本格的に始まる。ただ、それ以前の話も後の伏線となっており、悪女の玉梓《たまずさ》が処刑される間際に言い放った「里見の子孫を犬にしてやる」という呪《のろ》いもその一例である。この後、玉梓について馬琴が言及することはほとんどないのだが、この呪いが祟《たた》りとなって物語が展開する。いわば、玉梓の祟りは伏流水のように物語全体を貫いているのである。

義実が慈鎮《じちん》の歌を口にしているが、慈鎮は慈円の諡号《しごう》である。慈円は歴史書『愚管《ぐかん》抄《しょう》』を記したことで有名な天台宗の僧で、鎌倉時代初期の人。この歌は家集の『拾玉《しゅうぎょく》集《しゅう》』や『夫木《ふぼく》和歌抄』に収められている。

# ◈伏姫《ふせひめ》の自害《じがい》と飛《と》び散《ち》る八《やっ》つの玉《たま》（十三回）

あらすじ（九回〜）

八房《やつふさ》は何《なん》と敵将安西景連《てきしょうあんざいかげつら》の首《くび》をくわえて戻《もど》ってきた。敵《てき》は動揺《どうよう》し、里見軍《さとみぐん》は逆転《ぎゃくてん》で勝利《しょうり》を得《え》た。八房《やつふさ》がいかにも伏姫《ふせひめ》を求《もと》めるそぶりを見《み》せ、義実《よしざね》を怒《いか》らせるが、伏姫《ふせひめ》は、約束《やくそく》を果《は》たすべきだと父義実《ちちよしざね》を諌《いさ》めた。

伏姫《ふせひめ》は八房《やつふさ》に従《したが》って富山《とやま》の山中《さんちゅう》に入《はい》っていく。二人《ふたり》で暮《く》らそうというのである。ただし、姫《ひめ》は八房《やつふさ》に、人《ひと》と獣《けもの》の境《さかい》をわきまえ、情欲《じょうよく》を遂《と》げようとしてはいけない、と強《つよ》く諭《さと》した。父義実《ちちよしざね》は、何人《なんぴと》も富山《とやま》へ入《はい》ってはいけないと、触《ふ》れを出《だ》した。姫《ひめ》と八房《やつふさ》は山深《やまぶか》い洞窟《どうくつ》を住家《すみか》とし、八房《やつふさ》は姫《ひめ》の読経《どきょう》をよく聞《き》いていた。やがて母五十子《ははいさらこ》は心痛《しんつう》の余《あま》り病《やまい》に倒《たお》れる。姫《ひめ》が山《やま》に入《はい》って丸一年《まるいちねん》、義実《よしざね》は夢《ゆめ》に出《で》た翁《おきな》に導《みちび》かれ、伏姫《ふせひめ》のいる富山《とやま》に向《む》かった。

伏姫《ふせひめ》と八房《やつふさ》の洞窟《どうくつ》
（千葉県南房総市〈旧富山町〉）

義実《よしざね》に信頼《しんらい》されている家来《けらい》の金碗大輔《かなまりだいすけ》は使者《ししゃ》の役目《やくめ》を果《は》たすことができなかったことを恥《は》じて、故郷《こきょう》にある親戚《しんせき》の家《いえ》に身《み》を寄《よ》せていたが、伏姫《ふせひめ》に関《かん》する噂《うわさ》を耳《みみ》にする。そこで、八房《やつふさ》を殺《ころ》し、姫《ひめ》を助《たす》け出《だ》して、手柄《てがら》にしようと、鉄砲《てっぽう》を持《も》ち、富山《とやま》へ向《む》かったのは、義実《よしざね》とほぼ同時《どうじ》であった。

ある日《ひ》、姫《ひめ》が泉《いずみ》に映《うつ》る自分《じぶん》の姿《すがた》を見《み》ると、体《からだ》は人《ひと》だが、頭《あたま》は犬《いぬ》であった。また、この頃《ころ》は姫《ひめ》のお腹《なか》が大《おお》きくなっていた。大輔《だいすけ》が狙《ねら》って放《はな》った鉄砲《てっぽう》の玉《たま》が八《やっ》房《ふさ》ののどを撃《う》ちぬくとともに、姫《ひめ》の胸《むね》にも当《あ》たった。強力《きょうりょく》な二《ふた》つ玉《だま》の鉄砲《てっぽう》だったのだ。姫《ひめ》が気《き》を失《うしな》っているのを見《み》た大輔《だいすけ》が切腹《せっぷく》しようとしたとき、そこに来《き》合《あ》わせた義実《よしざね》が止《と》める。

義実《よしざね》は、

「いずれは大輔《だいすけ》を婿《むこ》にしようと思《おも》っていたので、彼《かれ》が八房《やつふさ》を撃《う》ったのはもっともなことだ。たいした傷《きず》ではないから、家《いえ》に帰《かえ》って母《はは》を安心《あんしん》させなさい」

と息《いき》を吹《ふ》き返《かえ》した姫《ひめ》に語《かた》りかける。しかし、姫《ひめ》は

「いっそ鉄砲《てっぽう》で死《し》んだ方《ほう》がよかった。八房《やつふさ》に身《み》をけがされたわけではないが、

妊娠《にんしん》している姿《すがた》を人目《ひとめ》にさらすことはできない」と苦《くる》しい胸《むね》のうちを述懐《じゅつかい》する。

「八房《やつふさ》も大輔《だいすけ》も私《わたし》の夫《おっと》ではありません。この身《み》は一人《ひとり》でこの世《よ》に生《う》まれてきて、一人《ひとり》であの世《よ》へと旅《たび》だっていくのです。ここで自害《じがい》を止《や》めさせようとなさるのはもっともですが、私《わたし》にとってはむしろありがたくないことなのです。恩《おん》ある親《おや》の迎《むか》えをお断《ことわ》りするのは不孝《ふこう》の上《うえ》にも不孝《ふこう》であることはわかっております。また、もう会《あ》えないとわかっていながらお母様《かあさま》のところへ参上《さんじょう》しなかったのは、我《わ》が身《み》に重《おも》い罪《つみ》を背負《せお》って大《おお》きなお腹《なか》になってしまったからですので、どうか私《わたし》のことは忘《わす》れてください。このことをお母様《かあさま》にお詫《わ》びし、お母様《かあさま》の長寿《ちょうじゅ》をお祈《いの》りするばかりです。とにかく大《おお》きなお腹《なか》を見《み》られたのでは、亡骸《なきがら》を隠《かく》すことも意味《いみ》がありません。妊婦《にんぷ》があの世《よ》に行《い》くと血《ち》の池《いけ》に沈《しず》むといいます。それは逃《のが》れられない報《むく》いですのであきらめますが、父《ちち》がいないのに膨《ふく》らんだお腹《なか》に何《なに》が入《はい》っているのかをはっきりさせなければ、私《わたし》の戸惑《とまど》いも人々《ひとびと》の疑《うたが》いも解《と》けません。さあ見《み》てください」と手元《てもと》にあった守刀《まもりがたな》を引《ひ》きぬいて、腹《はら》にぐさっと突《つ》き立《た》て、真一文字《まいちもんじ》に掻《か》き切《き》りなさる。不思議《ふしぎ》なことにその傷口《きずぐち》から一筋《ひとすじ》の白《しろ》い「気《き》」が立《た》ち上《のぼ》り、襟《えり》に掛《か》けていた数珠《じゅず》を包《つつ》んで空《そら》に上《のぼ》ると見《み》えたとき、数珠《じゅず》が千切《ちぎ》れて百個《ひゃっこ》の玉《たま》は連《つら》なったまま地上《ちじょう》に落《お》ち、空《そら》に浮《う》いていた八《やっ》つの玉《たま》は燦然《さんぜん》と光《ひか》り輝《かがや》いて飛《と》びまわっている。その様子《ようす》はまるで流星《ながれぼし》のようだ。義実《よしざね》と大輔《だいすけ》の主従《しゅじゅう》は、姫《ひめ》の自害《じがい》を止《と》められなかった上《うえ》に予想外《よそうがい》の事態《じたい》に遭遇《そうぐう》し、空《そら》を見《み》つめて目《め》を白黒《しろくろ》させている。

あれよあれよと見《み》ているうちに、山下《やまお》ろしの風《かぜ》に乗《の》って八《やっ》つの玉《たま》は八方《はっぽう》に散《ち》り失《う》せて、跡《あと》には山《やま》の端《は》に月《つき》がかかっているばかり。実《じつ》はこの玉《たま》こそ、数年《すうねん》の後《のち》に八犬士《はっけんし》が出現《しゅつげん》し、里見《さとみ》の家《いえ》に集《あつ》まる、その端緒《たんしょ》であったのだ。

さて姫《ひめ》は深《ふか》い傷《きず》を負《お》ったにもかかわらず、光《ひか》る玉《たま》が飛《と》び去《さ》るのを見送《みおく》って

「うれしい。私《わたし》のお腹《なか》にあったのは不思議《ふしぎ》な〝気《き》〟であって、モノではなかったわ。疑《うたが》いも晴《は》れ、この世《よ》に思《おも》い残《のこ》すことはありませんから、どうぞ

西方浄土《さいほうじょうど》へ導《みちび》いてください、仏様《ほとけさま》」
と念仏《ねんぶつ》を唱《とな》えるかどうかのうちに、血塗《ちまみ》れの手《て》で、真《ま》っ赤《か》に染《そ》まった刃《やいば》を抜《ぬ》いて捨《す》て、そのままぱたりと倒《たお》れなさったのである。

❖「八房《やつふさ》もわが夫《をとこ》に侍《はべ》らず、大輔《だいすけ》もまたわが良人《つま》ならず。この身《み》はひとり生《う》まれ来《き》て、ひとりぞ帰《かへ》る死出《しで》の旅《たび》、とどめ給《たま》ふはおん慈《いつくし》み、過《す》ぎてあまりに情《なさ》けなし。いともかしこし親《おや》の恩《おん》、思《おも》へば高《たか》き山斧《やまたづ》の、迎《むか》へをいなみ奉《たてまつ》るは、不孝《ふこう》のうへの不孝《ふこう》なり。またあひがたき時《とき》も日《ひ》も、見《み》がたき親《おや》のおん顔《かほ》も、見《み》つつしりつつまゐらぬは、この身《み》に重《おも》き罪障《ざいせう》の、やるかたもなき故《ゆゑ》なれば、思《おも》ひ捨《す》てさせ給《たま》へかし。これらのよしを母《はは》うへに、わび言告《ごとつ》げて、百年《ももとせ》の、おん寿《ことぶき》を願《ねが》ふのみ。とてもかくても浅《あさ》ましき、姿《すがた》を見《み》られ奉《たてまつ》りては、亡骸《なきがら》かくすも無益《むやく》なり。孕婦《はらみをんな》の新鬼《にひおに》は、みな血盆《ちのいけ》に沈《しづ》むといふ。それも脱《のが》れぬ業報《ごうほう》ならば、いとふも甲斐《かひ》なきことながら、その父《ちち》なくてあやしくも、宿《やど》れる胤《たね》をひらかずは、おのが惑《まよ》ひも、人々《ひとびと》の疑《うたが》ひもまたいつか解《と》くべき。これ見《み》給《たま》へ」

伏姫切腹《ふせひめせつぷく》、八玉《はちぎよく》を走《はし》らす

と臂《ひぢ》ちかなる、護身刀《まもりがたな》を引《ひ》き抜《ぬ》きて、腹《はら》へぐさ、と突《つ》き立《た》てて、真《ま》一文字《いちもんじ》にかき切《き》り給《たま》へば、あやしむべし瘡口《きずぐち》より、一朶《いちだ》の白《はく》気《き》ひらめき出《い》で、襟《えり》に掛《か》けさせ給《たま》ひたる、かの水晶《すいせう》の珠数《ずず》をつつみて、虚空《なかそら》に升《のぼ》ると見《み》えし、珠《ず》数《ず》はたちまちふつ、とちぎれて、その一百《いつぴやく》は連《つら》ねしままに、地《ち》上《ぜう》へからりと落《お》ちとどまり、空《そら》に遺《のこ》れる八《やつ》の珠《たま》は、粲然《さんぜん》として光明《ひかり》をはなち、飛《と》びめぐり入《い》りみだれて、赫奕《かくやく》たる光景《ありさま》は、流《なが》るる星《ほし》に異《こと》ならず。主従《しゆうじゆう》は今《いま》さらに、姫《ひめ》の自殺《じさつ》を禁《とど》めあへず、われにもあらで蒼天《あをぞら》を、うち仰《あふ》ぎつつ目《め》も黒白《あや》に、「あれよ、あれよ」と見《み》る程《ほど》に、颯《さ》と音《おと》し来《く》る山《やま》おろしの、風《かぜ》のまにまに八《や》つの霊光《ひかり》は、八《はっ》方《はう》に散《ち》り失《う》せて、跡《あと》は東《ひがし》の山《やま》の端《は》に、夕月《ゆふづき》のみぞさし昇《のぼ》る。まさにこれ数《す》年《ねん》の後《のち》、八犬士《はつけんし》出現《しゆつげん》して、つひに里見《さとみ》の家《いへ》に集合《つどふ》、萌芽《きざし》をここにひらくなるべし。

かくても姫《ひめ》は深痍《ふかで》に屈《くつ》せず、飛《と》び去《さ》る霊光《ひかり》を目送《みおく》りて、「歓《よろこ》ばしやわが腹《はら》に、物《もの》がましきはなかりけり。神《かみ》の結《むす》びし腹帯《はらおび》も、疑《うたが》ひもやや解《と》けたれば、心《こころ》にかかる雲《くも》もなし。浮《うき》世《よ》の月《つき》を見残《みのこ》して、いそぐは西《にし》の天《そら》にこそ。導《みちび》き給《たま》へ弥陀《みだ》仏《ぶつ》」と唱《とな》へもあへず、手《て》も鞆《つか》も、鮮血《ちしほ》に塗《まみ》るる刃《やいば》を抜《ぬ》き捨《す》て、そがままはたとふし給《たま》ふ。

✲八房と伏姫のこもった富山《とやま》は実際に房総にある山の名だが、

富山《とみさん》

現在は「とみさん」と呼ばれている。伏姫が暮らしていた、という洞穴があるが、もちろん後世に付会されたものだ。さて、富山は字面《じづら》を見ると富士山を連想させる。伏姫に玉を授けた役行者《えんのぎょうじゃ》は富士山に夜な夜な登ったとの伝承を持ち、信多《しのだ》純一の研究によれば、馬琴が参照した書物の一つが仮名草子の『富士山の本地』である。名前に意味を持たせ、イメージを重ねるという、馬琴の手法がここにも見える。

泉や鏡に本当の姿が映る、という伝承は昔話などにしばしばある。酒呑童子《しゅてんどうじ》の話では、主人公が井戸、あるいは川に映った自分の姿を見て、鬼になったことを知る。民話でも田沢湖の辰子姫伝説は、美人のお姫様が湖に映った自分の姿が龍であることに驚き、実際に湖に入って龍になる、という筋立てである。昔は、写真もないし、鏡は高価でしかも今のようにきれいには映らない。水に映すことは手軽に自らの容姿を知る手段だったが、静かな水面と適切な光の方向が必要となる。いずれにしろ自分の容姿を明確に見ることは困難だったため、鏡や泉のちょっとした歪みに心の動揺や深層心理が反映してしまい、ありもしない姿を見てしまうのだろう。

## ◈信乃《しの》の不思議《ふしぎ》な玉《たま》（十九回）

あらすじ（十三回〜）

大輔《だいすけ》は出家《しゅつけ》し、名《な》を、大《ちゅ》と改《あらた》めた。義実《よしざね》は姫《ひめ》の持《も》っていた数珠《じゅず》を、大《ちゅだい》に与《あた》えた。これは本来百八《ほんらいひゃくはち》の珠《たま》から出来《でき》ていたのだが、文字《もじ》の記《しる》された八《やっ》つの珠《たま》は飛《と》び失《う》せた。そこで、その八《やっ》つの珠《たま》を尋《たず》ねようというのである。

それより十年以上《じゅうねんいじょう》も前《まえ》になるが、武蔵国《むさしのくに》に大塚番作《おおつかばんさく》という浪人《ろうにん》がいた。関東《かんとう》管領《かんれい》の足利持氏《あしかがもちうじ》が敗《やぶ》れた際《さい》に討《う》ち死《じ》にした父《ちち》から、村雨丸《むらさめまる》という宝刀《ほうとう》を受《う》け継《つ》いだのである。番作《ばんさく》は戦《たたか》いで傷《きず》つき、故郷大塚《こきょうおおつか》に帰《かえ》らぬまま日《ひ》を送《おく》った。その間《あいだ》に母《はは》は亡《な》くなり、腹違《はらちが》いの姉亀篠《あねかめざさ》とその夫《おっと》でごろつきの蟇六《ひきろく》が、大塚《おおつか》にある荘園《しょうえん》を我《わ》が物《もの》とし、村長《むらおさ》に収《おさ》まっていた。番作《ばんさく》は妻《つま》に助《たす》けられようやく帰郷《ききょう》し、犬塚《いぬつか》と姓《せい》を改《あらた》め、蟇六《ひきろく》と敵対関係《てきたいかんけい》のままおよそ十年《じゅうねん》が経《た》った。番作《ばんさく》の妻手束《つまたつか》は、子《こ》を授《さず》かるよう祈念《きねん》した。その際《さい》にまだらの犬《いぬ》に乗《の》った神女《しんにょ》からの珠《たま》を受《う》けそこねたが、妊娠《にんしん》し男《おとこ》の子《こ》を出産《しゅつさん》した。この子《こ》こそ犬塚信乃《いぬつかしの》で、兄三人《あにさんにん》が夭逝《ようせい》したことから幼《おさな》い頃《ころ》は女《おんな》の子《こ》として育《そだ》てられた。

信乃《しの》は武芸《ぶげい》に優《すぐ》れた子《こ》に育《そだ》った。いっしょに成長《せいちょう》した犬《いぬ》は四本《よんほん》の足《あし》が白《しろ》かったことから、四白《よしろ》（与四郎《よしろう》）と名《な》づけられていた。蟇六一家《ひきろくいっか》は与四郎《よしろう》までも目《め》の敵《かたき》にして、見《み》れば打《う》とうとした。蟇六《ひきろく》は言《い》いがかりをつけて村雨丸《むらさめまる》を奪《うば》おうとしたが、番作《ばんさく》は自害《じがい》してそれを防《ふせ》ぐ。それを見《み》て、信乃《しの》は生《い》きている甲斐《かい》がないと自刃《じじん》の覚悟《かくご》を決《き》め、まず、飼《か》い犬《いぬ》の与四郎《よしろう》を切《き》った。

犬《いぬ》の頭《こうべ》は、どうと落《お》ちて、さっと鮮血《せんけつ》がほとばしる。血《ち》潮《しお》の勢《いきお》いは、赤《あか》い布《ぬの》を掛《か》けたようだ。噴《ふ》き出《だ》す音《おと》とともに、立《た》ち上《のぼ》る血《ち》の中《なか》にきらめくものがある。左手《ひだりて》でそれを受《う》けとめると、血潮《ちしお》の勢《いきお》いが衰《おとろ》えてはたとまった。信乃《しの》は刃《やいば》からしたたる水気《みずけ》を袖《そで》で拭《ぬぐ》って、急《いそ》いで鞘《さや》に収《おさ》めて腰《こし》に差《さ》し、切《き》り口《くち》から飛《と》び出《だ》した物《もの》を、血《ち》のりを拭《ぬぐ》ってつらつら見《み》ると、白《しろ》い玉《たま》であった。その大《おお》きさは豆《まめ》の倍《ばい》ほどで、紐《ひも》を通《とお》す穴《あな》もある。印籠《いんろう》などにつける緒締《おじめ》でなかったら、数珠《じゅず》の玉《たま》であろう。思《おも》いがけないものだったので、不《ふ》審《しん》に思《おも》ってとても明《あか》るい月《つき》の光《ひかり》にかざしてまた見《み》ると、玉《たま》の中《なか》に一《ひと》つの文《も》字《じ》がある。まさに〝孝《こう》〟の字《じ》だ。刀《かたな》で彫《ほ》ったのでもなく、漆《うるし》で書《か》いたのでもない。自《し》然《ぜん》に出《で》来《き》あがったもののようだったので、ひざを打《う》って感《かん》嘆《たん》した。

「不《ふ》思《し》議《ぎ》だな、この白《しろ》い玉《たま》は。すばらしいなあ、この字《じ》は。俺《おれ》はこの玉《たま》のことを知《し》らないが、思《おも》い合《あわ》すことがある。母《はは》が、子《こ》を授《さず》かるように祈《いの》って滝《たき》の川《かわ》から帰《かえ》る途中《とちゅう》に、この犬《いぬ》を見《み》て可《か》愛《わい》く思《おも》い、見《み》過《す》ごせずに連《つ》れて家《いえ》路《じ》を急《いそ》ぎなさるとき、神女《しんにょ》に会《あ》い、一《ひと》つの玉《たま》を授《さず》けられた。それを受《う》け取《と》りそこね、玉《たま》が犬《いぬ》のそばにころがったので、取《と》ろうとして捜《さが》したが、なかった。このころから身《み》ごもって、翌年《よくとし》の初《はじ》めに私《わたし》が生《う》まれたのだ。このように母《はは》から聞《き》いた。そののち母《はは》は病気《びょうき》になり、神仏《しんぶつ》に祈《いの》っても効験《こうけん》がない。あるいはその玉《たま》がなくなったので病気《びょうき》になり、ついに危《き》篤《とく》になったのかもしれない。なんとかして、その玉《たま》を捜《さが》して手《て》に入《い》れれば、母《はは》の病気《びょうき》も治《なお》るのではないかと、望《のぞ》みをかけたが、玉《たま》を見《み》たこともないし、捜《さが》し求《もと》める手《しゅ》段《だん》もないまま、母《はは》はその冬《ふゆ》に亡《な》くなってしまった。それより三年《さんねん》経《た》ったこの秋今宵《あきこよい》、父《ちち》の自殺《じさつ》の跡《あと》を追《お》おう、冥土《めいど》の友《とも》にと手《て》をかけた犬《いぬ》の傷口《きずぐち》から不思議《ふしぎ》にも玉《たま》が出《で》た。二親《ふたおや》とも失《うしな》って、俺《おれ》も覚悟《かくご》したいまわに及《およ》んで、わが名《な》を表《あらわ》す〝孝《こう》〟の一字《いちじ》がはっきり見《み》える玉《たま》があってももう手遅《ておく》れだ。何《なん》の役《やく》にたつのか」と腹《はら》を立《た》て、庭《にわ》へ投《な》げ捨《す》てたが、玉《たま》はそのまま跳《は》ね返《かえ》って懐《ふところ》へ入《はい》った。おかしいなと思《おも》ったが、また手《て》にとって投《な》げれば返《かえ》ることが三度《みたび》に及《およ》んだので、あきれはてて手《て》をこまぬいて、しばし考《かんが》えてうなずいた。

「この玉《たま》はほんとうに霊《れい》があるようだ。母《はは》が落《お》としなさったとき、犬《いぬ》が呑《の》んだから、その犬《いぬ》は十二年後《じゅうにねんご》の今《いま》でも歯《は》は丈夫《じょうぶ》で毛《け》のつやもいい。その噴《ふ》き出《だ》した血《ち》の勢《いきお》いが衰《おとろ》えなかったのは、腹《はら》にこの玉《たま》があったからだろう。それなら、これは二《ふた》つとない重宝《ちょうほう》にちがいない。だが、たとえ、趙璧《ちょうへき》という伝説上《でんせつじょう》の宝玉《ほうぎょく》を手《て》に入《い》れたとしても死《し》ぬ覚悟《かくご》はかわらないのに、この重《ちょう》宝《ほう》に迷《まよ》って死《し》をとどまることがあろうか。貴人《きじん》のなきがらに玉《たま》を添《そ》える例《れい》はあるが、これもまた意味《いみ》がないことだ。宝刀《ほうとう》も玉《たま》も自分《じぶん》が亡《な》くなったあとで、取《と》る者《もの》がいたら取《と》ればいい。いざさらば、父《ちち》に追《お》いつき申《もう》し上《あ》げよう。時《とき》がたってしまった」と呟《つぶや》いてもとのところにかえり、父《ちち》のなきがらに並《なら》んで覚悟《かくご》を決《き》め、宝刀《ほうとう》を押《お》し戴《いただ》いてもろ肌《はだ》を脱《ぬ》いだ。ふと見《み》ると自分《じぶん》の左《ひだり》の腕《うで》に大《おお》きな痣《あざ》ができて、その形《かたち》は牡丹《ぼたん》の花《はな》に似《に》ている。これはどうしたことだ、と肱《ひじ》を曲《ま》げ、つらつら見《み》て拭《ぬぐ》ったが、墨《すみ》などがついた跡《あと》ではない。

❖犬《いぬ》の頭《かうべ》ははたと落《お》ち、さ、とほとばしる鮮血《ちしほ》の勢《いきほ》ひ、五尺《ごしやく》の紅絹《もみ》を掛《か》けたるごとく激然《げきぜん》としてその声《こゑ》あり、聳然《そうぜん》として立冲《たちのぼ》る中《うち》にきらめく物《もの》こそあれ、と左手《ゆんで》を伸《の》ばして受《う》け留《と》むれば鮮血《ちしほ》の勢《いきほ》ひ衰《おとろ》へて、つひに再《ふた》びほとばしらず。信乃《しの》はしたたる刃《やいば》の水気《すいき》を袖《そで》にぬぐふて、いそがはしく、鞘《さや》に納《おさ》めて腰《こし》に帯《お》び、彼切口《かのきりくち》より出《い》でたる物《もの》を、濃血《のり》なで除《のぞ》きてつらつら見《み》るに、これなん一顆《ひとつ》の白玉《しらたま》なり。その大《おほ》きさ豆《まめ》に倍《ばい》して、紐融《ひもとほし》の孔《あな》さへあり。緒締《をじ》めなどいふものならずは、かならずこれ記総《ずずたま》な

信乃《しの》、愛犬《あいけん》与四郎《よしろう》を斬《き》る

り。思《おも》ひがけなき物《もの》にしあれば、こころに深《ふか》くいぶかりて、いと明《あか》かりける月《つき》の光《ひか》りに、さしかざしつつまた見《み》れば、玉《たま》の中《うち》に一丁《ひとつ》の文字《もじ》あり。まさにこれ「孝《こう》」の字《じ》なり。げに刀《かたな》して鐫《ゑ》れるにあらず。また漆《うるし》もて書《か》けるにあらず。造化《ざうか》自然《しぜん》の工《たくみ》に似《に》たれば小膝《こひざ》を拍《う》つて感嘆《かんたん》し「ああ奇《き》なるかなこの白玉《しらたま》。妙《めう》なりけり、この文字《もんじ》。われそのよしをしらずといへども、つらつら思《おも》ひ合《あ》はすれば、わが母《はは》一子《いつし》を祈《いの》りつつ、滝《たき》の川《かは》よりかへるさに、途《みち》にこの犬《いぬ》を見《み》て、愛《め》でて見過《みす》ぐしがたくやありけん、将《い》てまた家路《いへぢ》にいそぎ給《たま》ふに、現《うつつ》に神女《しんによ》を目撃《もくげき》し、一顆《ひとつ》の玉《たま》を授《さず》けらるるを、あやまちて受《う》け外《はづ》し、玉《たま》は犬《いぬ》のほとりにまろぶをとらんとて、索《たづ》ね給《たま》ふに、つひにまたあることなし。このころよりして有身給《みごもりたま》ひて、次《つぐ》の年秋《としあき》のはじめに、吾儕《わなみ》を挙給《まうけたま》ひしとぞ。母《はは》の告《つ》げさせ給《たま》ふにてしりぬ。そののち家母《いろは》の長《なが》き病著《いたつき》、仏《ほとけ》に神《かみ》に祝《いは》ひつつ、験《しるし》なければ、もしその玉《たま》の失《う》せたる故《ゆゑ》に年々《としどし》病《や》みて、つひに危窮《ききう》に至《いた》らせ給《たま》ふか。いかで索《たづ》ねて件《くだん》の玉《たま》を再《ふたた》び獲《え》なば母《はは》の病著《いたつき》、順快給《おこたりたま》ふ事《こと》もや、と望《のぞ》みをここにかけたれども、見《み》もせずそれとしら玉《たま》の、求《もと》めて出《い》づべきよしなければ、家母《いろは》はその冬身《ふゆみ》まかり給《たま》ひ、それより三年《みとせ》のこの秋今宵《あきこよひ》、家尊《かぞ》の自殺《じさつ》に吾儕《わなみ》さへ、冥土《めいど》のともと手《て》にかけて、切《き》りにし犬《いぬ》の瘡口《きずぐち》より、不思議《ふしぎ》に出《いづ》る玉匣《たまくしげ》、二親《ふたおや》ながら喪《うしな》ひつ、われも覚期《かくご》の今果《いまは》に及《およ》びて、わが名《な》を表《かたど》る孝《こう》の一字《いちじ》〔信乃《しの》が実名《なのり》は戍孝《もりたか》なり〕定《さだ》かに見《み》ゆる玉《たま》ありとも、六日《むいか》の菖蒲十日《あやめとをか》の菊《きく》なり。何《なに》にすべき」とうち腹《はら》だてて、庭《には》へはつしと投《な》げ棄《す》つれば、玉《たま》はそがまま反《は》ねかへりて、懐《ふところ》へ飛《と》び入《い》つたり。怪《あや》しと思《おも》へどかかぐりとりて、またなげうてば飛《と》びかへり、とび返《かへ》ること三《み》たびに及《およ》べば、あきれ果《は》てて手《て》をこまぬき、しばし按《あん》じてうちうなづき、「この玉《たま》まことに霊《れう》あるものか。家母《いろは》が落《お》とし給《たま》ひしとき、犬《いぬ》が呑《の》みたればこそ、十二《じふに》か年《ねん》の今《いま》に至《いた》りて、歯牙堅固《はなみけんご》に、毛《け》の光沢《つやう》枯せず、その血気《ちのけ》さへ衰《おとろ》へざりしは、腹《はら》にこの玉《たま》あればなるべし。かかれば是二《これふた》ツなき、世の重宝《ちやうほう》にぞあらんずらん。たとひ隋侯趙璧《ずいこうちやうへき》たりとも、わが命《いのち》すら惜《を》しからぬに、宝《たから》に惑《まよ》ひて死《し》をとどまらんや。貴人《あてびと》の亡骸《なきがら》には、珠《たま》を含《ふく》まし奉《たてまつ》る、例《ためし》はあれど是《これ》もまた、宝《たから》をうづめて無益《むやく》の所為《わざ》なり。宝刀《みたち》も玉《たま》もわがなき後《あと》に、人《ひと》とらば取《と》れ。いざさらば、大人《うし》に追《お》ひつき奉《たてまつ》らん。時移《ときうつ》りぬ」と呟《つぶや》きて、旧《もと》の処《ところ》にかへりつつ、父《ちち》の死骸《しがい》に推《お》し並《なら》び、すでに最期《かくご》の坐《ざ》を占《し》めて、宝刀《みたち》を三《み》たびうち戴《いただ》き、まづ諸膚《もろはだ》を推《おし》袒《ぬぎ》つ。と見《み》ればわが左《ひだり》の腕《かひな》に、大《おほ》きやかなる痣《あざ》いで来《き》て、形状《かたち》牡丹《ぼたん》の花《はな》に似《に》たり。こはそもいかにと、肱《ひぢ》を曲《かが》めて、つらつら見《み》つつ推《お》し拭《ぬぐ》ふに、手習《てなら》ひの墨《すみ》などの、かりそめに塗《つ》きしにあらず。

✻玉とともに牡丹《ぼたん》の形の痣《あざ》も犬士の特徴である。話のつながりとしては、犬の八房に牡丹形のぶちがあったからだが、馬琴はなぜ八房をそのように造形したのか。本文中では明示されていないものの、最近の研究では八房に唐獅子《からじし》のイメージを付与したかったためであろうと推測されている。唐獅子に騎乗する女神の図像が当時の本などに描かれており、『八犬伝』での伏姫の絵でそれによく似るものがある。唐獅子と牡丹は付きものであるから、八房に牡丹のぶちがふさわしく、八房と伏姫の気を受けて生じた八犬士に牡丹の痣があるのもうなずける。なお、牡丹形の痣については、終末に近い場面で、丶大《ちゆだい》が「一つの解釈」を述べる。「牡丹は牡《おす》の木ばかりで種がない、いわば『陽』の花だ。数字の八も『陽』だ。八犬士いずれも男性であることと符合している」と。しかし、わざわざ「一つの解釈」と断っていることからも馬琴の真意を全て述べたとは思えない。

## ◈額蔵《がくぞう》も玉《たま》を持《も》つ（二十回）

あらすじ（十九回～）

自害《じがい》しようとする信乃《しの》を亀篠《かめざさ》・蟇六《ひきろく》の夫婦《ふうふ》は必死《ひっし》にとめ、自分《じぶん》たちが引《ひ》き取《と》り、ゆくゆくは養女《ようじょ》の浜路《はまじ》と結婚《けっこん》させて自分《じぶん》の家《いえ》を継《つ》がせる、と約束《やくそく》する。信《し》乃《の》は、これは村雨丸《むらさめまる》を奪《うば》い取《と》る策略《さくりゃく》だと勘付《かんづ》いているが、しばらく成長《せいちょう》するまでは、と亀篠夫婦《かめざさふうふ》に養《やしな》われるのである。そして信乃《しの》の世話係《せわがかり》となったのが、蟇《ひき》六《ろく》の家《いえ》の下男《げなん》、額蔵《がくぞう》である。当初信乃《とうしょしの》は、額蔵《がくぞう》も蟇六《ひきろく》らの回《まわ》し者《もの》ではないかと疑《うたが》っていたが、その人《ひと》となりを見《み》るうちにやや心《こころ》を許《ゆる》しはじめた。

ある日《ひ》額蔵《がくぞう》は、信乃《しの》が垢《あか》で汚《よご》れているのを見《み》て、
「亡《な》き人《ひと》の三七日《みなのか》も過《す》ぎなさったのに、髪《かみ》は結《ゆ》わずとも、せめて行水《ぎょうずい》くらいなさいませ。湯《ゆ》も沸《わ》いております」
と言《い》われて、信乃《しの》はうなずき

「本当《ほんとう》に四月《しがつ》の暑《あつ》さには耐《た》えられないときがある。今日《きょう》は南風《みなみかぜ》が吹《ふ》いて垢《あか》も浮《う》いている。よく思《おも》いついてくれた、湯浴《ゆあ》みしよう」

と、すぐに縁側《えんがわ》のほとりに立《た》って、衣服《いふく》を脱《ぬ》ぐうちに額蔵《がくぞう》は、大《おお》たらいに湯《ゆ》をなみなみと汲《く》み入《い》れ、水《みず》をさす。そして信乃《しの》の後《あと》に立《た》って、おもむろに垢《あか》を掻《か》こうとして、信乃《しの》の腕《うで》の痣《あざ》を目《め》にした。

「あなたにもこの痣《あざ》があるのですね。私《わたし》にも似《に》た痣《あざ》があります。ご覧《らん》ください」と言《い》いかけて、肌脱《はだぬ》ぎになり、背中《せなか》を示《しめ》すと、首《くび》の下《した》あたりに黒《くろ》く大《おお》きな痣《あざ》がある。その形《かたち》は信乃《しの》の痣《あざ》と同《おな》じ。そのとき額蔵《がくぞう》は袖《そで》を収《おさ》めて、たすきを掛《か》け、

「私《わたし》の痣《あざ》は自分《じぶん》では見《み》えないが、胎内《たいない》にいるときからあると聞《き》いています。あなたもそうですか」

と問《と》うても、信乃《しの》はただ微笑《ほほえ》むだけで答《こた》えない。

額蔵《がくぞう》はまた、緑《みどり》におおわれた庭《にわ》を指差《ゆびさ》して、

「あそこの梅《うめ》の傍《かたわ》らに新《あら》たに土《つち》をもったと思《おも》われる少《すこ》し高《たか》いところがあり

ます。あれはいったい」

と問《と》うに、信乃《しの》は答《こた》えて

「あれこそ、お前《まえ》も知《し》っている犬《いぬ》を埋《う》めたところさ」という。額蔵《がくぞう》は恥《は》じたおももちで、

「たいした仇《あだ》でもないのに、執念深《しゅうねんぶか》い人《ひと》は動物《どうぶつ》を傷《きず》つけたことをも誇《ほこ》ることがある。私《わたし》もあの犬《いぬ》を打《う》ったり突《つ》いたりしたのか、とあなたに思《おも》われたでしょう。そうではないですか」

と、なにかに付《つ》けて心《こころ》ありげにものを言《い》いかけるが、信乃《しの》はこれにも微笑《ほほえ》むだけ。それについて何《なに》か言《い》うことはない。このようにして信乃《しの》の湯浴《ゆあ》みが終《お》わってその衣服《いふく》をふるったところ、たちまち袂《たもと》の間《あいだ》から、一《ひと》つの白《しろ》い玉《たま》が転《ころ》がり落《お》ちた。それを額蔵《がくぞう》がすぐに取《と》り、つくづくと見《み》て、

「不思議《ふしぎ》なことです。あなたはこの玉《たま》をどこからか手《て》に入《い》れなさったのですか、それとも家《いえ》に伝来《でんらい》したものですか、由来《ゆらい》をお聞《き》きしたい」

と言《い》いながら返《かえ》すと、信乃《しの》は玉《たま》を手《て》にとって

「先日親《せんじつおや》を失《うしな》って憂《うれ》いのあまり、この玉《たま》のことは忘《わす》れていた。これには複《ふく》雑《ざつ》ないわれがある」

とだけ答《こた》えて詳《くわ》しく告《つ》げないので、額蔵《がくぞう》はうれしくない。何回《なんかい》かため息《いき》をつき、

「人《ひと》の顔《かお》はひとりひとり異《こと》なるが他人《たにん》でもよく似《に》ている人《ひと》がいます。人《ひと》の心《こころ》もひとりひとり異《こと》なるが知己《ちき》がいないわけではありません。あなたは私《わたし》をお疑《うたが》いですか。私《わたし》は少《すこ》しも隠《かく》すことはありません。これをご覧《らん》ください」

と言《い》いながら肌《はだ》につけた守《まも》り袋《ぶくろ》より一《ひと》つの玉《たま》を取《と》り出《だ》す。信《し》乃《の》も不審《ふしん》に思《おも》ってこれを手《て》にとって見《み》たところ、自分《じぶん》の玉《たま》と少《すこ》しも異《こと》なるところがない。ただしその文字《もじ》だけが違《ちが》って〝義《ぎ》〟と鮮《あざ》やかに読《よ》めたのである。


❖ある日《ひ》額蔵《がくぞう》は、信乃《しの》が垢《あか》つき汚《よご》れしを見《み》て、「なき人《ひと》の三七日《みなのか》も、はや過《す》ぐさせ給《たま》ひしに、髪《かみ》は結《あ》げたまはずとも、行水《ぎやうずい》を引《ひ》き給《たま》はずや。湯《ゆ》も沸《たぎ》りて候《さふらふ》は」といは

れて信乃《しの》はうちうなづき、「げに卯月《うづき》の暑《あつ》さには、堪《た》へがたき事《こと》もぞある。けふは南風《みなみ》が吹《ふ》き入《い》れて、搔《か》かざる垢《あか》もよれる日《ひ》ぞかし。よくこそしつれ。浴《ゆあ》みせん」とて、やがて縁頰《えんがは》のほとりに立《た》ちて、衣《きぬ》を脱《ぬ》ぎなどする程《ほど》に、額蔵《がくぞう》は大盥《おほたらひ》に、湯《ゆ》をなみなみと、汲《く》み入《い》れつつ水《みづ》さし試《こころ》み、やがてその背後《うしろ》に立《た》ちめぐりて、徐《しづ》かに垢《あか》を搔《か》かんとて、信乃《しの》が腕《かひな》の痣《あざ》を見《み》て、「和君《わぎみ》にもこの痣《あざ》あるか。吾儕《わなみ》もまた似《に》たることあり。これ見給《みたま》へ」といひかけて、推袒《おしはだぬ》ぎて背《そびら》を示《しめ》すに、げに身柱《ちりけ》のほとりより、右《みぎ》の胛《かいぼね》の下《した》へかけて、黒《くろ》く大《おほ》きなる痣《あざ》ありけり。その形状《かたち》、信乃《しの》が痣《あざ》にこれ一般《おなじ》。そのとき額蔵《がくぞう》は、袖《そで》を収《おさ》めて襷《たすき》をうち掛《か》け、「吾儕《わなみ》が痣《あざ》はみづから見《み》えねど、胎内《たいない》よりありありと聞《き》けり。和君《わぎみ》もしかるや」と問《と》ふに、信乃《しの》はただ笑《え》みて答《こた》へず。額蔵《がくぞう》はまた緑《みどり》なす、庭《には》のかたに指《ゆび》さして、「かしこなる梅樹《うめのき》のほとりに、新《あら》たに土《つち》を起《お》こせし、とおぼしくて、すこし高《たか》き処《ところ》あり。あれはそも何《なに》ぞ」と問《と》ふに、信乃《しの》答《こた》へて、「あれこそそこにもしられたる、犬《いぬ》を埋《うづ》めし処《ところ》よ」といふ。額蔵慚《がくぞうはぢ》たるおももちにて、「させる仇《あた》にもあらざるに、しうねき人《ひと》は畜生《ちくせう》に、傷《きず》つけたるにも誇《ほこ》ることあり。吾儕《わなみ》もまた彼犬《かのいぬ》を、打《う》ちもし、刺《つ》きもしたらんか、と和君《わぎみ》に思《おも》はれたるなるべし。さもあらずや」と事毎《ことごと》に、心《こころ》ありげにものいひかくれど、信乃《しの》は是《これ》にもうち笑《え》むのみ。またその是非《ぜひ》をいふことなし。かくて信乃《しの》は浴《ゆあ》みし果《は》てて、まづその衣《きぬ》をふるひしかば、たちまち袂《たもと》の間《あはひ》より、一顆《ひとつ》の白玉《しらたま》まろび落《お》つるを、額蔵《がくざう》はやくもとり留《と》めて、つくづくと見《み》て、「不審《いぶかし》や、和君《わぎみ》はこの玉《たま》獲《え》給《たま》ひしか。そもそもまた家《か》伝《でん》の物《もの》か。由来《ゆらい》を聞《き》かまほしけれ」といひつつやがて返《かへ》すにぞ、信乃《しの》は玉《たま》を手《て》にとりて、「われ一朝《いつちやう》に親《おや》を喪《うしな》ひ、こころの憂《うれ》ひやるかたなくて、この玉《たま》を遺《わす》れたり。こはくさぐさの縁故《えんこ》あり。」とばかり答《こた》へて詳《つばら》に告《つ》げねば、額蔵《がくざう》こころ歓《よろこ》ばず。数《あまた》回嘆息《たびたんそく》し、「人面同《にんめんおな》じからざれども、他人《たにん》にもよく似《に》たるものあり。人心同《じんしんおな》じからざれども、また知己《ちき》なしといふべからず。和君吾儕《わぎみわなみ》を疑《うたが》ひ給《たま》ふや。吾《われ》いささかもかくすことなし。是《これ》を見給《みたま》へ」といひかけて、膚《はだ》なる護身嚢《まもりぶくろ》より、一顆《ひとつ》の玉《たま》をとり出《い》だせば、信乃《しの》もまたいぶかりて、これを掌《たなそこ》に受《う》けつつ見《み》るに、わが玉《たま》とつゆ異《こと》なることなし。ただその文字同《もんじおな》じからで、義《ぎ》の字《じ》鮮《あざ》やかに読《よ》まれたり。

✲「四月の暑さ」とあるが、江戸時代以前の季節のめぐりは現在より一箇月から二箇月ほど早い。明治になる前、日本では太陰暦を用いており、その元日は、年によって変わるが、立春の前後十数日のどこかである。新年のことを「新春」というのもうなずけよう。そして太陰暦は月の満ち欠けによるので、一箇月が二十九日か三十日。一年は約三百五十五日となり、毎年十日くらいずつ早くなっていく。そしてほぼ三年に一度一箇月を加えて調整する。太陰暦といいながらも太陽の動きを無視しているのではないのである。こういう次第なので、古典の世界での季節は正月から三月が春、四月から六月が夏、以下秋、冬と続くのである。したがって、桜は二月に咲き出すし、七夕は秋の行事だ。現在ひな祭りを四月三日に行う地方がある。「桃の節句」だから、桃の咲く季節に行おうということで一箇月ずらすのである。仙台の七夕祭りも八月七日を中心にしている。

★『八犬伝』はどれくらい読まれたのか？

江戸時代後半は、ようやく寺子屋が普及し識字層が増えてきた。それに伴いいろいろな書物が出版された。ただし、現在に比べれば、まだまだ本を読む習慣は一部の人々に限られていたし、書物の値段も高かった。当時、本は活字ではなく整板《せいはん》という方式で印刷された。二ページ分を一枚の版画のように彫り込むのだ。細かな文字、振り仮名を含めて凸版で彫るのはたいへんな技術である。挿絵と文字も同時に彫った。それを一枚一枚、墨を付け、ばれんでこすって印刷する。紙の値段も現代に比べて高価だ。当然単価は高くなる。『八犬伝』は一度に五冊前後が売り出され二十匁《もんめ》内外の値段だった。これは米が四十キロから五十キロくらい買える値段であり、今の価値に換算すれば二万円前後になろう。また、十日間雇われて得られる金額が三匁ほどであったという例に当てはめると、数十万円に相当する。とても一般庶民に手の届く金額ではない。富裕な町人か、ある程度の禄のある武士でなければ買えない。実際に『八犬伝』の新たに刊行されたものは五百部程度を売ったのみである。長年の刊行になるので、数年に一度は過去の分も再刷されたが、それも百から二百部。売られた地域も江戸と大坂くらいで、地方の書店などに並ぶことはなかった。では庶民が『八犬伝』を読むことはなかったのだろうか。そうではない。当時の一般的な読者にとって、読本《よみほん》とは貸本屋から借りて読むものだったのである。

江戸では五百軒程度の貸本屋があり、地方の町にもそれぞれ貸本屋が営業していた。販売された読本の大半は、貸本屋が購入し、人々に貸し出したのである。一度の期限は十日間が標準。人気のある『八犬伝』は次々と借り手がいたから、長年の間には一点の本が百人以上の読者の手に渡ったのである。しかも一回借りられると家族や友人の間で回し読みされたこともあったろう。現在図書館などで所蔵される当時の読本も貸本屋のものが多く、各ページに手擦れの跡が残る。したがって『八犬伝』の読者は数万人に及んだと推察できる。

草双紙は値段も読本の十分の一以下であり、貸本屋はほとんど扱わず、町人や地方の村長程度の人々も買った。馬琴の草双紙は数千部、柳亭種彦《りゅうていたねひこ》の『偐紫田舎源氏』は一万部以上売られたという。たしかに、刷りを重ねて、板木の細かな部分がつぶれてしまい、読みにくくなっている本もしばしば見かける。

## ◆額蔵《がくぞう》と道節《どうせつ》の戦《たたか》い（二十九回）

あらすじ（二十回〜）

玉《たま》と痣《あざ》のことがわかり、信乃《しの》と額蔵《がくぞう》は義兄弟《ぎきょうだい》の契《ちぎ》りを結《むす》ぶ。額蔵《がくぞう》の父《ちち》は伊豆《いずの》国《くに》の北条《ほうじょう》に仕《つか》えた武士《ぶし》であるが、自害《じがい》して荘園《しょうえん》は没収《ぼっしゅう》。額蔵《がくぞう》と母《はは》が安房《あわ》に向《む》かう途中《とちゅう》、母《はは》がこの地《ち》で行《い》き倒《だお》れ、額蔵《がくぞう》は蟇六《ひきろく》の下男《げなん》となっていた。

陣代《じんだい》（いわゆる代官《だいかん》）簸上宮六《ひがみきゅうろく》が、下役《したやく》の軍木五倍二《ぬるでごばいじ》とともに巡検《じゅんけん》のため、大塚《おおつか》に来《き》て蟇六《ひきろく》の家《いえ》に止宿《ししゅく》する。そこで、蟇六《ひきろく》は饗応《きょうおう》のため、養女《ようじょ》の浜路《はまじ》に酌《しゃく》をさせたり琴《こと》を弾《ひ》かせたりし、遊《あそ》び人の網干左母二郎《あぼしさもじろう》に歌《うた》わせる。宮六《きゅうろく》、左母《さも》二郎《じろう》ともに浜路《はまじ》にほれるが、浜路《はまじ》は信乃《しの》を将来《しょうらい》の夫《おっと》と決《き》めているのでなびこうとしない。

宮六《きゅうろく》は五倍二《ごばいじ》を使《つか》って強引《ごういん》に浜路《はまじ》との婚約《こんやく》を蟇六《ひきろく》に迫《せま》り、蟇六《ひきろく》も金《かね》を受《う》け取《と》ってしまう。蟇六夫婦《ひきろくふうふ》は信乃《しの》を追《お》い出《だ》す計画《けいかく》を立《た》て、実行《じっこう》した。まず、村雨丸《むらさめまる》を下総《しもふさ》の許我《こが》にいる足利成氏《あしかがなりうじ》に献上《けんじょう》するよう勧《すす》める。そして出発《しゅっぱつ》の前日《ぜんじつ》に、蟇《ひき》六《ろく》は左母二郎《さもじろう》とともに漁《りょう》に出《で》かけるが、そこで偶然《ぐうぜん》を装《よそお》って信乃《しの》に会《あ》い、共《とも》に舟《ふね》に乗《の》る。蟇六《ひきろく》はわざと舟《ふね》から落《お》ちておぼれ、信乃《しの》が助《たす》けに飛《と》びこむ。そのすきに左母二郎《さもじろう》が刀《かたな》をすりかえた。左母二郎《さもじろう》には、うまくことが運《はこ》んだら、婿《むこ》として迎《むか》えると都合《つごう》のいいことを言《い》ったのである。もとより左母二郎《さもじろう》は心良《こころよ》からぬ者《もの》で、刀《かたな》をもう一度《いちど》すり替《か》え、本物《ほんもの》の村雨丸《むらさめまる》を手許《てもと》におき、第二《だいに》の偽物《にせもの》を蟇《ひき》六《ろく》に渡《わた》した。一方《いっぽう》、亀篠《かめざさ》は、供《とも》として同行《どうこう》する額蔵《がくぞう》に、途中《とちゅう》で信乃《しの》を切《き》り殺《ころ》すように言《い》い含《ふく》める。いよいよ出発《しゅっぱつ》し、旅先《たびさき》の宿《やど》で額蔵《がくぞう》は、このことを信乃《しの》に告《つ》げる。二人《ふたり》は相談《そうだん》の上《うえ》、額蔵《がくぞう》が信乃《しの》の殺害《さつがい》に失敗《しっぱい》したことにし、額蔵《がくぞう》は帰途《きと》につく。

宮六《きゅうろく》との婚礼《こんれい》の日《ひ》が近《ちか》づいたが浜路《はまじ》は病気《びょうき》に臥《ふ》せっている。左母二郎《さもじろう》は自分《じぶん》がだまされたことを知《し》り、また、村雨丸《むらさめまる》を自分《じぶん》が持《も》っていることが露見《ろけん》するのを恐《おそ》れ、宮六《きゅうろく》との婚姻《こんいん》の日《ひ》に浜路《はまじ》をさらって行方《ゆくえ》をくらましてしまう。

さて、寂寞道人《じゃくまくどうじん》という稀有《けう》の行者《ぎょうじゃ》がいた。人《ひと》を集《あつ》めて、柴《しば》に火《ひ》を放《はな》ち、自《みずか》ら火《ひ》の中《なか》に入《はい》って死《し》んだと思《おも》わせ、姿《すがた》をくらますという火遁《かとん》の術《じゅつ》を行《おこな》うのである。

今日《きょう》も豊島本郷《としまほんごう》の西《にし》にある円塚山《まるつかやま》で多《おお》くの賽銭《さいせん》を集《あつ》め、燃《も》え盛《さか》る火《ひ》の中《なか》に身《み》を投《とう》じた。その場所《ばしょ》に、夜《よる》になって左母二郎《さもじろう》と縛《しば》られ駕籠《かご》に乗《の》せられた浜路《はまじ》が通《とお》りかかった。駕籠《かご》かきは酒手《チップ》を要求《ようきゅう》するが左母二郎《さもじろう》は応《おう》ぜず、切《き》り殺してしまう。左母二郎《さもじろう》は浜路《はまじ》の縛《いまし》めを解《と》いて口説《くど》く。浜路《はまじ》は「夫《おっと》の敵《かたき》」と左母二郎《さもじろう》に切《き》りかかるが、ついには胸《むね》の辺《あた》りを切《き》られてしまう。左母二郎《さもじろう》がとどめを刺《さ》そうとしたとき、寂寞道人《じゃくまくどうじん》の手裏剣《しゅりけん》が左母二郎《さもじろう》に突《つ》き刺《さ》さった。寂寞道人《じゃくまくどうじん》は左母二郎《さもじろう》の刀《かたな》を奪《うば》い取《と》って切《き》り捨《す》てる。そこに偶然通《ぐうぜんとお》りかかった額蔵《がくぞう》は、木陰《こかげ》に身《み》を潜《ひそ》めてなりゆきを見守《みまも》る。

寂寞道人《じゃくまくどうじん》は浜路《はまじ》に向《む》かい、俺《おれ》はお前《まえ》の腹違《はらちが》いの兄《あに》、犬山道節《いぬやまどうせつ》であると名乗《なの》り、世《よ》をしのぶ仮《かり》の姿《すがた》で父《ちち》の仇《あだ》を追《お》っていると話《はな》す。浜路《はまじ》は、村雨丸《むらさめまる》を信乃《しの》に届《とど》けてくれるよう頼《たの》む。道節《どうせつ》は、「妹《いもうと》の遺言《ゆいごん》を断《ことわ》るべきではないが、それは私事《しじ》であり、父《ちち》の仇《あだ》を討《う》つ方《ほう》が先《さき》だ」と諭《さと》すが、浜路《はまじ》は絶望《ぜつぼう》してそのまま息《いき》が絶《た》えてしまった。道節《どうせつ》は亡骸《なきがら》を荼毘《だび》に付《ふ》し、立《た》ち去《さ》ろうとした。すべてを聞《き》いた額蔵《がくぞう》は、名乗《なの》り出《で》ても村雨丸《むらさめまる》は譲《ゆず》ってもらえないだろうから、力《ちから》ずくで奪《うば》おうと思《おも》

〜〜い定《さだ》めた。

額蔵《がくぞう》は「曲者待《くせものま》て」と呼《よ》びとめて、木陰《こかげ》をひらりと走《はし》り出《いで》て、刀《かたな》の鞘《さや》の先《さき》をしっかり捕《つか》まえ、二《に》、三歩《さんぽ》引《ひ》き戻《もど》すと、道節《どうせつ》は驚《おどろ》きながら振《ふ》りかえって、鞘《さや》をかえして払《はら》いのけ、太刀《たち》を抜《ぬ》こうとするところを、横様《よこざま》につかむ。技《わざ》も力《ちから》も劣《おと》らず優《まさ》らず、勇者《ゆうしゃ》と勇者《ゆうしゃ》の相撲《すもう》に少《すこ》しの隙《すき》もなく、互《たが》いにとった手《て》を放《はな》さず、えいやあと声《こえ》を挙《あ》げて、力《ちから》を入《い》れた足《あし》を踏《ふ》み鳴《な》らし、砂利《じゃり》を蹴飛《けと》ばし、草《くさ》を蹴散《けち》らし、二匹《にひき》の虎《とら》が山《やま》で戦《たたか》うようでもあり、鷹《たか》が餌《えさ》を争《あらそ》っているようでもある。いつ終《お》わるともわからないが、どうしたことか額蔵《がくぞう》が普段肌身《ふだんはだみ》を離《はな》さない守《まも》り袋《ぶくろ》の長紐《ながひも》が乱《みだ》れて、道節《どうせつ》の太刀《たち》の緒《お》にまつわりつき、挑《いど》むまにまに引《ひ》き千切《ちぎ》られて、袋《ふくろ》は道節《どうせつ》の腰《こし》に着《つ》いてしまった。それを取《と》ろうとして思《おも》わず手《て》が緩《ゆる》んだのであろうか、道節《どうせつ》は額蔵《がくぞう》を振《ふ》り払《はら》って、太刀《たち》を引《ひ》きぬき撃《う》とうとすれば、こちらもそのつもりだ、と刀《かたな》を抜《ぬ》き合《あ》わせて、丁丁発矢《ちょうちょうはっし》と戦《たたか》う太刀音《たちおと》。電光石火《でんこうせっか》ときらめかして、上《あ》がったり下《さ》がったり手練《しゅれん》の切《き》っ先《さき》、身《み》を沈《しず》めて払《はら》えば上《うえ》から攻《せ》め、引《ひ》けば付《つ》け入《い》り、進《すす》めば開《ひら》く。樊噲《はんかい》が鴻門《こうもん》を破《やぶ》るときや関羽《かんう》が五関《ごかん》を越《こ》えるときにも勝《まさ》るとも劣《おと》らない。空《そら》には隈《くま》なき月《つき》が照《て》り、地《ち》には荼毘《だび》の燃《も》え残《のこ》りの光《ひかり》がある。真夜中《まよなか》でも明《あか》るいので、挑《いど》む方《ほう》も迷《まよ》わないし、逃《に》げ去《さ》ることもない。

道節《どうせつ》がいらだって撃《う》つ太刀《たち》を、額蔵《がくぞう》が左《ひだり》に受《う》け流《なが》すと、切《き》っ先《さき》が当《あ》たって腕《うで》から血《ち》が流《なが》れるが、ものともしない。バシッと返《かえ》した太刀《たち》の勢《いきお》いが鋭《するど》く、道節《どうせつ》の鎖《くさり》かたびらの綿噛《わたがみ》を切《き》っ先深《さきふか》く突《つ》き通《とお》して、肩《かた》にある瘤《こぶ》を切《き》り破《やぶ》ると、黒《くろ》ずんだ血《ち》がほとばしり、瘤《こぶ》の中《なか》に物《もの》があったのだろうか、蝗《いなご》のように飛《と》び散《ち》って、額蔵《がくぞう》の胸先《むなさき》にはたと当《あ》たるのを落《お》としもせずに、左手《ひだりて》にしかと握《にぎ》りとめて、右手《みぎて》に刃《やいば》をひらめかし、また隙《すき》なく切《き》り結《むす》ぶ。太刀《たち》の腕《うで》が侮《あなど》りがたいので、道節《どうせつ》は受《う》けとめ、受《う》け流《なが》して声《こえ》を振《ふ》り立《た》てて

「しばらく待《ま》ってくれ、言《い》うことがある。お前《まえ》の武芸《ぶげい》の腕《うで》はたいしたものだ。自分《じぶん》には復讐《ふくしゅう》の大望《たいもう》がある。他《ほか》の敵《てき》と生死《せいし》をかけて戦《たたか》うわけにはいかない。しばらくすっこんでいろ」

と言《い》わせもせずに、額蔵《がくぞう》は眼《まなこ》を怒《いか》らせて
「さては俺《おれ》の腕前《うでまえ》がわかったのだな。命《いのち》が惜《お》しかったら村雨丸《むらさめまる》の宝刀《ほうとう》を渡《わた》してさっさと去《さ》れ。こう言《い》う俺《おれ》を誰《だれ》だと思《おも》う。犬塚信乃《いぬつかしの》の無二《むに》の親友《しんゆう》、犬《いぬ》川荘助義任《かわそうすけよしとう》である。お前《まえ》の名《な》は聞《き》いた、犬山道松《いぬやまみちまつ》、有髪《うはつ》の入道《にゅうどう》、道節忠与《どうせつただとも》、宝刀《ほうとう》を返《かえ》せ」
と息巻《いきま》くと、道節《どうせつ》は「はっはっは」とあざ笑《わら》い
「大望《たいもう》を遂《と》げるまでは妹《いもうと》の頼《たの》みでさえ受《う》け入《い》れなかった太刀《たち》をお前《まえ》にやると思《おも》うか」
「いや、取《と》らないわけにはいかない。すぐに渡《わた》せ」
と再《ふた》び詰寄《つめよ》り、付《つ》け回《まわ》して踊《おど》りかかって、ビシッと撃《う》つのを左手《ひだりて》で振《ふ》り払《はら》い、右手《みぎて》で支《ささ》える。道節《どうせつ》は隙《すき》を見《み》て火坑《かこう》の中《なか》へ飛《と》び入《い》り、ぱっと立《た》つ煙《けむり》とともに行方《ゆくえ》がわからなくなってしまった。（カラー口絵「円塚山」参照）
額蔵《がくぞう》は「ああ」と言《い》うばかりで追《お》うこともできず、下《した》や上《うえ》を見《み》る。
「さては火遁《かとん》の術《じゅつ》で逃《に》げたのだな、残念《ざんねん》。それにしても道節《どうせつ》の傷口《きずぐち》から飛《と》

び出《だ》して、俺《おれ》の手《て》に入《はい》ったのは何《なん》であろう、不審《ふしん》だ」

と燃《も》え残《のこ》る火影《ほかげ》に近寄《ちかよ》せて、じっくりと見《み》ると、

「ああ不思議《ふしぎ》だ。犬塚信乃《いぬつかしの》と自分《じぶん》が秘蔵《ひぞう》している〝孝《こう》〟〝義《ぎ》〟一組《ひとくみ》の玉《たま》と同《おな》じで、光《ひかり》も形《かたち》も寸分違《すんぶんたが》わないこの玉《たま》には〝忠《ちゅう》〟の一字《いちじ》がある。これは不《ふ》思議《しぎ》だ」

と驚《おどろ》いて、また、あちこちから見《み》て、考《かんが》えていたが、しばらくして悟《さと》ってにっこり微笑《ほほえ》んだ。

「あれこれ思《おも》い合《あ》わせると、あの道節《どうせつ》も遂《つい》には我《われ》らの同盟《どうめい》の一員《いちいん》となるべき因縁《いんねん》があるのだろう。それにしても俺《おれ》の玉《たま》を秘《ひ》めておいた守《まも》り袋《ぶくろ》は奴《やつ》の腰刀《こしがたな》に搦《から》め捕《と》られ、奴《やつ》の体《からだ》から出《で》た玉《たま》が思《おも》わず我《わ》が手《て》に入《はい》ったのは奇異《きい》と言《い》おうか、微妙《びみょう》と言《い》おうか、不思議《ふしぎ》という以上《いじょう》のことだ。このことから推《お》しはかると、俺《おれ》の玉《たま》もあの太刀《たち》もいつかはきっと返《かえ》るだろう」と。

❖

「癖者《くせもの》まて」と呼《よ》びとめつつ、樹蔭《こかげ》をひらりと走《はし》り出《い》でて、刀《かたな》のこじりをちやう

とり、両三歩《ふたあしみあし》引き戻《もど》せば、驚《おど》ろきながら振《ふ》りかへりて、こじりかへしに払《はら》ひ除《の》け、大刀《たち》を抜《ぬ》かんとする処《ところ》を、横《よこ》ざまに引《ひ》つ組《く》んだる、技《わざ》も力《ちから》も劣《おと》らず優《まさ》らず、勇者《ゆうしや》と勇者《ゆうしや》の相撲《すまひ》には、寸分《すんぶん》の隙《ひま》あらずして、かたみにとつたる手《て》を放《はな》さず、曳々声《ゑいゑいごゑ》をふり立《た》てて、ちから足《あし》を踏《ふ》み鳴《な》らし、沙石《いさご》を飛《と》ばし、小草《をぐさ》を蹴《け》ひらき、両虎《りやうこ》の山《やま》に戦《たたか》ふ如《ごと》く、鷙鳥《しちやう》の肉《にく》を争《あらそ》ふに似《に》て、いつ果《は》つべくもあらざりしが、いかにかしけん額《がく》蔵《ざう》は、年来膚《としごろはだ》を放《はな》さざる、護身嚢《まもりぶくろ》の長紐《ながひも》みだれて、道節《どうせつ》が大刀《たち》の緒《を》に、いく重《へ》ともなくまつはりつつ、挑《いど》むまにまに引《ひ》きちぎられて、嚢《ふくろ》は彼《かれ》が腰《こし》に着《つ》けたり。そを取《と》らんとする程《ほど》に、思《おも》はずも手《て》や緩《ゆる》みけん、道節《どうせつ》たちまち振《ふ》りほどきて、大刀《たち》を引《ひ》き抜《ぬ》き、撃《う》たんとすれば、こころ得《え》たり、と抜《ぬ》き合《あ》はせて、丁々発矢《ちやうちやうはつし》、と戦《たたか》ふ大刀音《たちおと》、電光石火《でんくわうせきくわ》ときらめかす、一上一下《いちぜういちげ》、手煉《しゆれん》の刀尖《きつさき》、沈《しづ》んで払《はら》へば、跳《をど》りこえ、引《ひ》けばつけいり、進《すす》めばひらく、樊噲《はんくわい》が鴻門《こうもん》を破《やぶ》るとき、関羽《くわんう》が五関《ごくわん》を越《こ》ゆるの日《ひ》、いづれが劣《おと》り、いづれが勝《まさ》らん。天《そら》には隈《くま》なき月《つき》の照《て》り、地《ち》にまた荼毘《だび》の光《ひかり》あり、真夜《まよ》中《なか》ながら明《あか》ければ、なほ相《あ》ひ挑《いど》みて迷《まよ》はず去《さ》らず。道節《どうせつ》いらつて撃《う》つ大刀《たち》を、額蔵《がくざう》左《ひだり》に受《う》け流《なが》せば、刀尖《きつさき》あまりて腕《ただむき》より、流《なが》るる鮮血《ちしほ》を物《もの》ともせず、ちやうと返《かへ》せし大刀《たち》風尖《かざするど》く、道節《どうせつ》が身鎖《きこみ》の綿齧《わたがみ》、刀尖《きつさき》ふかく裏徹《うらかき》て、肩《かた》なる瘤《しひね》をきり傷《やぶ》れば、黒血《くろち》さつとほとばしり、瘤《こぶ》の中《うち》に物《もの》ありけん、螽《いなご》の如《ごと》く飛《と》び散《ち》つて、額蔵《がくぞう》が胸前《むなさき》へ、はたと当《あ》たるを、落《お》としも遣《や》らず、左手《ゆんで》にしかと握《にぎ》り留《と》めて、右手《めて》に刃《やいば》をひらめかし、また透間《すきま》もなく切《き》り結《むす》ぶ。大刀《たち》すぢ侮《あなど》りがたければ、道節《どうせつ》は受《う》けとどめ、また受《う》けながして声《こゑ》をふり立《た》て、「やよまてしばし、いふ事《こと》あり。汝《なんぢ》が武芸《ぶげい》はなはだ佳《よ》し。われ復讐《ふくしう》の大望《たいもう》あり、あに小敵《せうてき》と死《し》を決《けつ》せんや。しばらく退《しぞ》け」といはせもあへず、額蔵眼《がくぞうまなこ》をいからして、「さはわが本事《てなみ》をしりたるな。命惜《いのちを》しくは村雨《むらさめ》の宝刀《みたち》をわたしてとくとく去《さ》れ。かくいふわれを誰《だれ》とかする。犬塚信乃《いぬつかしの》が無二《むに》の死友《しいう》、犬川荘助《いぬかはさうすけ》義任《よしたふ》なり。汝《な》が名《な》は聞《き》きつ犬山道松《いぬやまみちまつ》、烏髪入道《うはつのにうどう》、道節忠与《どうせつただとも》、宝刀《みたち》を返《かへ》せ」といきまけば、道節《どうせつ》「かやかや」と冷笑《あざわら》ひ、「わが大望《たいもう》を遂《と》ぐるまでは、女弟《いもと》にすら、うけ引《ひ》かざる、大刀《たち》を汝《な》に与《あた》へんや」「否《いな》とらでやは、とくとくわたせ」と再《ふたた》び詰《つ》めよせ、附《つ》けまはして、跳《をど》りかかつてちやうと撃《う》つを、左辺《ゆんで》に払《はら》ひ、右手《めて》にささゆる、道節《どうせつ》はすきをはかりて、火坑《くわこう》の中《うち》へ飛《と》び入《い》りつ、はつと立《た》つたる煙《けふり》とともに、往方《ゆくへ》はしらずなりにけり。

額蔵《がくざう》「あなや」と追《お》ひかねて、俯《ふし》て見《み》つ、また仰《あほ》ぎて見《み》つ。「さては火遁《くわとん》の術《じゆつ》をもて、逃《のが》れ去《さ》りしか、残念《ざんねん》なり。さるにても道節《どうせつ》が、瘡口《きずぐち》より飛《と》び出《い》でて、わが手《て》に入《い》りしは何《なに》なるらん。いと不審《いぶかし》」と燃《も》え残《のこ》る、火光《ほかげ》によせてつらつら視《み》るに、「あな不思議《ふしぎ》や、犬塚信乃《いぬつかしの》と、わが秘蔵《ひざう》せし、孝《かう》・義《ぎ》一双《いつさう》の玉《たま》に等《ひと》しく、光《てり》も形《かたち》も寸分違《すんぶんたが》はで、この玉《たま》には忠《ちう》の一字《いちじ》あり。こはそも怪《あや》し」と驚《おどろ》くまでに、またと見《み》、かう見《み》つつ沈吟《うちあん》じ、たちまちさとってにつこ、と笑《ゑ》み、「これかれ思《おも》ひあはすれば、彼犬山道節《かのいぬやまどうせつ》も、つひにはわが同盟《どうめい》の人《ひと》となるべき因縁《いんえん》あらん。さるにてもわが玉《たま》を、秘《ひ》めおきたりし護身嚢《まもりぶくろ》は、彼《かれ》が腰刀《こしかたな》にからみ取《と》られつ、そが肉身《にくしん》より出《い》でたる玉《たま》は、思《おも》はずはわが手《て》に入《い》りし事《こと》、奇異《きい》とやいはん、微妙《みめう》とやせん、怪《あや》しといふもあまりあり。これによりて推《お》すときは、わが玉《たま》もかの宝刀《みたち》も、後《のち》には復《かへ》る時《とき》あらん」

✲「樊噲《はんかい》が鴻門《こうもん》を破るとき」「関羽《かんう》が五関《ごかん》を越ゆるの日」は『史記』『三国志演義』によって良く知られていた場面である。読本にはこういった中国の古典を踏まえた表現が随所に見られる。もちろん、読者も知っていたからこそ通ずるのだが、多くの江戸時代の人々が『史記』などの中国の古典を十分に読んでいたわけではない。ちょうど現代に生きる我々が、『平家物語』をきちんと読んでいなくても、清盛のエピソードや、義経の活躍をなんとなく知っているのと同様なレベルで樊噲や関羽を知っていたのである。現代の読者は知らなくてもかまわない。中国の古典は比喩《ひゆ》の材料として使われているのであり、ここでも戦いの激しさを述べていることはわかる。こうした読書を重ねるうちに、なんとなくイメージが出来ていくのだ。

## ◆芳流閣《ほうりゅうかく》の戦《たたか》い（三十一回）

あらすじ（二十九回〜）

蟇六《ひきろく》・亀篠《かめざさ》は浜路《はまじ》・左母二郎《さもじろう》を追《お》わせたが、見《み》つからない。そうこうするうちに簸上宮六《ひがみきゅうろく》は仲立《なかだ》ちの軍木五倍二《ぬるでごばいじ》とともに、浜路《はまじ》と結婚《けっこん》するつもりでやってくる。浜路《はまじ》がいないことを知った宮六《きゅうろく》は怒《いか》り、それをなだめようとして、蟇六《ひきろく》は村雨丸《むらさめまる》を差《さ》し出《だ》す。しかしこれはすでに左母二郎《さもじろう》によって取《と》りかえられた偽物《にせもの》であり、宮六《きゅうろく》は怒《いか》りを爆発《ばくはつ》させ、蟇六《ひきろく》・亀篠《かめざさ》を斬殺《ざんさつ》する。そこに帰《かえ》って来《き》た荘助《そうすけ》は宮六《きゅうろく》・五倍二《ごばいじ》と戦《たたか》い、宮六《きゅうろく》を切《き》り捨《す》てるが五倍二《ごばいじ》には逃《に》げられる。五倍《ごばい》二《じ》の嘘《うそ》の証言《しょうげん》によって、荘助《そうすけ》は蟇六《ひきろく》・亀篠《かめざさ》・宮六殺《きゅうろくごろ》しの犯人《はんにん》とされ、浜路《はまじ》・左《さ》母《も》二《じ》郎殺《ろうごろ》しについても疑《うたが》われる。

許我《こが》に着《つ》いた信乃《しの》は、前管領《ぜんかんれい》の成氏《なりうじ》に村雨丸《むらさめまる》を献上《けんじょう》する寸前《すんぜん》に、旅宿《りょしゅく》で中身《なかみ》を確《たし》かめようとして偽物《にせもの》と知《し》る。既《すで》に成氏《なりうじ》にお目見《めみ》えする手《て》はずになっていたため、成氏《なりうじ》の面前《めんぜん》で、「数日《すうじつ》の猶予《ゆうよ》をいただけば、必《かなら》ず本物《ほんもの》を取《と》り返《かえ》す」と訴《うった》えるが、執権《しっけん》の在村《ありむら》により間諜《スパイ》と決め付《つ》けられ、成氏《なりうじ》も「撃《う》ちとめよ」と命《めい》じる。多《おお》くの捕《と》り手《て》をかいくぐり、松《まつ》の木《き》から屋根《やね》に飛《と》び移《うつ》って逃《に》げ道《みち》を探《さが》す。この建物《たてもの》は芳流閣《ほうりゅうかく》と呼《よ》ばれ、遠見《とおみ》のため三階《さんかい》まである。後《あと》から追《お》った勇士《ゆうし》たちも次々《つぎつぎ》切り伏《ふ》せられ、誰《だれ》も相手《あいて》にならない。下《した》では弓《ゆみ》を構《かま》えており、外側《そとがわ》は坂東太郎《ばんどうたろう》（利根川《とねがわ》）が流《なが》れている。在村《ありむら》が、「犬飼見八《いぬかいけんぱち》は現在牢《げんざいろう》に入《はい》っているが、捕《と》り物《もの》が得意《とくい》で、この藩《はん》では最高《さいこう》の捕《と》り手《て》である」と進言《しんげん》した。見八《けんぱち》は牢《ろう》から引《ひ》き出《だ》されて、信乃《しの》に立《た》ち向《む》かったのである。

その時《とき》信乃《しの》は思《おも》った。初層《しょそう》、二層《にそう》の屋根《やね》の上《うえ》まで登《のぼ》ろうとした兵《へい》を切《き》り落《お》とした後《あと》は、少《すこ》しも近《ちか》づくものはなかったのに、今《いま》ただ一人《ひとり》で登《のぼ》ってくるのはよほど腕《うで》に覚《おぼ》えのある奴《やつ》だろう。あいつは、膳臣巴提便《かしわでのおみはてべ》が虎《とら》をやっつけたような勇気《ゆうき》があるのか、富田三郎《とみたさぶろう》が鹿《しか》の角《つの》を裂《さ》くような力《ちから》を持《も》っているのか、それにしてもたった一人《ひとり》だ。組《く》み合《あ》って刺《さ》し違《ちが》えるつもりなら何《なん》とかなるだろう。よい敵《てき》だ、目《め》にものみせてやろう、と。信乃《しの》は血《ち》の

ついた刀《かたな》を袴《はかま》で拭《ぬぐ》って、高瀬舟《たかせぶね》のような狭《せま》い棟《むね》の上《うえ》に立《た》ったまま、敵《てき》が来《く》るのを待《ま》っている。（カラー口絵「芳流閣両雄動」参照）
一方《いっぽう》、見八《けんぱち》は思《おも》った。あの犬塚《いぬつか》の武芸《ぶげい》、勇敢《ゆうかん》は誰《だれ》も匹敵《ひってき》するものではない。しかし、捕《つか》まえられず、他《ほか》に加勢《かせい》を頼《たの》むようなことになったら、牢屋《ろうや》からこの役《やく》のために選《えら》ばれた甲斐《かい》がない。捕《つか》まえるか返《かえ》り討《う》ちになるかわからないが、とにかく勝負《しょうぶ》を決《けっ》しよう、と。
見八《けんぱち》は少《すこ》しも迷《まよ》わず
「捕《つか》まえよ、というご命令《めいれい》だ」
と呼《よ》びかけて、持《も》った十手《じって》を閃《ひらめ》かし、飛《と》ぶように棟《むね》の左《ひだり》から登《のぼ》って組《く》もうとするが、寄《よ》せ付《つ》けない。
「わかった」
と信乃《しの》が鋭《するど》い太刀《たち》を振《ふ》り下《お》ろすのをハッシと受《う》けとめて払《はら》う。すかさず突《つ》っ込《こ》む切《き》っ先《さき》を受《う》け流《なが》す。上《うえ》からも下《した》からも攻《せ》められるが、滑《すべ》る瓦《いらか》を踏《ふ》みしめて、少《すこ》しずつ前進《ぜんしん》するのが捕《と》り手《て》の秘術《ひじゅつ》。相手《あいて》も劣《おと》らない手練《しゅれん》の働《はたら》きで打《う》ち下《お》ろす太刀《たち》、それをはずす虚々実々《きょきょじつじつ》の戦《たたか》い。まだ勝負《しょうぶ》がつかないので、広庭《ひろにわ》にいる人々《ひとびと》は誰《だれ》もが手《て》に汗《あせ》を握《にぎ》って、瞬《また》きもせず、一心《いっしん》にはるか上方《じょうほう》の戦《たたか》いを見《み》ている。

そして犬塚信乃《いぬつかしの》は、侮《あなど》りがたい見八《けんぱち》の武芸《ぶげい》を見《み》て、いい敵《てき》を得《え》たものだ、と思《おも》うと勇気《ゆうき》がますます増《ま》して、刃《やいば》に火花《ひばな》が出《で》るほどに打《う》ちかかっては打《う》ち返《かえ》され大太刀《おおたち》のぶつかる音《おと》と掛《か》け声《ごえ》が響《ひび》いた。二匹《にひき》の虎《とら》が深《ふか》い山《やま》で戦《たたか》うときに風《かぜ》が起《お》こり、二匹《にひき》の竜《りゅう》が青《あお》い淵《ふち》で戦《たたか》うときに雲《くも》が起《お》こるのもこのようであろうか。春《はる》ならば峰《みね》の霞《かすみ》、夏《なつ》ならば夕《ゆう》べの虹《にじ》を見《み》るような、とても高《たか》い棟《むね》での生死《せいし》をかけた争《あらそ》いは今《いま》だかつてない、みごとな戦《たたか》いである。見八《けんぱち》は鎖《くさり》かたびらや籠手《こて》を突《つ》き通《とお》すほど切《き》られたが、太刀《たち》を抜《ぬ》かない。信乃《しの》は刀《かたな》の刃《は》がこぼれてしまい、初《はじ》めに負《お》った浅《あさ》い傷《きず》がしだいに痛《いた》みを覚《おぼ》えるようになったが、足場《あしば》をさぐって油断《ゆだん》せずに畳《たた》みかける。その太刀《たち》を見八《けんぱち》は右手《みぎて》で受《う》け流《なが》して、かえす拳《こぶし》につけいり、

「やっ」

と声《こえ》をかけて、眉間《みけん》をめがけてはたと打《う》つ。その十手《じって》をはっしと受《う》けとめた時《とき》、信乃《しの》の刃《やいば》が、鍔際《つばきわ》から折《お》れてかなたに飛《と》び失《う》せてしまった。

見八《けんぱち》は「しめた」

とむんずと組《く》むのを、そのまま左手《ひだりて》に引《ひ》きつけて、互《たが》いに利《き》き腕《うで》をしっかり取《と》り、ねじり倒《たお》そうと声《こえ》を挙《あ》げて、もみ合《あ》いになる。二人《ふたり》とも力《ちから》を入《い》れた足《あし》を踏《ふ》みすべらせて、川《かわ》の方《ほう》へころころと転《ころ》がる様子《ようす》はまるで、坂道《さかみち》で車《くるま》がこけて米俵《こめだわら》を落《お》としたようである。急勾配《きゅうこうばい》で滑《すべ》りやすい瓦《いらか》であるから、止《と》まるはずもないのに、互《たが》いに拳《こぶし》をゆるめない。何十《なんじゅう》メートルもの屋根《やね》の上《うえ》からころげたものの、末《すえ》もはるかな川《かわ》の底《そこ》には入《い》らず、ちょうど水際《みずぎわ》に繋《つな》いであった小舟《こぶね》の中《なか》に、重《かさ》なってどっと落《お》ちた。舟《ふね》は傾《かたむ》き、波《なみ》が立《た》ち、ともづなが切《き》れて、矢《や》のように早《はや》い川《かわ》の流《なが》れの真中《まんなか》へと押《お》し出《だ》された。しかも追《お》い風《かぜ》に引《ひ》き潮《しお》、誘《さそ》い水《みず》に乗《の》ったかのような舟《ふね》の行方《ゆくえ》はわからないのであった。

❖そのとき信乃《しの》おもふやう、初層二層《しよぢゆうにぢゆう》の屋《や》の上《うへ》まで、追《お》ひ登《のぼ》らんとせし兵等《つはものら》を、きり落《お》としつる後《のち》は、絶《た》えて近《ちか》づくものもなきに、今《いま》ただひとり登《のぼ》り来《き》ぬるは、よにおぼえある力士《りきし》ならん。這奴《しやつ》はこれ、膳臣巴提便《かしはでのおみはてべ》が、虎《とら》をてうちにする勇《ゆう》あるか。また富田三郎《とみたのさぶらう》が、鹿角《しかのつの》を裂《さ》く力《ちから》あるか。さもあらばあれ一個《ひとり》の敵《てき》なり。引《ひ》き組んで刺《さ》しちがへ、死《し》するに難《かた》きことやはある。よき敵《てき》にこそ、ござンなれ。目《め》に物見《ものみ》せん、と血刀《ちかたな》を、袴《はかま》の稜《そば》もて推《お》しぬぐひ、高瀬《たかせ》の如《ごと》き方桴《はこむね》に、立《た》つたるままに寄《よ》するをまてば、見八《けんはち》もまた思《おも》ふやう、かの犬塚《いぬつか》が武芸勇悍《ぶげいゆうかん》、もとより万夫無当《ばんぷぶたう》の敵《てき》なり。さりとてもからめかねて、他《ひと》の援《たす》けを借《か》ることあらば、獄舎《ひとや》の中《うち》よりこの役義《やくぎ》に、択《えら》み出《い》だされし甲斐《かひ》もなし。からめ捕《と》るとも、撃《う》たるるとも、勝負《せうぶ》を一時《いちじ》に決《けつ》せんものを、とおもひにければちつとも擬議《ぎぎ》せず、「御諚《ごぢやう》ざふ」と呼《よ》びかけて、もつたる十手《じつて》をひらめかし、飛《と》ぶが如《ごと》くに方桴《はこむね》の、左《ひだり》のかたより進《すす》み登《のぼ》りて、組《く》まんとすれども寄《よ》せつけず、「こころ得《え》たり」と鋭《と》き大刀風《たちかぜ》に、撃《う》つを発石《はつし》、と受《う》け留《と》めて、しきり払《はら》へばすかさず数刀尖《こむきつさき》を、ささえて流《なが》す一上一下《いちぜういちげ》、すべる甍《いらか》を踏《ふ》み駐《と》めて、しきりに進《すす》む捕手《とりて》の秘術《ひじゆつ》。彼方《かなた》も劣《おと》らぬ、手煉《しゆれん》の働《はたら》き、かさよりおとす大刀筋《たちすぢ》を、あちこ

芳流閣《ほうりゆうかく》での信乃《しの》と見八《けんはち》（現八《げんぱち》）の戦《たたか》い

ち外《はず》す、虚々実々《きよきよじつじつ》、いまだ勝負《しやうぶ》を判《わか》ざれば、広庭《ひろには》なる主従士卒《しゆうじゆうしそつ》は、手《て》に汗握《あせにぎ》らざるもなく、瞬《またた》きもせず気《き》を籠《こ》めて、見《み》るめもいとはるかなる。

さる程《ほど》に、犬塚信乃《いぬつかしの》は、侮《あなど》りがたき見八《けんはち》が、武芸《ぶげい》に敵《てき》を得《え》たりけり、と思《おも》へば勇気《ゆうき》いや倍《まし》て、刀尖《きつさき》より火《ひ》出《い》づるまで、寄《よ》せては返《かへ》す、大刀音《たちおと》かけ声《ごゑ》。両虎深《りやうこみ》山《やま》に挑《いど》むとき、錚然《しやうぜん》として風《かぜ》おこり、二竜青潭《じりやうせいたん》に戦《たたか》ふ時《とき》、沛然《はいぜん》として雲《くも》起《お》こるも、かくぞあるべき。春《はる》ならば、峯《みね》の霞《かすみ》か、夏《なつ》なれば、夕《ゆふべ》の虹《にじ》か、と見《み》るばかりなる、いと高閣《たかきや》の棟《むね》にして、死《し》を争《あらそ》ひし為体《ていたらく》、よに未曾有《みぞう》の晴《は》れ業《わざ》なれば、見八《けんはち》は被籠《きこみ》のくさり、肱当《こて》の端《はづれ》を裏欠《うらか》くまでに、切《き》り裂《さ》かれしかど、大刀《たち》を抜《ぬ》かず。信乃《しの》は刀《かたな》の刃《は》も続《つづ》かで、初《はじめ》に浅痍《あさで》を負《お》ひしより、しだいに疼《いた》みを覚《おぼ》ゆれども、足場《あしば》をはかりて、たゆまず去《さ》らず、畳《たた》みかけて撃《う》つ大刀《たち》を、見八右手《けんはちめて》に受《う》けながして、かへす拳《こぶし》につけ入《い》りつつ、「ヤツ」とかけたる声《こゑ》と共《とも》に、眉間《みけん》を望《のぞ》みてはたと打《う》つ。十手《じつて》をちやうと受《う》けとむる、信乃《しの》が刃《やいば》は鍔際《つばきは》より、折《を》れて遥《はるか》に飛《と》び失《う》せつ。見八得《けんはちえ》たり、とむづと組《く》むを、そがまま左手《ゆんで》に引《ひ》きつけて、かたみに利《き》き腕《うで》しかととり、ねぢ倒《たふ》さん、と曳声合《えいごゑあ》はして、もみつもまるるちから足《あし》、これかれひとしく踏《ふ》みすべらして、河辺《かはべ》のかたへころころと、身《み》をまろばせし覆車《ふくしや》の米包《たはら》、坂《さか》より落《お》とすに異《こと》ならず。高低険《かうべりけは》しき桟閣《がけつくり》に、削《けづ》り成《な》したる甍《いらか》の勢《いきほ》ひ、とどまるべくもあらざめれど、かたみにとつたる拳《こぶし》を緩《ゆる》めず、幾十尋《いくとひろ》なる屋《や》の上《うへ》より、末遥《すゑはる》かなる河水《かはみづ》の底《そこ》には入《い》らで、程《ほど》もよし、水際《みぎは》に繋《つな》げる小舟《こぶね》の中《うち》へ、うち累《かさ》なりつつだうと落《お》つれば、傾《かたぶ》く舷《へり》と、立《た》つ浪《なみ》に、ざんぶと音《おと》す水烟《みづけふり》、纜《ともづな》ちやうと張《は》りきりて、射《い》る矢《や》の如《ごと》き早河《はやかは》の、真中《ただなか》へ吐《は》き出《い》だされつ。しかも追風《おひて》と虚潮《ひくしほ》に、誘《さそ》ふ水《みづ》なるくだり舟《ふね》、往方《ゆくへ》もしらずなりにけり。

✲『八犬伝』は江戸時代からしばしば歌舞伎で演じられた。犬の着ぐるみが可愛くもあり恐ろしくもある序幕、道節が火遁《かとん》の術を使う円塚山《まるつかやま》、八犬士が揃う大団円など、ほぼ演じられる場面も定着しているが、その中でも芳流閣での戦いは一番の見せ場である。舞台いっぱいに屋根の上のセットが現れる。そこで信乃と見八、それに捕り手が丁々発止《ちょうちょうはっし》の殺陣《たて》を繰り広げる。そして、屋根がしだいに向こう側に倒れ（舞台の奥側を軸として屋根が九十度回転する）、役者も屋根から振り落とされるように舞台の奥に消えたかと思うと、正面にはすでに次の行徳の場面が出来上がっている。屋根裏にあたる部分に背景となる絵が描いてあり、そこに気を失った二人が舟に乗って流れ着くのだ。さて、歌舞伎に登場する玉は大きい。馬琴の想定したサイズは犬が飲み込むくらいだが、それでは観客にはわからない。歌舞伎から『八犬伝』に入った人は直径十センチ近い玉をイメージするのも仕方ないことだろう。

## ◆犬士《けんし》見八《けんぱち》の出自《しゅつじ》（三十二回①）

あらすじ（三十一回〜）

下総国《しもふさのくに》（千葉県《ちばけん》）の行徳《ぎょうとく》に、文五兵衛《ぶんごべえ》という旅館《りょかん》の主《あるじ》がいた。ある日入江《いりえ》で釣《つ》りをしていると、気《き》を失《うしな》った二人《ふたり》の武士《ぶし》を乗《の》せた舟《ふね》が流《なが》れ着《つ》く。顔《かお》を見《み》ると、一人《ひとり》はかねて知《し》る犬飼見八《いぬかいけんぱち》である。見八《けんぱち》は実《じつ》の親《おや》と別《わか》れたのち、成氏《なりうじ》の家来《けらい》見兵衛《べえ》に養《やしな》われたが、文五兵衛《ぶんごべえ》の子息《しそく》小文吾《こぶんご》とは乳兄弟《ちきょうだい》の間柄《あいだがら》で先年義兄弟《せんねんぎきょうだい》の契《ちぎ》りを交《か》わしたのだった。文五兵衛《ぶんごべえ》は、正気《しょうき》を取《と》り戻《もど》した信乃《しの》からことの顚末《てんまつ》を聞《き》く。信乃《しの》は横《よこ》たわる見八《けんぱち》の顔《かお》にある牡丹《ぼたん》の形《かたち》の痣《あざ》を見《み》て、故郷《こきょう》の大塚《おおつか》で親交《しんこう》のあった農民糠助《のうみんぬかすけ》から聞《き》いた話《はなし》を思《おも》い出《だ》した。そして見八《けんぱち》こそ糠助《ぬかすけ》と幼《おさな》い頃別《ころわか》れた糠助《ぬかすけ》の子供《こども》であろうと語《かた》る。死《し》んだかのように見《み》えた見八《けんぱち》も身《み》を起《お》こして身《み》の上《うえ》を話《はな》した。養父《ようふ》が亡《な》くなった後《のち》、獄舎長《ごくしゃちょう》に任命《にんめい》されたが、執権《しっけん》の在村《ありむら》が罪《つみ》なき人々《ひとびと》を獄舎《ごくしゃ》で罰《ばっ》することに耐《た》えられず辞任《じにん》を申《もう》し出《で》た。それが許《ゆる》されなかったばかりか、主人《しゅじん》をないがしろにしたと見《み》なされて囚《とら》われていたが、信乃《しの》を取《と》り押《お》さえよという命令《めいれい》が下《くだ》り獄舎《ごくしゃ》を出《だ》された、というのである。信乃《しの》は、見八《けんぱち》の実父《じっぷ》である糠助《ぬかすけ》から臨終《りんじゅう》の間際《まぎわ》に聞《き》いたことを語《かた》り始《はじ》めた。

「昔《むかし》、安房《あわ》の洲崎《すざき》で、あなたが生《う》まれた七日目《なのかめ》の夜《よる》に、糠助《ぬかすけ》さんが鯛《たい》を料《りょう》理《り》したとき、魚《うお》の腹《はら》に玉《たま》があって文字《もじ》のようなものが見《み》えたのです。取《と》り出《だ》して産婦《さんぷ》に見《み》せたところ、これは〝まこと〟と読《よ》む〝信《しん》〟の字《じ》ですよね、と言《い》ったそうです。そして、奥《おく》さんの筆《ふで》で、誕生日《たんじょうび》と幼名《おさなな》と玉《たま》のことを紙《し》片《へん》に書《か》かせ、産毛《うぶげ》や臍《へそ》の緒《お》とともに守《まも》り袋《ぶくろ》に収《おさ》めたのです。その後《ご》あなたは主君《しゅくん》とお父様《とうさま》に従《したが》って、鎌倉《かまくら》から滸我《こが》へと移《うつ》ったのでしょう。『守《まも》り袋《ぶくろ》を失《うしな》ってなければ、今《いま》でも玉《たま》は彼《かれ》の手《て》にあるはずです。それを証拠《しょうこ》になされればまちがいありません』と言《い》われました。その玉《たま》は今《いま》でもお持《も》ちですか」

と尋《たず》ねなさると、見八《けんぱち》は急《いそ》いで肌身《はだみ》離《はな》さず持《も》っていた袋《ふくろ》の紐《ひも》を解《と》いて開《ひら》き、

「ついに縁《えん》がなくてあなたと名《な》告《の》りあわなかったら、実父《じっぷ》の身《み》の上《うえ》をこの

ように知《し》ることはできませんでした。何《なん》か月《げつ》か獄舎《ごくしゃ》に閉《と》じ込《こ》められても守《まも》り袋《ぶくろ》は身《み》から離《はな》しませんでしたので、玉《たま》を失《うしな》うはずもありません。塵《ちり》ひとつなく、ここにあります」

と応《こた》えて、そっと手《て》のひらに載《の》せた玉《たま》を指《さ》し示《しめ》す。

信乃《しの》は受《う》け取《と》りしみじみと見《み》て

「夜光《やこう》の璧《たま》という有名《ゆうめい》な中国《ちゅうごく》の玉《たま》を見《み》たことはありませんが、この玉《たま》もそれと同《おな》じくたとえ城《しろ》でも換《か》えられない、すばらしい宝《たから》ですね」

と称賛《しょうさん》すると、見八《けんぱち》は懐《なつ》かしさに耐《た》えられず目《め》をしばたいて

「たいしたことではありませんが、私《わたし》の養父《ようふ》は隆道《たかみち》といいます。そして私《わたし》は信道《のぶみち》と名《な》づけられました。道《みち》は父《ちち》の名《な》の一字《いちじ》、信《のぶ》はこの玉《たま》の文字《もじ》から取《と》ったものです。実父《じっぷ》の形見《かたみ》とだけ伝《つた》え聞《き》いておりましたが、今《いまし》知ったた玉《たま》の出所《しゅっしょ》はまったく奇妙《きみょう》ですね。これも恩人《おんじん》、犬塚《いぬつか》さん、あなたからの賜物《たまもの》です」

と言《い》われて信乃《しの》は無意識《むいしき》に、物思《ものおも》いする額《ひたい》に手《て》をやる。

「それはあなただけのことではありません。私《わたし》にとっても大事《だいじ》なことで、過分《かぶん》の褒《ほ》めことばはあてはまりません。この玉《たま》を見《み》ると私《わたし》も親《おや》を思《おも》い出《だ》します。昔懐《むかしなつ》かしい奇談《きだん》があるのです。私《わたし》もこの玉《たま》と少《すこ》しも違《ちが》わないものを持《も》っています。その玉《たま》には〝孝《こう》〟の字《じ》がありますが、もともと母《はは》が手《て》に入《い》れて、なくしたものです。後《のち》に母《はは》は世《よ》を去《さ》り、父《ちち》が身《み》まかったときに、様々《さまざま》なことがあって与四郎《よしろう》という名《な》の犬《いぬ》の傷口《きずぐち》から例《れい》の玉《たま》が現《あら》われ、私《わたし》の手《て》にはいりました。ただこの不思議《ふしぎ》があっただけではなく、その玉《たま》を手《て》に入《い》れたころ、急《きゅう》に私《わたし》の左腕《ひだりうで》に牡丹《ぼたん》の花《はな》に似《に》た痣《あざ》が出来《でき》たのです。その後《のち》八年《ねん》を経《へ》て、糠助《ぬかすけ》さんの遺言《ゆいごん》に、魚《うお》の腹《はら》から得《え》た玉《たま》のこと、あなたの痣《あざ》のことまで細《こま》かく示《しめ》されました。そのお話《はなし》を聞《き》いてひそかに思《おも》ったのは、私《わたし》の玉《たま》と痣《あざ》に似《に》ているのは宿業《しゅくごう》によるものであろうということです。私《わたし》の友人《ゆうじん》、犬川荘助《いぬかわそうすけ》の持《も》つ玉《たま》もこれと同《おな》じです。その玉《たま》には〝義《ぎ》〟の文字《もじ》があります。そのため義任《よしとう》と名告《なの》っていますが、仮《かり》に額蔵《がくぞう》と呼《よ》んでいます。彼《かれ》にもぼんのくぼから右《みぎ》の肩《かた》にかけて同《おな》じ形《かたち》の痣《あざ》があります。そのようなことでしたので、糠助《ぬかすけ》さんのご子息《しそく》も私《わたし》と兄弟《きょうだい》の間柄《あいだがら》であろうと思って、まだ見《み》ぬあなたにとても親《した》しみを感《かん》じていました。今《いま》その人《ひと》と玉《たま》を見《み》て、ほんとうに運命《うんめい》ってあるんだな、とわかりました。私《わたし》の玉《たま》をご覧《らん》になれば、疑《うたが》いはお持《も》ちにならないでしょう」

と言《い》いながら玉《たま》を見八《けんぱち》に返《かえ》し、首《くび》にかけた守《まも》り袋《ぶくろ》の紐《ひも》を解《と》いて玉《たま》を見《み》せ、左《ひだり》の肩《かた》を肌脱《はだぬ》ぎにして腕《うで》の痣《あざ》を見《み》せたので、見八《けんぱち》はつくづくその玉《たま》を見《み》、痣《あざ》を見《み》て

「不思議《ふしぎ》だ、不思議《ふしぎ》だ」

と感激《かんげき》して、もっと早《はや》く信乃《しの》と顔《かお》を合《あ》わせたかったと嘆《なげ》いた。最後《さいご》にはそれぞれ玉《たま》を取《と》って袋《ふくろ》に納《おさ》め首《くび》にかけて、二人《ふたり》ともひざまずき、天地《てんち》を拝《はい》して誓《ちか》いを立《た》て、兄弟《きょうだい》の契《ちぎ》りを結《むす》んだのである。

❖むかし安房《あは》の洲崎《すさき》にて、和殿《わどの》が生《う》まれし七夜《しちや》の日《ひ》に、糠助老人《ぬかすけをぢ》は網《あみ》せし鯛《たひ》を、手《て》づから庖丁《ほうちやう》しつるとき、魚《うを》の腹《はら》に玉《たま》ありて、文字《もんじ》のごときもの見《み》えたり。取《と》りて産《さん》

婦《ふ》に読《よ》ませしに、これはまこととか訓《よ》む、信《しん》の字《じ》ならんといへり。これにより、妻《つま》の筆《ふで》もて、その誕生《たんぜう》の年月《ねんげつ》と乳名《をさなな》と、感得《かんとく》の玉《たま》の事《こと》さへ、紙《かみ》の端《はし》に書《か》きつけさせて、産毛《うぶげ》臍帯《ほぞのを》もろともに、護符嚢《まもりぶくろ》に納《をさ》めたり。玄吉《げんきち》は君《きみ》と父《ちち》に、従《したが》ひまつりて鎌倉《かまくら》より、許我《こが》にこそ移《うつ》りけめ。護符嚢《まもりぶくろ》を失《うしな》はずは、今《いま》なほ渠《かれ》が手《て》にあらん、それを証《あかし》にし給《たま》はば、紛《まぎ》れあらじ、といはれたり。その玉今《たまいま》もありや」と問《と》へば、見八《けんはち》はいそがはしげに、膚《はだ》に着《つ》けたる嚢《ふくろ》の紐《ひも》を、解《と》き出《い》だしてうち披《ひら》き、「某《それがし》つひに縁《えん》なくて、和《わ》君《ぎみ》に名告《なの》りあはざりせば、実父《じつふ》のうへをかくまでに、つまびらかにしるよしあらんや。月来獄舎《つきごろひとや》に繋《つな》がれても、護符嚢《まもりぶくろ》は身《み》を放《はな》さず、いかでかその玉《たま》を失《うしな》ふべき、塵《ちり》さへすえずここにあり」と回答《いらへ》てやをら掌《たなそこ》に、乗《の》しつつ玉《たま》をさし示《しめ》せば、信乃《しの》は受《う》けとりてつらつら見《み》つ、「隋玉《ずいぎよく》夜光《やくわう》はみしらねども、十五《じうご》城《ぜう》にも換《か》え給《たま》はじ。宝《たから》にこそ」と称《せう》すれば、見八《けんはち》は懐旧《くわいきう》に、え堪《た》へず目皮《まぶた》をしばたたき、「物数《ものかず》にしていふにはあらねど、某《それがし》が養父《やうふ》の名乗《なの》りを、隆道《たかみち》と唱《とな》へたり。よりてまた某《それがし》が名《な》を、信道《のぶみち》と命《つ》けられたり。道《みち》はすなはち養父《やうふ》の隻字《せきじ》、信《のぶ》はすなはちこの玉《たま》の文字《もんじ》をしも表《ひやう》したる、実《まこと》の親《おや》の像見《かたみ》とのみ、伝《つた》へ聞《き》きつつ今《いま》ぞしる、玉《たま》の出処《しゆつしよ》は、ますます奇《き》なり。

これも恩人犬塚《おんじんいぬつか》ぬし、和君《わぎみ》の賜《たまもの》なりけり」といはれて信乃《しの》は憶《おも》はずも、物《もの》おもはしき額《ひたひ》をなで、「そは和殿《わどの》のみならんや、某《それがし》もまた本意《ほゐ》に称《かな》へり。過分《くわぶん》の賞美《しやうび》は当《あ》たりがたし。この玉《たま》を見《み》てわが親《おや》を、思《おも》へばむかしなつかしき、また一条《ひとくだり》の奇談《きだん》あり。某《それがし》もこの玉《たま》に、つゆ違《たが》はぬを蔵《もて》るなり。その玉《たま》には孝《こう》の字《じ》あり。もとこれ母《はは》が感得《かんとく》して、失《うしな》ひしものになん。そののち母《はは》は世《よ》を逝《さ》りつ、父《ちち》の身《み》まかりけるときに、云々《しかじか》の故《ゆゑ》ありて、与四郎《よしらう》と名《な》づけたる、家狗《かひいぬ》の痍口《きずぐち》より、件《くだり》の玉《たま》はあらはれ出《い》でて、某《それがし》が手《て》に入《い》りぬ。ただこの奇異《きゐ》あるのみならず、その玉《たま》を獲《え》つる比《ころ》、忽然《こつぜん》として某《それがし》が左《ひだり》の腕《かひな》に痣《あざ》いで来《き》て、形《かたち》牡丹《ぼたん》の花《はな》に似《に》たり。その後《のち》八年《やとせ》ばかり経《へ》て、糠助老人《ぬかすけをぢ》が遺言《ゆいげん》に、魚腹《ぎよふく》に獲《え》たる玉《たま》の事《こと》、和殿《わどの》の痣《あざ》のことまでも、詳《つば》らかに説《と》き示《しめ》されたり。窃《ひそ》かに思《おも》へばわが玉《たま》と、またわが痣《あざ》に相似《あひに》たり、これ宿業《しゆくごふ》の致《いた》す所《ところ》か。わが友《とも》犬川荘助《いぬかはさうすけ》も、感得《かんとく》の玉《たま》これにおなじ。その玉《たま》には義《ぎ》の字《じ》あり。よりて義任《よしたふ》と名告《なの》れども、仮《かり》に字《あざな》を額蔵《がくざう》といふ。彼《かれ》は身柱《ちりげ》のほとりより、右《みぎ》の胛《かいぼね》の下《した》まで痣《あざ》ありて、その形相同《かたちあひおな》じ。かかれば糠助老人《ぬかすけをぢ》が子《こ》も、われと異姓《いせい》の兄弟《きやうだい》ならん。と思《おも》ひとりつつまだ見《み》ぬ友《とも》の、いとなつかしき心地《ここち》しつ。今《いま》その人《ひと》と玉《たま》を見《み》て、いよいよ過世《すくせ》あるを知《し》れり。わが玉見給《たまみたま》はば、疑《うたが》ひたちどころに氷解《ひやうかい》せん」といひつつ、まづ見八《けんはち》に渠《かれ》が玉《たま》を返《かへ》し、項《うなじ》に掛《か》けたる懐嚢《はだのまもり》の紐《ひも》解き披《ひら》きて玉《たま》を視《み》せ、左《ひだり》の肩《かた》をおし袒《はだぬ》ぎて、腕《かひな》の痣《あざ》をさへ見《み》せしかば、見八《けんはち》はつくづくと、その玉《たま》を見《み》つ、痣《あざ》を見《み》つ、「奇《き》なり妙《めう》なり」と唱嘆《しやうたん》して、信乃《しの》と面《おもて》を合《あ》はすることの、遅《おそ》かりけるを憾《うらむ》るのみ。つひにおのおの玉《たま》を取《と》りて、嚢《ふくろ》に納《をさ》め、項《えり》に掛《か》けて、もろともに跽《ひざまづ》き、天地《てんち》を拝《はい》し、誓《ちかひ》を立《た》てて、かの桃園《たうゑん》の義《ぎ》を結《むす》びぬ。

✻夜光の璧《たま》とは、古代中国で隋侯《ずいこう》の祝元陽《しゆくげんよう》が蛇から授かったとされる玉のこと。夜でも光るくらい輝いているという意味で名づけられた。鉱物が自ら光を発することは本来あり得ないのだが、宝石などの美しさを形容する場合に用いられる表現である。さて、「玉」とは、水晶などの鉱物を磨いたものであり、単に美しいというだけでなく、「魂《たま》」とも通じて霊力を持つとされていた。そして、八犬士の持つ玉には特別な力が宿っており、痛めた体を癒し、解毒《げどく》作用まである。馬琴は、何回かこれらの玉のいわれを説明している（八回、百九回など）。天地が生じたときにともに生まれた勾玉《まがたま》を役行者《えんのぎようじや》が刻んで数珠を作ったが、その中の八つの玉にはおのずから、仁・義・礼……の文字があった、と。今後、何度もこの玉の霊力に助けられ犬士は危難を乗りこえていく。

## ◈犬士《けんし》小文吾《こぶんご》の出自《しゅつじ》（三十二回②）

文五兵衛《ぶんごべえ》は初《はじ》めから黙《だま》ったまま、手《て》をこまぬいて彼《かれ》らの物語《ものがたり》をじっと聞《き》いていた。今《いま》、はたから二《ふた》つの玉《たま》を見《み》て、ますます驚《おどろ》き二人《ふたり》に向《む》かって
「こう言《い》うと間《ま》が抜《ぬ》けているようですが、我《わ》が子小文吾《こぶんご》は先年見八《せんねんけんぱち》さんと兄弟《きょうだい》の約束《やくそく》をかわしたことは既《すで》に申《もう》し上《あ》げました。しかし、犬塚《いぬつか》さんのようなわけではなく、ただお父様《とうさま》の見兵衛《けんべえ》さんの求《もと》めに応《おう》じただけなのです。今《いま》になって思《おも》うと小文吾《こぶんご》は犬塚《いぬつか》さんとも運命《うんめい》がつながっているようですね。それならば、この誓《ちか》いの席《せき》に連《つら》なるべきなのでしょう。彼《かれ》も玉《たま》を持《も》っています。それはこの二《ふた》つの玉《たま》に似《に》ています。彼《かれ》の玉《たま》に見《み》える文字《もじ》だけが違《ちが》って〝悌《てい》〟の字《じ》なのです。そこから町人《ちょうにん》には必要《ひつよう》のない成人《せいじん》するときの実名《じつめい》までも、玉《たま》の文字《もじ》から自《みずか》ら選《えら》んで〝悌順《やすより》〟と付《つ》けたのです。この玉《たま》の出所《しゅっしょ》をあかせば、多少犬飼《たしょういぬかい》さんの魚腹《ぎょふく》の玉《たま》と似《に》ています。小文吾《こぶんご》がまだおしめ

をしていた時《とき》、お食初《くいぞ》めの祝《いわ》いに赤飯《せきはん》を炊《た》き、魚《うお》や野菜《やさい》、汁物《しるもの》などを決《き》まり通《どお》り並《なら》べお盆《ぼん》を赤《あか》ん坊《ぼう》の前《まえ》に据《す》えたのです。飯粒《めしつぶ》を舐《な》めさせようとして、高《たか》く盛《も》った茶碗《ちゃわん》の中《なか》へ箸《はし》を突《つ》き立《た》てると、箸《はし》にかかってころころと落《お》ちて転《ころ》がる物《もの》がありました。取《と》って見《み》たところ例《れい》の玉《たま》でした。もともと茶碗《ちゃわん》の中《なか》にあるはずがないので、出《で》てきたのは不思議《ふしぎ》です。そしてその玉《たま》の美《うつく》しさ、小《ちい》さくて愛《あい》らしい様子《ようす》は、求《もと》めても手《て》に入《はい》らない宝《たから》なので、そのまま小文吾《こぶんご》の守《まも》り袋《ぶくろ》に入《い》れてやりました。小文吾《こぶんご》は今《いま》でも大事《だいじ》にしています。

それだけでなく、小文吾《こぶんご》は武士《ぶし》でもないのに幼《おさな》い頃《ころ》から親《おや》に隠《かく》して武芸《ぶげい》を好《この》み、力技《ちからわざ》に通《つう》じていました。ですから八歳《はっさい》の頃《ころ》でしたでしょうか、十《じゅう》五歳《ごさい》の子《こ》と相撲《すもう》をとって、相手《あいて》をひどく投《な》げつけたときに、自分《じぶん》も滑《すべ》って辺《あた》りにあった建物《たてもの》の縁石《えんせき》に尻《しり》を打《う》って大《おお》きな痣《あざ》ができました。年《とし》が経《た》ってもその痣《あざ》は消《き》えず、かえって濃《こ》くなり、形《かたち》は牡丹《ぼたん》の花《はな》に似《に》ています。しかしこれらについては奇妙《きみょう》なことなので今《いま》まで誰《だれ》にも話《はな》したことはありません。見八《けんぱち》さんもこのことはご存《ぞん》じないでしょう。小文吾《こぶんご》に会《あ》って、例《れい》の玉《たま》と痣《あざ》をご覧《らん》ください」
と文五兵衛《ぶんごべえ》は誠実《せいじつ》にそっと語《かた》ったので、二人《ふたり》は自然《しぜん》と膝《ひざ》を進《すす》めて聞《き》いていた。見八《けんぱち》は信乃《しの》を見《み》て
「私《わたし》は先年《せんねん》この小文吾《こぶんご》に会《あ》って人柄《ひとがら》は知《し》っていたもののこのような運命《うんめい》があろうとは少《すこ》しも思《おも》いませんでした。まだ存《ぞん》じませんが額蔵《がくぞう》と名乗《なの》る荘助《そうすけ》とともに四人《よにん》、同《おな》じ運命《うんめい》だったのですね。実《じつ》にたのもしい」
と言《い》うと信乃《しの》もうなずく。

❖文五兵衛《ぶんごべゑ》は初《はじめ》より、黙然《もくねん》と手《て》をこまぬきて、これかれの物語《ものがたり》を、つくづくと聞《き》きてをり。今傍《いまかたへ》より、二顆《ふたつ》の玉《たま》を、見《み》つつますます驚嘆《きやうたん》して、両人《りやうにん》にうち対《むか》ひ、「かくいへば瀉滸《をこ》に似《に》たれども、わが子《こ》小文吾《こぶんご》は、いぬる比《ころ》、見八殿《けんはちどの》と兄弟《きやうだい》の約《やく》をなしたる趣《おもむき》は、すでにはや、上《かみ》にいへり。さはれ犬塚殿《いぬつかとの》のたぐひにあらず、ただその父《てて》見兵衛《けんべゑ》ぬしの、覔《もとめ》に任《まか》せしのみなりき。今更《いまさら》おもへば、小文吾《こぶんご》は犬塚殿《いぬつかとの》にも過世《すくせ》あるか。さらばこの盟約《ちかひ》の席《むしろ》の下《すゑ》に与《あづか》るべきものならん。渠《かれ》も一顆《ひとつ》の玉《たま》をもてり。そ

はその二顆《ふたつ》の玉《たま》に似《に》たり。彼《かれ》が玉《たま》には見はれたる文字《もんじ》のみ異《こと》にして孝悌《こうてい》の悌《てい》の字《じ》あり。さるにより、市人《いちびと》には、なくてもあるべき名告《なのり》さへ、渠《かれ》みづから撰《えら》み定《さだ》めて、悌順《やすより》と名《な》つきたり。玉《たま》の文字《もんじ》を取《と》れるなり。件《くだり》の玉《たま》の出処《しゆつしよ》をあかさば、いささかまた犬飼生《いぬかひうぢ》の魚腹《ぎよふく》の玉《たま》と相似《あひに》たり。そは小文吾《こぶんご》が、なほ襁褓《むつき》なりける時《とき》、食《く》ひ初《そ》めの祝《ことぶ》きに、赤豆飯《あづきのいひ》をたかしたる、鰭物《はたもの》・蔬物《さもの》、羹膾《しるなます》、形《かた》の如《ごと》くおきならべたる、折敷《をしき》を嬰児《みどりご》に推《お》しすえつつ、飯粒《いひぼ》をくくめねぶらするとて、高盛《たかもり》の碗《わん》の中《うち》へ、衝立《つきた》てし箸《はし》にかかりて、ころころと落《お》ちてまろぶ物《もの》あり。取《と》りて見《み》れば、件《くだり》の玉《たま》なり。もとその碗《わん》なる飯《いひ》の中《うち》に、あるべき物《もの》にあらずして、出《い》でしはもつとも不思議《ふしぎ》の事《こと》か。かつその玉《たま》の美《うつく》しき、細小《ささやか》にして愛《め》でたげなる、求《もと》めて獲《え》がたき宝《たから》なれば、やがて小文吾《こぶんご》が護符嚢《まもりぶくろ》に納《い》れたるを、渠《かれ》は今《いま》なほ秘蔵《ひざう》せり。しかのみならず小文吾《こぶんご》は、市《いち》人《びと》の子《こ》に似《に》げなく、総角《あげまき》の比《ころ》よりして、親《おや》に隠《かく》して武芸《ぶげい》を好《この》み、力技《ちからわざ》をのみ事《こと》とせり。かかるゆゑに、年八《としやつ》ばかりの比《ころ》なりけん、十五歳《じうごさい》なる童《わらんべ》と相撲《すまひ》をとりて、敵手《あひて》をいたく投《な》げたれども、果《は》ては己《おのれ》も尻居《しりゐ》にすべりて、あたりなる葛石《かつらいし》に、臀《いさらゐ》を撲《う》たせしかば、大《おほ》きなる痣《あざ》いで来《き》にけり。年《とし》を経《ふ》るまま消《き》え失《う》せはせで、痣《あざ》は生憎《あやにく》に濃《こ》くなりつ、形牡丹《かたちぼたん》の花《はな》に似《に》たり。しかれどもこれらの事《こと》は、奇異《きい》にわたるをもて人《ひと》に告《つ》げず。見八《けんはち》どのもこの事《こと》は、なほ知《し》らでをはすめり。今《いま》にもあれ小文吾《こぶんご》に、あふて件《くだり》の玉《たま》と痣《あざ》を、見給《みたま》へかし」と真実《まめ》だちて、密語《ささや》けば両人《りやうにん》は、しきりに膝《ひざ》の進《すす》むをおぼえず。見八《けんはち》は信乃《しの》を見《み》かへりて、「某《それがし》はいぬる年《とし》、かの小文吾《こぶんご》に対面《たいめ》して、その人柄《ひとがら》を知《し》るものから、さる過世《すくせ》あらんとは、つやつや思《おも》ひかけざりき。まだ識《し》らねども額蔵《がくざう》の荘助《さうすけ》と共《とも》にすべて四人《よたり》、同因同果《どういんどうぐわ》の過世《すくせ》ありけん、よに憑《たのも》しく候《さふらふ》」といへば信乃《しの》うちうなづきたり。

✲これで犬士のうち五人が判明した。犬塚信乃、犬飼見八（現八）、犬川荘助、犬田小文吾、そして火遁《かとん》の術で消えた犬山道節である。ただし一堂に顔を合わせたわけではない。次第に仲間が集まっていくという趣向は『水滸伝《すいこでん》』にならったものであろう。しかし、『水滸伝』では一人一人が十分に書き込まれているわけではない。その点『八犬伝』では犬士それぞれの出自が語られ、主君や家族が語られ、人物像も描かれている。読者はおのずといずれかの犬士をひいきにして楽しんだだろう。ちなみに最初に

『八犬伝』が発売されてからすでに丸六年が経過している。いくら江戸時代はのんびりしていたとしても、こんなに進行のゆっくりした作品は他にない。作者はともかく、読者も気が長い。

## ◈、大法師《ちゅだいほうし》が玉《たま》の由来《ゆらい》を語《かた》る（三十七回）

あらすじ（三十二回〜）

文五兵衛《ぶんごべえ》の営《いとな》む宿屋《やどや》に信乃《しの》と見八《けんぱち》がかくまわれ、小文吾《こぶんご》を加《くわ》えた三人《さんにん》は生死《せいし》を共《とも》にすることを誓《ちか》う。見八《けんぱち》は在村《ありむら》らに追《お》われる懸念《けねん》から人目《ひとめ》を避《さ》けるべく現《げん》八《ぱち》と改名《かいめい》した。信乃《しの》の傷《きず》が悪化《あっか》し破傷風《はしょうふう》となり、現八《げんぱち》が武蔵国《むさしのくに》まで薬《くすり》を買《か》いに出《で》かける。信乃《しの》の行方《ゆくえ》を追《お》っていた溝我《こが》の家臣《かしん》帆太夫《ほだいふ》によって、文五兵衛《ぶんごべえ》の宿《やど》屋《や》に信乃《しの》のいることが知《し》られてしまう。帆太夫《ほだいふ》は文五兵衛《ぶんごべえ》を人質《ひとじち》に取《と》り、小文《こぶん》吾《ご》に信乃《しの》の首《くび》を差《さ》し出《だ》すよう迫《せま》る。一晩《ひとばん》の猶予《ゆうよ》をもらい困惑《こんわく》する小文吾《こぶんご》のもとに、小文吾《こぶんご》の妹《いもうと》沼藺《ぬい》とその夫山林房八《おっとやまばやしふさはち》、息子《むすこ》の大八《だいはち》がやってくる。大八《だいはち》はまだ幼《おさな》いが、生《う》まれたときから左《ひだり》の手《て》を開《ひら》いたことがない。房八《ふさはち》は小文吾《こぶんご》に言《い》いがかりをつけて怒《おこ》らせ、沼藺《ぬい》とともに小文吾《こぶんご》に切《き》られる。実《じつ》は、苦境《くきょう》に陥《おちい》った小文吾《こぶんご》を救《すく》うためにわざと討《う》たれたのだ。房八《ふさはち》は、信乃《しの》の代《か》わりに自分《じぶん》の首《くび》を差《さ》し出《だ》すよう告《つ》げる。また、房八《ふさはち》の血《ち》と沼藺《ぬい》の血《ち》を混《ま》ぜて信乃《しの》の傷《きず》に注《そそ》ぐとたちまち破傷風《はしょうふう》が癒《い》え、元気《げんき》を取《と》り戻《もど》す。
この場面《ばめん》に宿屋《やどや》に泊《と》まっていた二人《ふたり》の修験僧《しゅげんそう》が現《あら》われる。一人《ひとり》は伏姫《ふせひめ》の最期《さいご》を看取《みと》った金碗大輔《かなまりだいすけ》で、現在《げんざい》は出家《しゅっけ》して、ヽ大法師《ちゅだいほうし》と名乗《なの》っている。もう一人《ひとり》も伏姫《ふせひめ》に仕《つか》えていた蜑崎照文《あまさきてるふみ》である。二人《ふたり》は八《やっ》つの玉《たま》を探《さが》して全国《ぜんこく》を行脚《あんぎゃ》していた。信乃《しの》と小文吾《こぶんご》に玉《たま》のいわれを尋《たず》ねられ、ヽ大法師《ちゅだいほうし》は伏姫《ふせひめ》の自殺《じさつ》の経緯《けいい》を話《はな》すのであった。

「伏姫様《ふせひめさま》は賢《かしこ》くて心持《こころもち》は雄々《おお》しく、親孝行《おやこうこう》で慈悲《じひ》も深《ふか》い、才色兼備《さいしょくけんび》のお姫様《ひめさま》でした。ですから、犬《いぬ》の八房《やつふさ》に連《つ》れられて富山《とやま》の奥《おく》に入《はい》りなさったものの、身《み》をけがされるようなことはございませんでした。法華経《ほけきょう》を読《よ》んだ功徳《くどく》により、犬《いぬ》でさえ悟《さと》りを開《ひら》いたのです。しかし、何《なん》の因果《いんが》でしょうか、思《おも》いがけなく〝気《き》〟を感《かん》じて、御懐胎《ごかいたい》なさり、すでに六《ろく》か月《げつ》の身重《みおも》となられたので、恥《は》じて自殺《じさつ》なさったその時《とき》、傷口《きずぐち》から一筋《ひとすじ》の白《しろ》い〝気《き》〟が忽然《こつぜん》と立《た》ち上《のぼ》って、例《れい》の数珠《じゅず》もろともに空中《くうちゅう》にきらめいて乱《みだ》れ飛《と》びました。そして、仁《じん》・義《ぎ》・礼《れい》といった文字《もじ》が現《あら》われた八《やつ》つの大玉《おおたま》は八方《はつぽう》へ飛《と》び去《さ》り、残《のこ》りの玉《たま》は地面《じめん》に落《お》ちたのです。私《わたし》は誤《あやま》って鉄砲《てつぽう》で例《れい》の犬《いぬ》を撃《う》ち殺《ころ》し、さらに姫《ひめ》に重傷《じゆうしよう》を負《お》わせてしまったのですが、ご主君《しゆくん》の仁慈《じんじ》により、当面自《とうめんじ》害《がい》をとどめられ、ご主君自《しゆくんみずか》ら私《わたし》の髪《かみ》を切《き》り捨《す》てて出家《しゆつけ》をお許《ゆる》しになりました。そこで、なんとしても失《う》せた八《やつ》つの玉《たま》の行方《ゆくえ》を訪《たず》ね、元《もと》の数珠《じゆず》につなぐまでは帰《かえ》らないぞ、と誓《ちか》って故郷《こきよう》を立《た》ち去《さ》ったのです。

そして、あなた方現八《がたげんぱち》さん、荘助《そうすけ》さんもすばらしい玉《たま》をお持《も》ちになっていますが、その玉《たま》に見《み》える文字《もじ》はまさしく、この数珠《じゆず》から飛《と》び去《さ》った玉《たま》に符合《ふごう》するものです。例《れい》の八房《やつふさ》という犬《いぬ》は白《しろ》い毛《け》と黒《くろ》い毛《け》が混《ま》じっており、黒《くろ》い毛《け》のところは牡丹《ぼたん》の花《はな》に似《に》ていました。それが八《やつ》つあるぶちでしたので、八《やつ》つの花房《はなふさ》という意味《いみ》で八房《やつふさ》と名《な》づけなさったのです。そしてあなた方荘助《がたそうすけ》さんを含《ふく》めて四人《よにん》のお体《からだ》にある痣《あざ》は、牡丹《ぼたん》に似《に》ているではありませんか。ですからあなた方《がた》にはそれぞれ父母《ちちはは》がおありですが、その前身《ぜんしん》は伏《ふせ》姫《ひめ》のお腹《なか》の中《なか》からほとばしり出《で》た〝気《き》〟ではないでしょうか。この因果《いんが》によれば、皆《みな》さんは伏姫《ふせひめ》のお子《こ》さんで、義実公《よしさねこう》の外孫《がいそん》と言《い》えるのです。そしてそれぞれの氏《うじ》までも、犬塚《いぬつか》、犬川《いぬかわ》、犬飼《いぬかい》、犬田《いぬた》とすべて犬《いぬ》がつくことは不思議《ふしぎ》の因縁《いんねん》ですね。ですからあなた方《がた》四人《よにん》の他《ほか》に、さらに四人《よにん》の犬士《けんし》がいて、互《たが》いに似《に》た玉《たま》と痣《あざ》を持《も》っていることは疑《うたが》いありません。今《いま》その方々《かたがた》のことはわからなくても、いつかはきっと集《あつ》まることでしょう。私《わたし》の宿願《しゆくがん》もようやく半《なか》ばに達《たつ》しました。お疑《うたが》いでしたら、これをご覧《らん》ください」と説明《せつめい》して、伏姫《ふせひめ》の形見《かたみ》である数珠《じゆず》を取《と》り出《だ》して示《しめ》した。

信乃《しの》と小文吾《こぶんご》は目《め》が開《ひら》かれる思《おも》いをなし、玉《たま》の由来《ゆらい》を知《し》り、急《いそ》いでその数珠《じゆず》を受《う》け取《と》ってつくづくとこれを見《み》ると、実際《じつさい》に四人《よにん》が持《も》つ玉《たま》と少《すこ》しも変《か》わらない。ただ文字《もじ》がないだけである。数珠《じゆず》はちょうど百粒《ひやくつぶ》で、数取《かずと》りに用《もち》いる八《や》つの大玉《おおたま》だけがなかったのだ。

❖「伏姫《ふせひめ》うへは賢《けん》にして、心《こころ》ばへいと雄々《をを》しく、孝《こう》にして慈悲《じひ》ふかく、才貌無双《さいばうぶさう》の未通女《をとめ》なりき。この故《ゆゑ》に、八房《やつふさ》の犬《いぬ》に伴《ともな》はれて、富山《とやま》の奥《おく》に入《い》り給《たま》ひしかど、絶《た》えてをん身《み》を汚《けが》され給《たま》はず。法華《ほけき》経読誦《やうどくじゆ》の功徳《くどく》によりて、かの犬《いぬ》さへに成仏《じやうぶつ》せり。しかれども、因果脱《いんぐわまぬか》れがたければにや、思《おも》はずもその気《き》を感《かん》じて、懐胎六《くわいたいろく》か月《つき》に及《およ》び給《たま》ひしかば、羞《は》ぢて自《じ》殺《さつ》し給《たま》ふ折《をり》、その瘡口《きずぐち》より一道《いちどう》の白気《はくき》忽然《こつぜん》と立冲《たちのぼ》りて、かの感《かん》得《とく》の数珠《ずず》もろともに、中天《なかぞら》にきらめき乱《みだ》れ、仁義《じんぎ》八行《はつこう》の文字《もんじ》見《あら》はれたる、その八《や》つの巨玉《おほたま》は、八方《はつぱう》へ飛行《ひぎやう》し失《う》せて、残《のこ》れるは地《ち》に堕《お》ちたり。われ謬《あやま》ちて鳥銃《てつぱう》もて、件《くだり》の犬《いぬ》を撃《う》ち殺《ころ》し、あまさへ姫《ひめ》に傷《きず》つけたれども、君公《くんこう》の仁慈《じんじ》なる、当坐《たうざ》に自殺《じさつ》を禁《とど》め給《たま》ひて、御手《みて》づから某《それがし》が髻《もとどり》を剪《き》り捨《す》てつつ、出家《しゆつけ》を許《ゆる》し給《たま》ひしかば、いかで失《う》せたる八《や》つの玉《たま》の、往方《ゆくへ》を索《たづ》ねてまた旧《もと》の、数珠《ずず》に繋《つな》がずはかへらじ、と誓《ちか》ふて故《こ》郷《けう》を立《た》ち去《さ》りにき。しかるに汝達現八《なんたちげんはち》等、またかの犬川荘助《いぬかはさうすけ》も、感徳《かんとく》の玉《たま》あるのみ

沼藺《ぬい》と大八《だいはち》

ならず、その玉《たま》に見《あらは》れたる、文字《もんじ》はわがこの数珠《ずず》と符合《ふがふ》す。かつかの八房《やつふさ》てふ犬《いぬ》は、その毛白《けしろ》きと黒《くろ》きを雑《まじ》へて、黒《くろ》きは牡丹《ぼたん》の花《はな》に似《に》たる、その数八《かずや》つの斑毛《ぶち》なりければ、八《や》つの花房《はなふさ》といふ義《ぎ》をもて、八房《やつふさ》と名《な》づけ給《たま》へり。しかるに汝達荘助《なんたちさうすけら》等まで、四個《よたり》はともに身中《みのうち》なる、その痣牡丹《あざぼたん》に似《に》たるにあらずや。かかれば汝達《なんたち》は、おのおの父《ちち》あり母《はは》あれども、その前身《もとつみ》は伏姫《ふせひめ》の胎内《たいない》より顕《あらは》れ走《はし》りし、白気《はくき》の生《な》れるものなるか。その因《いん》を推《お》して果《くわ》をおもへば、皆伏姫《みなふせひめ》のおん子《こ》にして、義実朝臣《よしさねあそん》の外孫《ぐわいそん》たるべし。かつおのおのその氏《うぢ》さへ、あるは犬塚《いぬつか》、あるは犬川《いぬかは》、あるは犬飼《いぬかひ》、あるは犬田《いぬた》と、皆犬《みないぬ》をもて称《せう》すること、これ不可思議《ふかしぎ》の因縁《いんえん》なり。かかれば汝達四人《なんたちよに》ンの外《ほか》に、また四個《よたり》の犬士《けんし》ありて、その相似《あひに》たる玉《たま》と痣《あざ》を、具足《ぐそく》したらん事疑《ことうたが》ひなし。今《いま》その人《ひと》を得《え》ずといふとも、つひにまつたく聚《あつ》まらざらんや。わが宿願《しゆくぐわん》やや時到《ときいた》りて、ここに半《なか》ばを果《は》たしたり。疑《うたが》はしくはまづこれを、よく見《み》よかし」と説《と》き諭《さと》して、伏姫《ふせひめ》の像見《かたみ》なる、数珠《ずず》を取《と》う出《で》て示《しめ》すになん。信乃《しの》・小文吾《こぶんご》は豁然《くわつぜん》と、玉《たま》の来由《らいゆ》を感悟《かんご》しつ、いそがはしくかの数珠《ずず》を、受《う》けてつらつらとこれを見《み》るに、げに自《じ》他四人《たよに》ンが所蔵《しよざう》の玉《たま》と、つゆばかりも異《こと》なることなし。ただ顕《あらは》れたる文字《もんじ》なきのみ。

数珠《ずず》は百顆《ももつぶ》にして、数《かず》とりの、八《や》つの巨玉《おほだま》なかりけり。

✲いよいよ犬士自身が玉の由来を知る場面である。ところで、この長い述懐の時点で房八と沼藺《ぬい》夫婦、息子の大八は瀕死のケガを負いながらも生きている。この夫婦のように、実は善人だが悪人の振りをしている、という設定は歌舞伎や浄瑠璃にはしばしば見られる。『義経千本桜』の権太《ごんた》や『菅原伝授手習鑑《すがわらでんじゅてならいかがみ》』の松王丸などがその代表的人物で、自らあるいは家族を犠牲にして主人公を助ける。最後に善人であることがわかる場面を「戻り」と言い、悲劇性が最高潮に達する。『八犬伝』もこの枠組通りに話が展開するのである。なぜこのような人物が登場するのか。江戸時代の歌舞伎や読本では、善人と悪人ははっきりしていなければならない。ところが現実の人間は単純に善人、悪人と割り切れるものではなかろう。そこで作者は、義理によってやむをえず悪人を演じている、という人物を造形することで、擬似的に前悪の二面性を持った人物を描いたと考えられる。

★坪内逍遙《しょうよう》の『八犬伝』評

明治十九年（一八八六）、坪内逍遙は有名な評論『小説神髄』の中で、『八犬伝』を批判する。八犬士について「仁義八行の化物にして、決して人間とは言いがたかり」と記す。近代の小説観によれば、リアリティを持つ人物像を造形すべきであり、この世の人間とは思えない力を持った八犬士は小説の登場人物にふさわしくないのである。なるほど、逍遙以後、漱石にしろ自然主義の藤村や花袋にしろ、その小説はリアリティを持っており、人間の苦悩が描けているが、そればかりが良い小説ではあるまい。荒唐無稽な話であれ、登場人物が化物のようであれ、読者をわくわくさせるような小説だって優れた小説と言っていいのである。日本の小説にそういった楽しい小説が少ないのは、逍遙の薬が効きすぎたからかもしれない。

短歌や俳句でも正岡子規が『古今和歌集』について実感がない、と強烈に批判した。それ以来、写生という方法が広まり、未だにフィクションの作品は少ない。うっかり想像上の出来事を短歌や俳句に作ると、いくら楽しくてもそれがフィクションだというだけで、評価されない傾向がある。しかし、古典和歌などほとんどがフィクションで、京都の貴族など見たこともない土地を詠み込んだ和歌をいくらでも作った。その中に良い歌もたくさんあるが、現在そういった作り方はしないのである。

## ◈額蔵《がくぞう》の危《き》難《なん》を三犬士《さんけんし》が救《すく》う（四十三回）

あらすじ（三十七回〜）

　沼藺《ぬい》と房八夫婦《ふさはちふうふ》の幼《おさな》い息子《むすこ》大八《だいはち》は気《き》を失《うしな》っていたが息《いき》を吹《ふ》き返《かえ》す。これまで開《ひら》いたことのなかった左《ひだり》の手《て》から玉《たま》がこぼれおち、わき腹《ばら》には牡丹《ぼたん》の形《かたち》に似《に》た痣《あざ》ができていた。これを知《し》った瀕死《ひんし》の夫婦《ふうふ》は、息子《むすこ》が犬士《けんし》だったことを喜《よろこ》び、息《いき》を引《ひ》き取《と》る。この玉《たま》には〝仁《じん》〟の字《じ》が現《あら》われていた。大八《だいはち》は、祖父《そふ》の家《いえ》の氏《うじ》が犬江《いぬえ》であることから、犬江親兵衛《いぬえしんべえ》と呼《よ》ばれることになった。夜《よ》が明《あ》け、小文《こぶん》吾《ご》は房八《ふさはち》の首《くび》を信乃《しの》の首《くび》と偽《いつわ》って差《さ》し出《だ》した。

　信乃《しの》、現八《げんぱち》、小文吾《こぶんご》の三犬士《さんけんし》は、ゝ大《ちゅだい》と照文《てるふみ》から里見《さとみ》に仕《つか》えるよう要請《ようせい》されるが、まだ八人《はちにん》が揃《そろ》わないので辞退《じたい》し、荘助《そうすけ》に会《あ》おうと大塚《おおつか》へと向《む》かった。祖《そ》母《ぼ》である妙真《みょうしん》の元《もと》に残《のこ》った親兵衛《しんべえ》は悪漢《あっかん》の舵九郎《かじくろう》にさらわれそうになるが、突《とっ》然《ぜん》の暴風《ぼうふう》に巻《ま》き上《あ》げられ、行方《ゆくえ》がわからない。神隠《かみかく》しにあったのである。

　一方《いっぽう》、信乃《しの》ら三人《さんにん》の犬士《けんし》は、大塚《おおつか》への道《みち》すがら、額蔵《がくぞう》が牢《ろう》に入《はい》っていることを知《し》る。額蔵《がくぞう》が討《う》ちそこねた五倍二《ごばいじ》によって、蟇六夫婦《ひきろくふうふ》殺害《さつがい》などの犯人《はんにん》に仕立《した》てられてしまったのだ。いよいよ処刑《しょけい》の日《ひ》となり、額蔵《がくぞう》は庚申塚《こうしんづか》に引《ひ》き出《だ》される。多《おお》くの見物人《けんぶつにん》の前《まえ》で、額蔵《がくぞう》は楝《おうち》の木《き》に吊《つ》り下《さ》げられた。

社平《しゃへい》と五倍二《ごばいじ》は、手《て》にした竹槍《たけやり》をしごいて突《つ》く真似《まね》をし、左右《さゆう》から一度《いちど》に額蔵《がくぞう》のわき腹《ばら》を刺《さ》し貫《つらぬ》こうと一旦槍《いったんやり》を引《ひ》いて「やあ」と声《こえ》を掛《か》ける。その瞬間《しゅんかん》に、五十歩《ごじっぽ》ほど離《はな》れた西《にし》と東《ひがし》にある稲《いね》を積《つ》み上《あ》げた塚《つか》の陰《かげ》から、双方同時《そうほうどうじ》に鏑矢《かぶらや》が射《い》られ、弦音《つるおと》と共《とも》に鳴《な》り渡《わた》る。矢《や》は五倍二《ごばいじ》と社平《しゃへい》の肩先《かたさき》に突《つ》き刺《さ》さり揺《ゆ》れている。共《とも》に急所《きゅうしょ》は外《はず》れたものの深《ふか》い傷《きず》なので耐《た》えられず、二人《ふたり》は「あっ」と叫《さけ》んで、槍《やり》を捨《す》てて倒《たお》れたのであった。庵八《いおはち》らは

「これはどうしたことだ」

と驚《おどろ》きながらも立《た》ち寄《よ》って見《み》ると、その矢《や》にちょっとした紙片《かみふだ》が結《むす》ばれており「奉納《ほうのう》　若一王子権現《にゃくいちおうじごんげん》　所願成就《しょがんじょうじゅ》」と書《か》いてある。

「これは神社《じんじゃ》に奉納《ほうのう》する矢《や》で、武士《ぶし》の使《つか》う矢《や》ではない。お上《かみ》をないがしろ

にして悪者《わるもの》を愛《あい》する、ろくでもない奴《やつ》らの仕業《しわざ》であろう。早《はや》く引《ひ》きずり出《だ》して生《い》け捕《ど》れ」と声《こえ》を張《は》り上《あ》げて命令《めいれい》すると「承《うけたまわ》りました」と手下《てした》どもが東西《とうざい》に分《わ》かれ、稲塚目指《いなつかめざ》して次々《つぎつぎ》と走《はし》り進《すす》もうとする。そのとき、なおも鏑矢《かぶらや》が射《い》出《だ》され、ばたばたと倒《たお》れて、右往左往《うおうさおう》の大混乱《だいこんらん》だ。慌《あわ》てふためく様《さま》は目《め》も当《あ》てられない。その時《とき》、稲塚《いなつか》を押《お》し倒《たお》して現《あら》われ出《い》でたのは二人《ふたり》の武士《ぶし》。東西《とうざい》ともに弓《ゆみ》を投《な》げ捨《す》て、用意《ようい》しておいた竹槍《たけやり》を手《て》にして、さわやかな声《こえ》で高《たか》らかに

「毒虫役人《どくむしやくにん》ども、騒《さわ》ぐんじゃない。額蔵《がくぞう》には何《なん》の罪《つみ》もないぞ。虎《とら》の威《い》を借《か》りて刑罰《けいばつ》を振《ふ》りかざし、その実《じつ》は私的《してき》な怨念《おんねん》で忠義《ちゅうぎ》の心《こころ》を踏《ふ》みにじる。こんなやり方《かた》じゃあ、神《かみ》が怒《いか》り、人《ひと》が恨《うら》むのは当《あ》たり前《まえ》だ。同盟《どうめい》の義《ぎ》によって、天《てん》に代《か》わり苦難《くなん》を救《すく》い、悪者《わるもの》を成敗《せいばい》して人々《ひとびと》を安心《あんしん》させるのだ。我々《われわれ》が誰《だれ》なのか教《おし》えてやろう。大塚《おおつか》の住人犬塚信乃戍孝《じゅうにんいぬつかしのもりたか》。下総滸我《しもふさこが》の浪人犬飼《ろうにんいぬかい》現八信道《げんぱちのぶみち》。ここにいるのがまさしく俺《おれ》たちだ。弓矢《ゆみや》も槍《やり》も王子権現《おうじごんげん》の神宝《しんぽう》だぞ。お前《まえ》らの邪悪《じゃあく》な竹槍《たけやり》じゃあ人《ひと》を倒《たお》せない。逆《ぎゃく》に、神《かみ》の槍《やり》によってお

前《まえ》らが倒《たお》されるのだ。観念《かんねん》しろ」

とののしって、槍《やり》をふりかざし走《はし》りかかる。

庵八《いおはち》はますます驚《おどろ》き騒《さわ》いで
「敵《てき》は矢《や》が尽《つ》きた、とっ捕《つか》まえて打《う》ち倒《たお》せ」

と大声張《おおごえは》り上《あ》げると、子分《こぶん》たちはこれに励《はげ》まされて、手《て》に手《て》に棒《ぼう》を打《う》ち振《ふる》って突《つ》き進《すす》む。それを信乃《しの》と現八《げんぱち》は「大《おお》げさな」と右《みぎ》に受《う》け、左《ひだり》に応《おう》じて少《すこ》しも手間《てま》をかけずに五《ご》、六人《ろくにん》の胸先《むなさき》や腹《はら》を突《つ》き伏《ふ》せたのである。庵八《いおはち》は離《はな》れて見《み》ていて、敵《てき》はわずかに二人《ふたり》だがあまりに強《つよ》いので、防《ふせ》ぎきれずに額蔵《がくぞう》を奪《うば》い取《と》られるかもしれない、奴《やっ》を早《はや》く片付《かたづ》けて安心《あんしん》しよう、と腹《はら》の内《うち》に思案《しあん》する。落《お》ちていた竹槍《たけやり》を取《と》り上《あ》げて急《いそ》いで棟《おうち》の木《き》に近《ちか》づこうとするその時《とき》に人《ひと》の声《こえ》がする。

「庵八《いおはち》しばらく待《ま》て、犬塚《いぬつか》・犬飼同盟《いぬかいどうめい》の仲間《なかま》、犬田小文吾悌順《いぬたこぶんごやすより》だ。首《くび》をもらうぞ」

と呼《よ》びとめた声《こえ》に驚《おどろ》いた庵八《いおはち》は「あっ」とおびえて飛《と》びあがる。足元《あしもと》もおぼつかないまま見《み》かえると、信乃《しの》・現八《げんぱち》よりも一回《ひとまわ》り大《おお》きくて筋骨《きんこつ》たくましく色白《いろじろ》の大男《おおおとこ》が、奉納札《ほうのうふだ》を結《むす》び下《さ》げた王子権現《おうじごんげん》の竹槍《たけやり》をひらめかせて隙《すき》もなく突《つ》きたてる。庵八《いおはち》はあわてて竹槍《たけやり》で受《う》けて払《はら》ってしばらく防《ふせ》ぎ戦《たたか》ううちに庵八《いおはち》の手下《てした》と五《ご》、六人《ろくにん》の獄卒《ひとやびと》がそれぞれ武器《ぶき》を持《も》って助《たす》けに来《く》る。打《う》ち倒《たお》すぞ、と襲《おそ》いかかるのを小文吾《こぶんご》はものともせずに、より強《つよ》い精神力《せいしんりょく》で薙《な》ぎたおし追《お》い立《た》てて進《すす》む。

その間《あいだ》に信乃《しの》と現八《げんぱち》は敵《てき》を思《おも》う存分《ぞんぶん》に八方《はっぽう》へ蹴散《けち》らした。さらに庵八《いおはち》を撃《う》とうとして、まっしぐらに走《はし》ってくる。それを迎《むか》えるべくむっくりと身《み》を起《お》こすのは五倍二《ごばいじ》と社平《しゃへい》だ。二人《ふたり》はようやく我《われ》に返《かえ》って肩《かた》に刺《さ》さった矢《や》を抜《ぬ》き捨《す》て、刀《かたな》をきらりと光《ひか》らせて

「近寄《ちかよ》ったら切《き》るぞ」とばかりに立《た》ちあがる。それを信乃《しの》と現八《げんぱち》がきっと見《み》て

「望《のぞ》むところだ、撃《う》ちもらすものか」と東西《とうざい》から大声《おおごえ》で一喝《いっかつ》して切《き》りかかる。社平《しゃへい》は現八《げんぱち》と刀《かたな》を交《まじ》え、五倍二《ごばいじ》は信乃《しの》に応《おう》じる。戦《たたか》いがまだ十太刀《とたち》に

至《いた》らないのに、五倍二《ごばいじ》は持《も》った刀《かたな》をからりと巻《ま》き落《お》とされ、驚《おどろ》きあわてて逃《に》げようとするのを、逃《の》がすはずもなく背中《せなか》から腹《はら》へぐさりと刺《さ》し貫《つらぬ》く。その槍《やり》に刺《さ》されて転《ころ》がってもだえ苦《くる》しむのをそのまま地面《じめん》に縫《ぬ》いとめて
「今《いま》こそおばの仇《あだ》を返《かえ》すのだ。思《おも》い知《し》れ」
とののしって、抜《ぬ》く手《て》もすばやく太刀《たち》で首《くび》を地面《じめん》に落《お》とす。それを見《み》ていた社平《しゃへい》は舌《した》も震《ふる》えて刀《かたな》を引《ひ》いて逃《に》げるところを、現八《げんぱち》がすかさず追《お》い詰《つ》めて叩《たた》き伏《ふ》せ突《つ》き殺《ころ》す。なおも逃《に》げ惑《まど》う手下《てした》たちを縦横無尽《じゅうおうむじん》に追《お》い払《はら》い、信《し》乃《の》は額蔵《がくぞう》を木《き》の上《うえ》から助《たす》け下《お》ろして縛《しば》っていた縄《なわ》を解《と》いて捨《す》てると、現八《げんぱち》も引《ひ》き返《かえ》し分捕《ぶんど》った社平《しゃへい》の刀《かたな》を額蔵《がくぞう》に渡《わた》した。

❖さる程《ほど》に社平《しゃへい》・五倍二《ごばいじ》は、もつたる竹鎗《たけやり》琉々《りうりう》と、素突《すづ》きに素汲《すご》き試《こころ》みつつ、左右《さいう》ひとしく閃《ひらめ》かして、額蔵《がくぞう》が脇肚《わきばら》を、刺《さ》し貫《つらぬ》かん、と刃頭《ほさき》を引《ひ》きて、「やつ」とかけたる声《こゑ》より先《さき》に、五十歩《ごじつぽ》ばかり東西《とうざい》なる、稲塚《いなつか》の蔭《かげ》よりして、両方一度《りやうはういちど》に射出《いい》だす響箭《かぶらや》、弦音《つるおと》と共《とも》に鳴《な》り渡《わた》つて、五倍二《ごばいじ》・社平《しゃへい》が肩尖《かたさき》へ、揺一揺《ひとゆりゆ》つてひやうと立《た》つ。

93　額蔵の危難を三犬士が救う（四十三回）

三犬士《さんけんし》、額蔵《がくぞう》を救《すく》う

倶《とも》に灸所《きうしよ》を外《はづ》れしかども、痛手《いたで》なればしばしも堪《た》へず、両人《りやうにん》「あつ」と叫《さけ》びつつ、鎗《やり》を捐《す》ててぞ倒《たふ》れける。庵八《いほはち》等は、「こはそもいかに」と驚《おどろ》きながら立《た》ちよりて、と見《み》ればその箭《や》に五六寸《ごろくすん》なる、紙牌《かみふだ》を結《むす》び提《さ》げて、「奉納若一王子権現《ほうなうにやくいちわうじごんげん》、所願成就《しよぐわんぜうじゆ》」と書《か》きたりける。「さては真《まこと》の征《そ》箭《や》ならず、守《かみ》を否《なみ》して、賊《ぞく》を愛《あい》する、百姓《ひやくしやう》ばらが所為《わざ》にやあらん。とく蒐《か》り出《い》だして生《い》けどれ」と声《こゑ》ふり絞《しぼ》りて下知《げぢ》すれば、「うけ給《たま》はる」と夥兵共《くみこども》、東西《とうざい》に立《た》ちわかれて、稲塚目《いなつかめ》かけて簇々《むらむら》と、走《はし》り進《すす》まんとする程《ほど》に、なほも射出《いい》だす神箭《かぶらや》に、皆紛々《みなふんぷん》と射倒《いたふ》されて、右往左往《うわうさわう》に辟易《へきえき》す。周章《しうせう》あげていふべからず。そのとき稲塚《いなつか》推《お》し倒《たふ》して、顕《あらは》れ出《い》でたる両個《ふたり》の武士《ぶし》、東西《とうざい》ひとしく弓投《ゆみな》げ捨《す》てて、准備《ようい》の竹鎗掻《たけやりか》い取《と》りて、清朗《さはやか》なる声高《こゑたか》らかに、「荼毒《とどく》の酷吏《こくり》、騒《さわ》ぎなせそ。額蔵《がくざう》なんらの罪《つみ》かある。虎威《こゐ》を借《か》りて、刑罰《けいばつ》を濫《みだ》り、私怨《しゑん》によりて、忠義《ちうぎ》を凌虐《りやうぎやく》す。これ汝等《なんぢら》が行《おこな》ふ所《ところ》、神《かみ》は怒《いか》り、人《ひと》は恨《うら》めり。されば同盟《どうめい》の義《ぎ》によりて、天《てん》に代《か》はりて、塗炭《とたん》をすくひ、虎狼《こらう》を猟《か》りて、人心《じんしん》を快《こころよ》くす。そも俺々《われわれ》を何人《たれ》とかする。本郡大塚《ほんぐんおほつか》の人氏《ぢゆうにん》、犬《いぬ》塚信乃戍孝《つかしのもりたか》、下総滸我《しもふさこが》の浪人《らうにん》、犬飼現八信道《いぬかひげんはちのぶみち》等、ここにあり、ここにあり。弓箭《ゆみや》も鎗《やり》も、王子《わうじ》の神宝《しんぽう》。今汝等《いまなんぢら》が五毒《ごどく》の竹鎗《たけやり》、その身《み》に出《い》でて、その身《み》に返《かへ》る。観念《くわんねん》せよ」と罵《ののし》り責《せ》めて、鎗《やり》を捻《ひね》つて走《はし》り蒐《かか》れば、庵八《いほはち》いよいよ駭《おどろ》き騒《さわ》ぎて、「敵《てき》は箭種《やたね》のつきたるぞ、彼《あれ》とり籠《こ》めて、撃《う》ち仆《たふ》せ」と胴声烈《どうこゑはげ》しく呼《よ》ばはれば、夥兵《くみこ》はこれに奨《はげま》されて、手《て》に手《て》に棒《ぼう》をうち振《ふり》て、逆《むか》へ進《すす》むを信乃《しの》・現八《げんはち》は、「ものものしや」と右《みぎ》に受《う》け、左《ひだり》にささへてちつとも擬議《ぎぎ》せず、瞬《またた》く間《ひま》に五六人《ごろくに》ンの、鳩尾中脘《むなさきふとはらつ》刺き伏《ふ》せたり。庵八遥《いほはちはる》かにこれを見《み》て、敵《てき》はつかに両人《りやうにん》なれども、獍雄当《きやういうあ》たりがたければ、禦《ふせ》ぎもあへず額蔵《がくざう》を、奪《うば》ひ去《さ》らるる事《こと》もやあらん。彼奴《かやつ》をはやくおしかたつけて、後《うし》ろやすくするこそよけれ、と腹《はら》の裡《うち》に尋思《しあん》しつ、遺《お》ちたる竹鎗《たけやり》とり揚《あ》げて、いそがはしく棟《あふち》のほとりに、近《ちか》づかんとする折《をり》から、たちまち後方《あとべ》に人《ひと》ありて、「酷吏《こくり》庵八《いほはち》しばらくまて、犬塚《いぬつか》・犬飼同盟《いぬかひどうめい》の一死《いつし》友《いう》、犬田《いぬた》小文吾《こぶんご》悌順《やすより》ここにあり、首《かうべ》をわたせ」と呼《よ》びとめたる、声《こゑ》に駭《おどろ》く庵八《いほはち》は、「あつ」とおびえて飛《と》び揚《あ》がる、運歩《あしもと》しどろに見《み》かへれば、信乃《しの》・現八《げんはち》に一《ひと》かさ増《ま》して、骨逞《ほねたくま》しく、色白《いろしろ》く、肥《こ》え膏《あぶら》づきたる大男《おほをとこ》、奉納牌《ほうなふふだ》を結《むす》び下《さ》げたる、王子《わうじ》の竹鎗閃《たけやりひらめ》かして、透間《すきま》もなく突《つ》き立《た》つれば、庵八《いほはち》はいそがはしく、竹鎗《たけやり》をもて受《う》けつ払《はら》ひつ、しばらく防《ふせ》ぎ戦《たたか》ふ程《ほど》に、庵《いほ》八《はち》が若党《わかたう》と、五六人《ごろくに》ンの獄卒《ひとやびと》、おのおの応手物《えもの》をうち振《ふ》りて、もろともに援《たす》け来《き》つ、撃《う》ち倒《たふ》さん、と競《きそ》ひ蒐《かか》るを、小文吾《こぶんご》は物《もの》ともせず、精神《せいしん》ますます加《くは》はりて、薙《な》ぎ立《た》て駈《か》り立《た》て進《すす》みけり。その間《ひま》に信乃《しの》・現八《げんはち》は、ささふる敵《てき》を思《おも》ひのままに、八方《はつはう》へ撃《う》ち散《ち》らしつ。なほ庵八《いほはち》を撃《う》たんとて、まつしぐらに走《はし》り来《く》る、前向《むかひ》にむつくと身《み》を起《お》こすは、これ五倍二《ごばいじ》と社平《しやへい》なり。この時《とき》われにかへりにければ、肩《かた》に立《た》ちたる箭《や》を抜《ぬ》き捨《す》てて、刀《かたな》をきらりと抜《ぬ》きつれつつ、寄《よ》らば切《き》らん、と立《た》つたるを、信乃《しの》、現八《げんはち》はきつと見《み》て、「望《のぞ》む讐敵《かたき》ぞ、ござンなれ、漏《も》らしはせじ」と東西《とうざい》より、大喝《たいかつ》一声《いつせい》、おめいて懸《か》かれば、社平《しやへい》は現八《げんはち》と刃《やいば》をまじへ、五倍二《ごばいじ》は信乃《しの》をささへて、戦《たたか》ひまだ十合《とたち》に至《いた》らず。五倍二《ごばいじ》はもつたる刃《やいば》を、からりちやうと巻《ま》きおとされて、驚《おどろ》きあはてて逃《に》げんとするを、脱《にが》しも遣《や》らず背《そびら》より、腹《はら》へぐさと刺《さ》し貫《つらぬ》く、鎗《やり》に縫《ぬ》はれて転《ふし》つまろびつ、しきりに悶《もだ》え苦《くる》しむを、そがまま地上《ちぜう》に縫《ぬ》ひとめて、「今《いま》こそ復《かへ》す伯母《をば》の仇《あだ》、思《おも》ひしるや」と罵《ののし》りて、抜《ぬ》く手尖《てするど》き太刀風《たちかぜ》に、首《かうべ》をはたと撃《う》ち落《お》とせば、社平《しやへい》はこれに舌《した》を掉《ふる》ふて、刃《やいば》を引《ひ》きて逃《に》げ走《はし》るを、現八《げんはち》すかさず追《お》ひ詰《つ》めて、敲《たた》き伏《ふ》せ、刺《つ》き殺《ころ》して、なほ逃《に》げまよふ夥兵《くみこら》等を、縦横無礙《じゆうわうむげ》に追《お》ひ払《はら》ひつ、信乃《しの》ははやくも額蔵《がくぞう》を、樹上《このうへ》より扶《たす》け下《お》ろして、縛《いましめ》の索《なは》釈《と》き捨《す》つれば、現八《げんはち》もまた引《ひ》きかへしつ、社平《しやへい》が両刀《りやうたう》を分捕《ぶんど》りして、額蔵《がくぞう》にぞわたしける。

✱本書が書かれた当時、王子権現は多くの参詣人で賑《にぎ》わっていた。隣接している桜の名所飛鳥山《あすかやま》とともに江戸の市民の間に親しまれていたのである。『八犬伝』の時代設定は室町時代の中期だが、そのころの江戸は人口も少なく、広大な武蔵野の原野であった。それにしては多くの江戸の地名が出てくるのであり、そのことからも時代考証が厳密ではないことがわかる。また、鉄砲が何箇所にも登場するが、伝来以前であり、これも時代に合わない。一方、絵師が挿絵にキセルを描いたところ、馬琴が、タバコはまだ日本に伝わってなかったはずだと言って、別のものに差し替えさせたとのエピソードが残っている。時代考証をしなかったのではないが、厳密ではなかった。近代の多くの小説家は、細部を正確に描くことによってリアリティを出そうと腐心している。しかし馬琴の時代には、もっと大らかに物語を作っていたのである。

## ◈猪平《やすへい》と音音《おとね》の婚姻《こんいん》の場《ば》に五犬士《ごけんし》が揃《そろ》う（五十回）

あらすじ（四十三回〜）

四犬士《しけんし》は大塚《おおつか》の陣代丁田町進《じんだいよぼろたまちのしん》の手勢《てぜい》に追《お》われるが、かねて信乃《しの》らに味方《みかた》する猪平《やすへい》とその双子《ふたご》の息子《むすこ》の力二郎《りきじろう》と尺八《しゃくはち》に助《たす》けられる。四犬士《しけんし》は猪平《やすへい》の勧《すす》めに従《したが》い、猪平《やすへい》の妻《つま》、音音《おとね》の住《す》む上野国《こうずけのくに》（群馬県《ぐんまけん》）の荒芽山《あらめやま》に逃《のが》れることにした。額蔵《がくぞう》は、荘助《そうすけ》というこれまでは世《よ》に披露《ひろう》していなかった名《な》を正式《せいしき》に名乗《なの》ることにした。

犬山道節《いぬやまどうせつ》は主君《しゅくん》の仇《あだ》である管領《かんれい》の扇谷定正《おうぎがやつさだまさ》を討《う》ち取《と》ろうと、上野国《こうずけのくに》に入《はい》り、名刀村雨丸《めいとうむらさめまる》を献上《けんじょう》するとの名目《めいもく》で白井《しらい》にいる定正《さだまさ》に近《ちか》づいた。隙《すき》をついて首《くび》を取《と》ったが、実《じつ》は偽者《にせもの》で、定正《さだまさ》の家臣《かしん》を切《き》ったのであった。道節《どうせつ》を追《お》う定正《さだまさ》の家来《けらい》たちは、たまたま通《とお》りかかった四犬士《しけんし》も道節《どうせつ》の仲間《なかま》と思《おも》い戦《たたか》いになる。五人《ごにん》はようやく逃《のが》れるが、荘助《そうすけ》ははぐれてしまう。

猪平《やすへい》はかつて道節《どうせつ》の父《ちち》に仕《つか》えていたが、音音《おとね》と正式《せいしき》の結婚《けっこん》をせずに双子《ふたご》をもうけたことから勘当《かんどう》され、音音《おとね》は道節《どうせつ》の乳母《うば》となった。今《いま》、音音《おとね》は曳手《ひくて》・単節《ひとよ》という二人《ふたり》の嫁《よめ》とともに荒芽山《あらめやま》に住《す》み、道節《どうせつ》をかくまっている。そこに荘助《そうすけ》が訪《おとず》れ道節《どうせつ》と出会《であ》って、互《たが》いの身《み》の上《うえ》を語《かた》り、先日円塚山《せんじつまるつかやま》で取《と》り替《か》えた玉《たま》を本来《ほんらい》の持《も》ち主《ぬし》に戻《もど》す。二人《ふたり》の嫁《よめ》がけがをした夫《おっと》の力二郎《りきじろう》と尺八《しゃくはち》を連《つ》れて帰《かえ》って来《く》るが、亡霊《ぼうれい》であった。二人《ふたり》は丁田町進《よぼろたまちのしん》との戦《たたか》いで命《いのち》を落《お》としていたのである。すると猪平《やすへい》が、力二郎《りきじろう》と尺八《しゃくはち》の首《くび》を携《たずさ》えて訪《おとず》れ、最期《さいご》の様子《ようす》を話《はな》す。隠《かく》れ聞《き》いていた三人《さんにん》の曲者《くせもの》は猪平《やすへい》と音音《おとね》の刃《やいば》、道節《どうせつ》の手裏剣《しゅりけん》によって退治《たいじ》される。一家《いっか》の忠義《ちゅうぎ》を愛《め》でて道節《どうせつ》は猪平《やすへい》の勘当《かんどう》を解《と》き、音音《おとね》と正式《せいしき》に結婚《けっこん》せよと命《めい》じる。

道節《どうせつ》が見返《みかえ》るとふすまの向《む》こうで声《こえ》があがり、「わかやぐや、雪《ゆき》の白髪《しらが》も打《う》ち解《と》けて…」とめでたい謡《うたい》を口《くち》にしつつ一斉《いっせい》に座《ざ》に着《つ》くものは他《ほか》でもない。一《いち》の着座《ちゃくざ》は犬塚信乃《いぬつかしの》。次《つぎ》に荘助《そうすけ》・現八《げんぱち》・小文吾《こぶんご》が、皆猪平《みなやすへい》に向《む》かって語《かた》りかける。

「恩人《おんじん》の無事《ぶじ》がわかり、思《おも》いがけなく再会《さいかい》できたことは、枯《か》れ枝《えだ》に咲《さ》く花《はな》を髪飾《かみかざ》りとするのにもます喜《よろこ》びです。昨日《きのう》、白井《しらい》での厄難《やくなん》を走《はし》って逃《のが》れたのですが、暗《くら》い夜《よる》で様子《ようす》がわからない山道《やまみち》に迷《まよ》ってここへたどり着《つ》くことができませんでした。はるかに行《い》き過《す》ぎたところで、幸《さいわ》いにも連《つ》れ立《だ》って追《お》いかけてきた荘助《そうすけ》と犬山《いぬやま》さんに会《あ》いました。人里離《ひとざとはな》れた山陰《やまかげ》ではばかることもないので、焚《た》き火《び》をしてあたりを照《て》らしていたために、犬山《いぬやま》さんとお会《あ》いできたのです。互《たが》いに心《こころ》の中《なか》を語《かた》り合《あ》ってかねての思《おも》いを遂《と》げました。こうして皆《みな》でうち連《つ》れて未明《みめい》にここに来《き》たのですが、愁嘆場《しゅうたんば》でしたので驚《おどろ》かすわけにもいかず、しばらく機会《きかい》をうかがっておりました。二人《ふたり》の息子《むすこ》さんのあっぱれな死《し》に様《ざま》、不可思議《ふかしぎ》な出来事《できごと》に胸《むね》もつぶれ肉《にく》も裂《さ》ける思《おも》いで、嘆《なげ》きにたえません。そうしていると曲者《くせもの》が利欲《りよく》の為《ため》に秘密《ひみつ》を探《さぐ》り、殺《ころ》されました。これは加勢《かせい》するほどのことではありませんでしたが、なおまたやって来《く》る敵《てき》もいるかもしれないと、しばらく警備《けいび》しておりましたので、対面《たいめん》が今《いま》になってしまったのです。息子《むすこ》さん両人《りょうにん》ともが、ただ我々《われわれ》を逃《に》がそうとして命《いのち》をお落《お》としになったのは、どんなに嘆《なげ》いても嘆《なげ》きたりません。ああ、まさに義《ぎ》であり孝《こう》であります。まして離別《りべつ》したご両親《りょうしん》を一《ひと》つにしようと亡魂《ぼうこん》が一晩《ひとばん》ここに現《あら》われたのは他《ほか》に例《れい》のない親孝行《おやこうこう》です。今《いま》ぞの遺志《いし》を果《は》たそうと、我々四人《われわれよにん》はこの婚姻《こんいん》の仲人《なこうど》となることを願《ねが》うのです。これは力二郎《りきじろう》と尺八《しゃくはち》の孝《こう》と義《ぎ》に報《むく》いる寸志《すんし》なのでございます。お許《ゆる》しいただけますか」と誠実《せいじつ》に来意《らいい》を告《つ》げて、結婚《けっこん》の席を取《と》り持《も》つ。

猎平《やすへい》は恥《は》ずかしい様子《ようす》で、

「過去《かこ》の因縁《いんねん》でしょうか。死《し》ぬはずであったのを死《し》ぬこともできないで、子供《こども》を殺《ころ》してしまいました。いまさら私《わたし》にはふさわしくない結婚《けっこん》ですが、ご主人《しゅじん》の命《めい》とあっては辞退《じたい》も許《ゆる》されません。それだけでもたいへんなことですのに、重《かさ》ねて四人《よにん》のすばらしい皆《みな》さんに仲人《なこうど》をしていただくのは分《ぶん》に過《す》ぎた幸《しあわ》せです。私《わたし》にはお受《う》けできません」

と固辞《こじ》するのを道節《どうせつ》は押《お》しとどめて、猎平《やすへい》のために礼《れい》を述《の》べ、犬士《けんし》らに答《とう》礼《れい》する。音音《おとね》・曳手《ひくて》・単節《ひとよ》を四犬士《しけんし》に引《ひ》き合《あ》せたところ、四犬士《しけんし》はその不《ふ》幸《こう》を悼《いた》んで、ねんごろに慰《なぐさ》めては、力二郎《りきじろう》と尺八《しゃくはち》の首《くび》に向《む》かって恩《おん》を謝《しゃ》した。それは生《い》きている人《ひと》にものを言《い》うようで、真心《まごころ》がことばにもにじみ出《で》て、皆《みな》は感涙《かんるい》にむせんだ。曳手《ひくて》・単節《ひとよ》の二人《ふたり》は酌《しやく》をすることもできず、頭《こうべ》を低《ひく》くして泣《な》いている。

❖ふすまのあなたに声立《こゑた》てて、

「わかやぐや、雪《ゆき》のしら髪《が》も、うちとけて、もとのいろなる、相生《あひおひ》の松《まつ》。年《とし》ふりてけふあひ生《おひ》の、松《まつ》こそめでたかりけれ」

と、謡《うた》ひつれつつたち出《い》でて、ひとしく席《せき》に着《つ》くものは、これすなはち別人《べつじん》ならず、一《いち》の着座《ちやくざ》は、犬塚信乃《いぬつかしの》、次《つぎ》に荘助《さうすけ》・現八《げんはち》・小文吾《こぶんご》、皆猎平《みなやすへい》にうち対《むか》ひて、「恩人命《おんじんいのち》つつがなく、はからざりける再会《さいくわい》は、枯《か》れたる枝《えだ》に開《さ》く花《はな》を、挿頭《かざ》すにもます歓《よろこ》びなれ。きのふ白井《しらゐ》の厄難《きなん》を、脱《のが》れて走《はし》るくらき夜《よ》に、不知案内《ふちあんない》の山路《やまぢ》に迷《まよ》ふて、この処《ところ》へは立《た》ちもえよらず、遥《はる》かに適《ゆ》き過《す》ぎたりけるを、幸《さいはひ》にして荘助《さうすけ》が、犬山《いぬやま》ぬしとつれ立《た》ちて、追《お》ひつつ索《たづ》ね来《き》つるにあひぬ。そは人煙遠《さととほ》き山蔭《やまかげ》にて、世《よ》に憚《はばかり》の関《せき》もなければ、野火《のび》を焼《た》きて、四下《あたり》を照《て》らし、犬山《いぬやま》ぬしに対面《たいめ》しつ。かたみに意中《ゐちう》をとき尽《つ》くして、渇望《かつもう》の素懐《そくわい》を遂《と》げたり。かくてみなうちつれ立《た》ちて、未明《まだき》にここへ来《き》たれども、愁歎悲泣《しうたんひきう》の折《をり》なるに、驚《おどろ》かさんはさすがにて、しばらく便宜《びんぎ》を候《うかが》ふ程《ほど》に、両賢息《りやうけんそく》の義死孝感《ぎしこうかん》、かの不可思議《ふかしぎ》の一奇事《いつきじ》に、胸潰《むねつぶ》れ肉《ししむら》動《うご》きて、慷慨嗟歎《かうがいさたん》に堪《た》へざりき。かかりし程《ほど》に癖者等《くせものら》が、利欲《りよく》の為《ため》に機密《きみつ》をさぐりて、そぞろにその死《し》を饋《おく》りたる、そは患《うれ》ふるに足《た》らねども、なほまた寄《よ》する敵《てき》もやあらん、としばらく後詰《ごづめ》を心《こころ》がけて、対面《たいめん》つひに今《いま》に及《およ》べり。ああ義《ぎ》なるかな、孝《こう》なるかな。世《よ》に有《あ》りがたき両賢息《りやうけんそく》の、ただ俺々《われわれ》を延《おと》さんとて、そこに命《いのち》を隕《おと》されしは、うち歎《なげ》くにもあまりあり。まいて離別《りべつ》の二親《ふたおや》を、ひとつにせんとて、亡魂《なきたま》の、一《ひ》トタ《よさ》ここに顕《あらは》れしは、たぐひまれなる純孝《じゆんこう》なり。今《いま》その遺志《いし》を果《は》たさん為《ため》に、俺々《われわれ》四名《よたり》はこの婚姻《こんいん》に、氷人《なかうど》たらん事《こと》を楽《ねが》へり。すなはちこれ力二郎《りきじらう》・尺八等《しやくはちら》の孝義《こうぎ》に酬《むく》ふ、寸志《すんし》ばかりに候《さふらふ》かし。許《ゆる》さるべしや」とまめやかに、辞《ことば》ひとしく来意《らいい》を告《つ》げて、その婚席《こんせき》をとりもてば、猪平《やすへいは》羞《は》ぢたる面色《おももち》にて、「過世《すくせ》の業因《ごういん》ふかき故《ゆゑ》にや、死《し》すべかりしを、辞《じ》え死《し》なずして、子共《こども》を撃《う》たしつ。あまつさへ、相応《ふさは》しからぬいもせのさかづき、するに方《みち》なき故主《こしゆう》の懇命《こんめい》、おもきがうへにかさねて、四柱《よはしら》の俊士英傑《しゆんしえいけつ》、氷人《なかうど》となり給《たま》はん事《こと》は、分《ぶん》に過《す》ぎたる僥倖《しあはせ》なり。当《あ》たりがたく候《さふらふ》」と固辞《いなむ》を道節推《どうせつお》し禁《とど》めて、為《ため》に謝義《しやぎ》を述《の》べ、答礼《とうれい》して、音音《おとね》・曳手《ひくて》・単節《ひとよ》等《ら》を、四犬士《しけんし》に引見《ひきあは》すれば、四犬士《しけんし》はその不幸《ふこう》を悼《いた》みて、懇《ねんごろ》に慰《なぐさ》めつつ、力二郎《りきじらう》・尺八《しやくはち》等が、首級《しゆきう》に対《むか》ひて恩《おん》を謝《しや》し、生《いけ》る人《ひと》にものいふごとく、誠心言下《まごころことば》に顕《あらは》れて、みな感涙《かんるい》にむせびにければ、曳手《ひくて》・単節《ひとよ》は酌《しやく》にもえ堪《た》へず、頭《かうべ》を低《たれ》てうち泣《な》くめり。

✻肉親の死を嘆く愁嘆場《しゆうたんば》は芝居にも多い。そして、すぐにめでたい場面に転換するのも演劇的な手法である。馬琴には浄瑠璃の脚本を模した『化競《ばけくらべ》丑満鐘《うしみつのかね》』という作品もあり（後世に実演された）、歌舞伎や浄瑠璃にならった趣向も多い。

婚礼の際、謡曲の「高砂《たかさご》」を謡うことは今でも珍しくない。長寿を祈念してのことである。この場面の「若やぐや～」と始まる詞章は謡曲の「高砂」そのままではないが、相生の松が登場するなど「高砂」に基づいた文言である。松に降り積もった雪が溶けて元の緑色の松が姿を現した。そのように雪を思わせる白髪も元の黒髪に戻って若やぐのだ、という意味になる。歳を取った夫婦が改めて華燭《かしよく》の典を挙げる場面にふさわしい。

## ◈犬坂毛野《いぬさかけの》が対牛楼《たいぎゅうろう》の仇討《あだう》ちを語《かた》る（五十七回）

あらすじ（五十回〜）

猪平一家《やすへいいっか》と五犬士《ごけんし》は白井《しらい》の軍《ぐん》に囲《かこ》まれてしまうが、家《いえ》に火《ひ》をつけ軍勢《ぐんぜい》と戦《たたか》って切《き》りぬける。これを荒芽山《あらめやま》の戦《たたか》いと称《しょう》する。その際《さい》、はぐれてしまった小文《こぶん》吾《ご》は武蔵国阿佐谷村《むさしのくにあさがやむら》で猪《いのしし》退治《たいじ》をして並四郎《なみしろう》という猟師《りょうし》を救《すく》う。小文吾《こぶんご》はその妻《つま》の船虫《ふなむし》にだまされ、千葉家《ちばけ》の宝物《たからもの》である嵐山《らんざん》の尺八《しゃくはち》を盗《ぬす》んだと濡《ぬ》れ衣《ぎぬ》を着《き》せられそうになるもののあやうく難《なん》を逃《のが》れた。

城主《じょうしゅ》の千葉介自胤《ちばのすけよりたね》は小文吾《こぶんご》を召抱《めしかか》えようとするが、家老《かろう》の馬加常武《まくわりつねたけ》は反対《はんたい》する。千葉家《ちばけ》の乗《の》っ取《と》りを画策《かくさく》している馬加《まくわり》にとって小文吾《こぶんご》は邪魔《じゃま》なのである。そこで、馬加《まくわり》は小文吾《こぶんご》のことを敵《てき》の間者《スパイ》であろうと自胤《よりたね》に進言《しんげん》し、自身《じしん》の屋敷《やしき》に一年《いちねん》ほども留《とど》め置《お》く。その間《かん》に小文吾《こぶんご》は馬加《まくわり》の悪心《あくしん》や、過去《かこ》に家老《かろう》の粟飯原《あいはら》首胤度《おおとたねのり》を謀殺《ぼうさつ》したことなどを知《し》る。女田楽師《おんなでんがくし》の一行《いっこう》が馬加家《まくわりけ》を訪《おとず》れしばらく逗《とう》留《りゅう》するうちに、その中《なか》でも特《とく》に美《うつく》しい旦開野《あさけの》と小文吾《こぶんご》は偶然《ぐうぜん》に知《し》り合《あ》う。

ある夜《よ》、馬加家《まくわりけ》の対牛楼《たいぎゅうろう》という別棟《べつむね》で馬加家《まくわりけ》の息子《むすこ》常尚《つねひさ》の誕生祝《たんじょういわい》が開《ひら》かれた。小文吾《こぶんご》は、一旦宴会《いったんえんかい》がおさまってしばらくした後《のち》、騒《さわ》がしいのに気《き》づく。何《なに》があったのかと案《あん》じていると、旦開野《あさけの》が馬加常武《まくわりつねたけ》の首《くび》を持《も》って現《あら》われ、驚《おどろ》く小文吾《こぶんご》に向《む》かって、いきさつを語《かた》り始《はじ》める。自分《じぶん》の旦開野《あさけの》という名《な》は仮《かり》のものであり、実《じつ》は粟飯原首胤度《あいはらおおとたねのり》の遺児《いじ》、犬坂毛野胤智《いぬさかけのたねとも》という男《おとこ》である。父《ちち》や兄《あに》は常武《つねたけ》に殺《ころ》された。父《ちち》の妾《めかけ》だった母《はは》は逃《のが》れ、後日自分《ごじつじぶん》を産《う》み落《お》としたが、世間《せけん》をはばかって女性《じょせい》として育《そだ》てられた。十三《じゅうさん》の時母《ときはは》が亡《な》くなり、以後敵《いごかたき》の馬加《まくわり》を討《う》つ機会《きかい》をうかがいつつ、武芸《ぶげい》も身《み》に付《つ》けた。それから三年《さんねん》いよいよその機会《きかい》が訪《おとず》れたのである。

「めぐりあわせというか運命《うんめい》というか、今日《きょう》は鞍弥吾常尚《くらやごつねひさ》の誕生日《たんじょうび》の祝宴《しゅくえん》で、主人《しゅじん》も客《きゃく》も一日《いちにち》飲《の》んで過《す》ごし、真夜中頃《まよなかころ》に席《せき》を収《おさ》めて、来客《らいきゃく》は皆出《みなで》ていったんだ。常武親子主従《つねたけおやこしゅじゅう》はあちこちに酔《よ》いつぶれている。今宵恨《こよいうら》みを晴《は》らさなければ他《ほか》に機会《きかい》はない、と隠《かく》し持《も》っていた刀《かたな》をひそかに手《て》にして様《よう》子《す》を窺《うかが》うと常武親子《つねたけおやこ》や綱平《つなへい》らは対牛楼《たいぎゅうろう》でうたた寝《ね》している。まずはこいつらを討《う》とうと、竜《りゅう》が天《てん》にも昇《のぼ》る心地《ここち》で階段《かいだん》を登《のぼ》り、忍《しの》びよって常武《つねたけ》の枕元《まくらもと》に立《た》ち、天地《てんち》に響《ひび》けと大声《おおごえ》をあげ「馬加常武《まくわりつねたけ》、目《め》を覚《さ》ませ。昔《むかし》お前《まえ》に陥《おとしい》れられ杉門路《すぎとじ》で討《う》たれた粟飯原首胤度《あいはらおおとたねのり》の遺児《いじ》、相模《さがみ》の犬坂《いぬさか》で生《う》まれたのでその里《さと》の名《な》を家号《かごう》にした犬坂毛野胤智《いぬさかけのたねとも》だ。親《おや》の仇《あだ》、兄姉《きょうだい》の恨《うら》みを晴《は》らす今日《きょう》この時《とき》、起《お》きて勝負《しょうぶ》しろ」と名乗《なの》って目覚《めざ》めさせ、枕《まくら》をはたと蹴飛《けと》ばすと、常武《つねたけ》はたちまち驚《おどろ》いて起《お》き、腕《うで》に近《ちか》いところにあった脇差《わきざし》を取《と》って抜《ぬ》こうとするところを、抜《ぬ》くか抜《ぬ》かないかのうちにバサリと討《う》ったんだ。良《よ》く切《き》れる刀《かたな》で、常武《つねたけ》の首《くび》ははるか向《む》こうにすっ飛《と》び、勢《いきお》い余《あま》って切《き》っ先《さき》で、立《た》ちあがった膝《ひざ》の骨《ほね》までぶった切《ぎ》った。

左右《さゆう》で寝《ね》ていた鞍弥吾《くらやご》と綱平《つなへい》が目覚《めざ》めて驚《おどろ》き、「曲者《くせもの》、逃《の》がすな」と共《とも》に刀《かたな》を抜《ぬ》いて振《ふ》り回《まわ》す。それを右《みぎ》に受《う》けて左《ひだり》で払《はら》い、奮戦《ふんせん》していると「おっ」と声《こえ》を挙《あ》げて鞍弥吾《くらやご》が刀《かたな》をカラリと落《お》とし、あわてて逃《に》げようとする。その背中《せなか》を深《ふか》く切《き》ってのけぞるところを横様《よこざま》に切《き》りつけると腰《こし》のところで真《ま》っ二《ぷた》つになって倒《たお》れちまった。（中略《ちゅうりゃく》）綱平《つなへい》はこれに気《き》づいたのか動転《どうてん》して引《ひ》き返《かえ》し、再《ふたた》び俺《おれ》に切《き》ってかかるのを片手《かたて》でなで切《ぎ》りにして討《う》ち取《と》った。

もう楼上《ろうじょう》に敵《てき》はいない。残《のこ》る連中《れんちゅう》にも目《め》に物見《ものみ》せてやろう、と静《しず》かに下《した》に行《い》き部屋《へや》毎《ごと》に襖《ふすま》を蹴《け》って開《あ》けると、まだ酔《よ》いが醒《さ》めない金平太《きんへいた》や老僕《ろうぼく》の九念次《くねんじ》、貞九郎《さだくろう》や僕《しもべ》も混《ま》じって多勢《たぜい》で、手槍《てやり》や棍棒《こんぼう》、刀《かたな》などを打《う》ち振《ふ》って足並《あしな》みも揃《そろ》わず向《む》かってくるのを、縦横無尽《じゅうおうむじん》に追《お》い崩《くず》す。羊《ひつじ》の群《む》れの中《なか》に虎《とら》が入《はい》ったようなもので、薄手《うすで》を負《お》った臼井《うすい》の貞九《さだく》が逃《に》げようとするところを真《ま》っ向《こう》から切《き》り捨《す》てる。返《かえ》す刀《かたな》で金平太《きんへいた》の手槍《てやり》を切《き》り折《お》って畳《たた》みかけるように拝《おが》み打《う》つ。最期《さいご》の念仏十念《ねんぶつじゅうねん》ではないが、九念次《くねんじ》も数箇所《すうかしょ》の手傷《てきず》によろめいて逃《に》げるのを、すかさず背中《せなか》から浴《あ》びせかけた太刀《たち》に血煙《ちけむり》を上《あ》げて死《し》んでしまった。残《のこ》る僕《しもべ》の何人《なんにん》かは小者《こもの》とともに逃《に》げ惑《まど》って追《お》い詰《つ》められ、台所《だいどころ》の土間《どま》に高《たか》く積《つ》んだ米俵《こめだわら》の陰《かげ》に押《お》し合《あ》いへし合《あ》いして隠《かく》れたので、俵《たわら》を押《お》し崩《くず》すとたちまちどっと落《お》ちかかる。密偵《みってい》や目付《めつけ》の若者《わかもの》でこれに打《う》たれて目玉《めだま》が飛《と》び出《だ》し、あるいは肩《かた》の骨《ほね》や腰《こし》の骨《ほね》を折《お》って自滅《じめつ》する奴《やつ》が六《ろく》、七人《しちにん》もいる。残《のこ》る者《もの》も半死半生《はんしはんしょう》でよろよろしながら手《て》を合《あ》わせて「お許《ゆる》しください」と詫《わ》びたので、これ以上《いじょう》は無益《むえき》の殺生《せっしょう》と思《おも》い捨《す》てて、もう討《う》たなかった。再《ふたた》び楼上《ろうじょう》への階段《かいだん》を上《のぼ》り、敵《てき》の血《ち》で壁《かべ》に

父兄《ふけい》の為《ため》に讐《あだ》を皆殺《みなごろ》しにし、旧主《きゅうしゅ》の為《ため》に奸臣《かんしん》を亡《な》き者《もの》にしたぞ。今後《こんご》は主君《しゅくん》を盛《も》りたてて、臣下《しんか》が罪《つみ》におとされることのないようにせよ。

文明《ぶんめい》十一年《じゅういちねん》己亥《つちのとい》夏《なつ》五月《さつき》十六日《じゅうろくにち》未明《みめい》

粟飯《あい》原《はら》首《おおと》胤度《たねのり》の遺児《いじ》、犬坂《いぬさか》毛野《けの》胤智《たねとも》十五歳《じゅうごさい》書《しょ》す

と五十文字《ごじゅうもじ》余《あま》りを書《か》き留《と》め、そのまま馬加《まくわり》の首《くび》を引《ひ》っ提《さ》げて来《き》たんだ」

と毛野《けの》は息《いき》も継《つ》がずに語《かた》った。

❖「天《てん》なるかな時《とき》なるかな、けふは鞍弥吾常尚《くらやごつねひさ》が、誕辰《たんぜうび》の寿《ことぶ》きとて、主客酒宴《しゅかくしゅえん》に日《ひ》を消《くら》し、真夜中比《まよなかごろ》に席《せき》を収《おさ》めて、来客《らいきゃく》は皆退《みなしりぞ》き去《さ》り、常武親子《つねたけおやこ》主従《しゅうじゅう》は、彼此《あちこち》に酔《ゑ》

毛野《けの》、対牛楼《たいぎゆうろう》にて馬加大記《まくわりだいき》一族《いちぞく》を討《う》つ

ひ臥《ふ》したり。今宵《こよひ》怨《うら》みを復《かへ》さずは、いづれの時《とき》を期《ご》すべきやとて、隠《かく》し措《お》きたる利刀《わざもの》を、ひそかに引提《ひさげ》て窺《うかが》へば、常武《つねたけ》父子《おやこ》・綱平《つなへいら》等は、対牛楼《たいぎうろう》に仮寝《うたたね》せり、まづはや這奴等《しやつら》を撃《う》たんとて、登《のぼ》る階子《はしご》は潜竜《せんりゆう》の、蜚颺《ひやう》を得《え》たる心地《ここち》して、潜《しの》び寄《よ》りつつ常武《つねたけ》が、枕辺《まくらべ》に直《つ》つ立《た》ちて、天地《てんち》に響《ひび》けと声高《こゑたか》やかに、「馬加常武《まくはりつねたけ》とく覚《さ》めよ。昔年《せきねん》汝《なんぢ》が讒訴《ざんそ》によって、杉門路《すぎとぢ》にて撃《う》たれたる、粟《あ》飯原《ひはら》首《おほと》胤度《たねのり》が、妾孕《わきばら》なる遺腹児《のこしだね》、相模《さがみ》の犬坂《いぬさか》にて生《う》まれしかば、その里《さと》の名《な》を家号《かごう》に替《か》えたる、犬坂毛野《いぬさかけの》胤智《たねとも》ここにあり。親《おや》の讐《あた》、兄姉等《きやうだいら》の、怨《うら》みを復《かへ》す今暁《こんぎやう》目今《ただいま》、起《お》きて勝負《せうぶ》を決《けつ》せずや」と名告《なの》りかけ呼《よ》び覚《さ》まして、枕《まくら》をはた、と蹴《け》てければ、常武《つねたけ》たちまち駭《おどろ》き覚《さ》めて、臂近《ひぢちか》なりける腋挿《わきざし》の、刀《かたな》をとりて抜《ぬ》かんとするを、抜《ぬ》かしも果《は》てずちやうとうつ、刃《やいば》の冴《さ》えに常武《つねたけ》が首《かうべ》ははるか向《むか》ひへ落《お》ちて、余《あま》る刃尖《きつさき》、立《た》てたる膝《ひざ》の、骨《ほね》をかけてぞ切《き》つたりける。左右《さいう》に臥《ふ》したる鞍弥《くらや》吾《ご》・綱平《つなへい》、ひとしく覚《さ》めてうち駭《おどろ》き、さては癖者《くせもの》脱《のが》さじとて、共《とも》に刀《かたな》を引《ひ》き抜《ぬ》き打《う》ち振《ふ》り、撃《う》たんとするを右《みぎ》に受《う》け、左《ひだり》に払《はら》ふ奮撃突戦《ふんげきとつせん》、「おつ」とおめいて鞍弥吾《くらやご》が、刃《やいば》をからりと撃《う》ち落《お》とせば、駭《おどろ》きあはてて逃《に》げんとしたる、背《そびら》をふかく劈《つんざ》いて、仰反《のけぞ》るところを横《よこ》ざまに、切《き》りはなちたる腰車《こしくるま》、ふたつになりて仆《たふ》れたり。（中略）綱平《つなへい》これに心《こころ》やつきけん、呆《あき》れ迷《まよ》ふて引《ひ》き返《かへ》しつつ、ふたたび吾儕《わなみ》にきつてかかるを、隻手《かたて》なぐりに撃《う》ち捕《と》つたり。はや楼上《ろうじやう》には敵《てき》もなし。残《のこ》る奴原目《やつばらめ》に物見《ものみ》せん。としづかに楼下《したや》にをり立《たち》て、間毎《まごと》の紙門《ふすま》蹴《け》放《はな》せば、まだ酔《ゑ》ひ醒《さ》めぬ金平太《きんへいた》、老僕《おとな》九《く》念次《ねんじ》、貞九郎《さだくらう》、奴隷《しもべ》まじりに多勢《たぜい》を憑《たの》む、短鎗《てやり》、桿棒《よりばう》、貸刀《かしがたな》、得《え》物《もの》得《え》物《もの》を打《う》ち振《ふ》りて、足並《あしな》みしどろに撃《う》たんと競《きそ》ふを、縦横無碍《じゆうわうむげ》に追《お》ひ崩《くづ》す。群《む》れる羊《ひつじ》の牧《まき》の中《うち》へ、猛虎《まうこ》の衝《つ》いて入《い》る如《ごと》く、薄手《うすで》負《お》はせし臼井《うすゐ》の貞九《さだく》が、逃《に》げんとするを韓竹割《からたけわり》、返《かへ》す刀《かたな》に金平太《きんぺいた》が、短鎗《てやり》をちやうと切《き》り折《を》つて、畳《たた》みかけたる合掌撃《おがみう》ち、最期《さいご》の十念《じふねん》、九念次《くねんじ》も、数《す》か所《しよ》の痛手《いたで》によろめきよろめき、逃《に》ぐるをすかさず背《そびら》より、あびせかけたる大刀風《たちかぜ》に、血烟立《ちけむりた》ててぞ死《し》んでける。残《のこ》る奴隷《しもべ》の幾人《いくたり》か、僮僕《こもの》まじりに逃《に》げ迷《まよ》ひつつ、追《お》ひ詰《つ》められて庖厨《くりや》の土間《どま》に、高《たか》く積《つ》みたる米苞《たはら》の蔭《かげ》に、おしあひへしあひかくるる程《ほど》に、つひに米苞《たはら》を推《お》し頽《くづ》しつつ、たちまちだう、と墜《お》ちかかれば、密張孔目《かくしめつけ》の男童等《をのわらはら》は、これに撲《う》たれて目子《めのたま》飛《と》び出《い》で、あるは肩骨腰《かたほねこし》の骨《ほね》、撲《う》ち拗《ひし》がれて自滅《じめつ》を取《と》るもの、六七人《ろくしちに》ンに及《およ》びたり。残《のこ》るも半死《はんし》半生《はんせう》にて、よろぼひ伏《ふ》して手《て》を合《あ》はしつつ、免《ゆる》させ給《たま》へ、と勧解《わび》しかば、さのみは無益《むやく》の殺生《せつしやう》と、思《おも》ひ捨《す》ててこれを撃《う》たず。ふたたび楼上《ろうじやう》に走《はし》り登《のぼ》りて、仇人《かたき》の血《ち》をもて傍《かたへ》の壁《かべ》へ、

為二父兄一《ためにふけいの》鏖《みなごろしにし》レ讐《あたを》。為二旧主一鋤《ためにきうしゆのすく》レ奸《かんを》。自《より》レ今而後《けふしてのち》。知二君之《しらばきみの》為レ君《たることをきみ》。勿レ使二《なかれしむること》

繻葛復倒罥《じゆかつをしてまたさかさまにかから》一。

文明十一年己亥夏《ぶんめいじういちねんつちのとゐのなつさ》五月十六日《つきじうろくにち》、暁天《ぎやうてん》、粟《あ》飯原首胤度遺腹子《ひはらおほとたねのりがいふくのこ》、犬坂毛《いぬさかけ》野《の》胤智《たねとも》、

十五《じうご》歳書《さいしよす》

と五十余言《ごじうよげん》を書《か》きとどめ、やがて馬加常武《まくはりつねたけ》が首級《くび》引《ひ》き提《さ》げて来《き》つるなり」と息《いき》つきあへず説《と》き示《しめ》す。

✲毛野の認《したた》めた漢文の「繻葛《じゆかつ》」の意味がそのままでは通じない。当て字であろうとの水野稔説にしたがって訳した。「繻葛」は中国の地名だが、使役《しえき》の構文上、地名ではなく「人間」を表す語句が来るはずである。そこで同じ発音の「豎褐《じゆかつ》」だとすると、小役人の着る衣服の意味になり、条件に合う。ここでは「臣下」と訳した。さて、この日は息子の誕生日の祝宴であった。今では誕生日を祝い、ケーキを食べたりプレゼントを贈ったりする家庭が多い。しかし、かつては、よほど身分の高い家柄でなければ誕生日を祝うことはなかった。それに年齢を加えるのは正月であって誕生日ではなかったから、人々はあまり意識しなかったのである。今でもお年寄りの中には「数え」の年齢を用いる方がいるが、この「数え」という考え方によれば、生まれた時が一歳で、正月が来ると年齢が一つ加わる。現在の「満」より最低でも一歳、場合によっては二歳近く歳をとっていることになる。つまりこの場面で毛野は「十五歳」と署名しているので、満年齢では十三歳か十四歳。

★口絵の意味

毛野は女装して世を過ごしていた。また信乃も幼い頃、少女の姿で育てられた。これらについて馬琴は、本書全体の冒頭の口絵で予告している。その絵は、「八犬士あげまきのとき(幼いとき)、かくれあそびの図」と題されており、丶大《ちゆだい》法師と子供の八犬士が描かれている。八犬士のうち、毛野と信乃が女性姿なのだ。この口絵を含んだ五冊が発売された時点で、丶大法師はまだ出家しておらず(名前が金碗《かなまり》大輔)、八犬士は登場していない。そして、物語の展開上、八犬士が幼い頃同時に遊ぶことはあり得ない。つまり、この絵は物語全体に関わるが、具体的な場面ではなく象徴的な絵なのだ。

なぜ二人が女性姿なのか。近年の高田衛や信多純一の研究によれば、八犬士のイメージの源泉の一つは密教の文殊《もんじゅ》八大童子である。曼荼羅《まんだら》に記すときは一人に一つの真言（梵字《ぼんじ》）が配置される。この文殊八大童子のうち二人が女性なのだ。また、中国の元以降の八人の仙人を描いた図も近世にはいくつか描かれており、これも二人の仙人が女性である。馬琴はこれらを取り込んだと考えられる。

それにしても大方の読者は何年も後になって、この口絵の予告通り、毛野が女性姿で活躍するとは思わないだろう。しかし、何人かの熱心な読者は、記憶のどこかに二人の女装姿が残っており、思い出して「さすが馬琴」と感嘆するかもしれない。他の作者の読本にこんな例はない。馬琴の独擅場である。

## ◈現八《げんぱち》、庚申山《こうしんやま》で妖怪《ようかい》を退治《たいじ》する（六十回）

あらすじ（五十七回〜）

小文吾《こぶんご》と毛野《けの》は馬加《まくわり》の城《しろ》を逃《のが》れるが、隅田川《すみだがわ》で別々《べつべつ》の船《ふね》に乗《の》り、はぐれてしまう。小文吾《こぶんご》は留守《るす》にしていたこの一年《いちねん》の間《あいだ》に亡《な》くなった父《ちち》の菩提《ぼだい》をとむらったあと、毛野《けの》を捜《さが》すために、毛野《けの》の育《そだ》った鎌倉《かまくら》へと向《む》かうが手《て》がかりを得《え》られない。

さて、一年前《いちねんまえ》の荒芽山《あらめやま》での戦《たたか》いの際《さい》、犬飼現八《いぬかいげんぱち》も道節《どうせつ》らと別《わか》れ別《わか》れになってしまった。現八《げんぱち》は小文吾《こぶんご》や他《ほか》の犬士《けんし》を訪《たず》ねて行徳《ぎょうとく》、武蔵《むさし》から京《きょう》にまで上《のぼ》る。京《きょう》で武芸《ぶげい》を人《ひと》に教《おし》えて身《み》を立《た》てるが、犬士《けんし》に会《あ》うことなく三年目《さんねんめ》となり、東国《とうごく》へ帰《かえ》ることにした。

旅《たび》の途中《とちゅう》に立《た》ち寄《よ》った上野国庚申山《こうずけのくにこうしんやま》の麓《ふもと》の茶店《ちゃみせ》で、庚申山《こうしんやま》には山賊《さんぞく》や妖怪《ようかい》がいること、武芸《ぶげい》の達人《たつじん》である郷士《ごうし》の赤岩一角《あかいわいっかく》がかつて山《やま》に入《はい》ったが、一昼夜《いっちゅうや》さまよってようやく帰《かえ》って来《き》たことなどを聞《き》いた。店主《てんしゅ》の勧《すす》めによって弓矢《ゆみや》を買《か》い、茶店《ちゃみせ》を出た現八《げんぱち》は夜《よる》になって道《みち》に迷《まよ》い、庚申山《こうしんやま》に入《はい》ってしまう。「胎内《たいない》くぐり」と呼《よ》ばれる岩陰《いわかげ》で過《す》ごしていると真夜中頃《まよなかころ》、蛍《ほたる》のような光《ひかり》が二《ふた》つ、三《みっ》つかすかに見《み》えた。

そうこうしているうちに火《ひ》は近《ちか》づくにつれて大《おお》きくなり、周囲《しゅうい》を照《て》らす様子《ようす》は松明《たいまつ》のようだ。もう間隔《かんかく》は四《し》、五十《ごじゅう》メートルになり、現八《げんぱち》はよく見《み》ようと瞬《また》きもしないでいた。怪《あや》しいことにその火《ひ》の光《ひかり》は、狐火《きつねび》や天狗《てんぐ》の仕《し》業《わざ》ではなく、見《み》たこともない妖怪《ようかい》の両目《りょうめ》が光《ひか》っているのであった。その様《さま》をたとえていうなら、顔《かお》は暴《あば》れ者《もの》の虎《とら》のようであり、口《くち》は耳《みみ》まで裂《さ》けて血《ち》を盛《も》った盆《ぼん》より赤《あか》く、その牙《きば》は真《ま》っ白《しろ》で剣《つるぎ》を逆《さか》さまに植《う》えたよう、幾千本《いくせんぼん》もの長《なが》い髯《ひげ》は雪《ゆき》に降《ふ》りこめられた柳《やなぎ》の葉《は》が風《かぜ》に乱《みだ》れてそよぐのに似《に》ている。しかし、身体《しんたい》はあたかも人《ひと》のようだ。腰《こし》には二本《にほん》の太刀《たち》を差《さ》し、栗毛《くりげ》の馬《うま》にまたがっている。その馬《うま》もまた異形《いぎょう》で、全身《ぜんしん》すべて枯木《かれき》のようにところどころ苔《こけ》むしており、四本《よんほん》の足《あし》はまるで木《き》の枝《えだ》、尾《お》はすすきが生《は》えたも同《どう》然《ぜん》だ。左右《さゆう》に若《わか》い武士《ぶし》が付《つ》き従《したが》っている。一人《ひとり》は顔《かお》が藍《あい》よりも青《あお》く、もう一人《ひとり》は顔《かお》が真赤《まっか》な上《うえ》に髪《かみ》の毛《け》までも赤《あか》く、絵《え》に描《えが》かれた軍《いくさ》の神《かみ》のようである。こうしてこの妖怪主従《ようかいしゅじゅう》は静《しず》かに馬《うま》を歩《あゆ》ませながら、何事《なにごと》かを語《かた》らい、あるいは高笑《たかわら》いなどして、「胎内《たいない》くぐり」の方《ほう》へ向《む》かってきた。

現八《げんぱち》はこの様子《ようす》を早《はや》くも見定《みさだ》めて、少《すこ》しも騒《さわ》ぐ様子《ようす》はなく、思《おも》うのには「あの馬《うま》に乗《の》っている奴《やつ》が妖怪《ようかい》の親玉《おやだま》だろう。先《さき》んずれば人《ひと》を制《せい》するが、後《おく》れれば人《ひと》に制《せい》されてしまう、という諺《ことわざ》もある。あいつさえ射落《いおと》してしまえば、他《ほか》の連中《れんちゅう》はきっと逃《に》げてしまうにちがいない。たとえ恨《うら》みを晴《は》らそうとして奴《やつ》らが一斉《いっせい》に向《む》かってきたとしても、恐《おそ》れるほどのことではなかろう」という早速《さっそく》の思案《しあん》は、現八《げんぱち》の大胆《だいたん》さの表《あらわ》れだ。二本《にほん》の矢《や》は腰《こし》に付《つ》けている。弓《ゆみ》を左手《ひだりて》に持《も》ち、ひそかに近《ちか》くの木《き》に攀《よ》じ登《のぼ》ったが、その速《はや》いことは猿《さる》のよう、ほどよい枝《えだ》に足《あし》を踏《ふ》みとどめて弓《ゆみ》に矢《や》をつがえて準備《じゅんび》をしつつ、しばらく矢《や》を放《はな》つ機会《きかい》をうかがっている。(カラー口絵「庚申山」参照)

それでも妖怪《ようかい》らは狙《ねら》われているとは思《おも》わなかったのだろう、こころのどかに語《かた》らいつつ「胎内《たいない》くぐり」に近《ちか》づいて進《すす》み入《い》ろうとするときに、狙《ねら》いすました現八《げんぱち》が矢声《やこえ》も高《たか》く矢《や》を放《はな》つ。例《れい》の騎馬《きば》の妖怪《ようかい》は左《ひだり》の目《め》を深《ふか》く射《い》られて一声《ひとこえ》「あっ」と叫《さけ》ぶ暇《ひま》もなく馬《うま》よりどうっと落《お》ちたところ、「あぶない」と騒《さわ》ぐ二人《ふたり》の化《ば》け物《もの》が、手《て》負《お》いの妖怪《ようかい》の手《て》を自分《じぶん》の肩《かた》にひっかけ、一人《ひとり》は馬《うま》をひきずり、元来《もとき》た方向《ほうこう》へ逃《に》げ失《う》せてしまった。

❖さる程《ほど》に件《くだん》の火《ひ》は、近《ちか》づくままに大《おほ》きうなりて、そがあたりを燭《て》らすこと、炬《たいまつ》に異《こと》ならず。すでにしてその間《あはひ》、四五反《しごたん》ばかりになるまでに、現八《げんはち》はなほよく見《み》んとて、瞬《また》きもせでありけるに、怪《あや》しむべしその火《ひ》の光《ひかり》は、地狗《ちく》《キツネ》・天狗《てんぐ》の所為《わざ》にはあらで、えもえしれぬ妖怪《えうくわい》の、両眼《ふたつのまなこ》の耀《ひか》れるなり。まづその模様《もやう》をたとへていはば、面《つら》は暴《あれ》たる虎《とら》の如《ごと》く、口《くち》は左右《さいう》の耳《みみ》まで裂《さ》けて、鮮血《ちしほ》を盛《も》れる盆《ぼん》より赤《あか》く、またその牙《きば》は真白《ましろ》にして、剣《つるぎ》を倒《さかさま》に栽《うへ》たる如《ごと》く、幾千根《いくせんこん》の長《なが》き髯《ひげ》は、雪《ゆき》に閉《と》ぢたる柳《やなぎ》の糸《いと》の、風《かぜ》に紊《みだ》れて戦《そよ》ぐに似《に》たり。しかれどもそが形体《かたち》は、さながら人《ひと》に異《こと》ならず。腰《こし》には両口《ふたふり》の大刀《たち》を横佩《よこたへ》て、騂駒《くりげのこま》に跨《の》りたるが、その馬《うま》もまた異形《ゐぎやう》にして、全身《みのうち》すべて枯木《こぼく》の如《ごと》く、処々《ところどころ》に苔生《こけむし》て、四足《よつのあし》は樹枝《きのえだ》なるべく、その尾《を》は芒《すすき》の生《お》ひたるなり。左右《さいう》に従《したが》ふ若党《わかたう》あり。一箇《ひとり》はその面藍《つらあい》より青く、一箇《ひとり》はその色赭石《いろしやせき》に似《に》て、頭髪《かみのけ》さへにいと赤《あか》く、画《ゑが》ける諸天《しよてん》にさもにたり。かくてこの妖怪主従《えうくわいしゆうじゆう》、徐々《しづか》に馬《うま》を歩《うた》せつつ、何事《なにごと》やらんかたらひかたらひ、あるは高《たか》く笑《わら》ひなどして、胎内《たいない》くぐりのかたに来《き》にけり。現八《げんはち》はかの為体《ていたらく》を、はや見定《みさだ》めてなかなかに、ちつとも騒《さわ》ぐ気色《けしき》なく、心《こころ》の中《うち》に思《おも》ふやう、「彼馬《かのうま》に騎《の》りたるこそ、妖王《ばけもののわう》なるべけれ。先《さき》にすれば物《もの》を征《せい》し、後《おく》るるときは征《せい》せらる。彼奴《かやつ》をだに射《い》て落《お》とさば、その余《よ》はかならず逃《に》げ亡《う》せなん。よしや怨《うら》みを復《かへ》さんとて、これ彼《かれ》ひとしくうち逆《むか》ふとも、そはおそるるに足《た》るものならじ」と早速《さそく》の尋思《しあん》は、勇士《ゆうし》の大胆《だいたん》、両条《ふたすぢ》の箭《や》は腰《こし》にあり。半弓左手《はんきゆうゆんで》に突《つ》き立《た》てて、窃《ひそ》かに件《くだん》の樹《き》に攀《よ》ぢ登《のぼ》るに、その神速《はや》きこと猿猴《ましら》の如《ごと》く、程《ほど》よき枝《えだ》に足踏《あしふ》みとどめて、弓《ゆみ》に箭《や》つがふてひき固《かた》めつつ、しばし矢比《やごろ》を張《うかが》ひけり。さりけれども妖怪《えうくわい》等《ら》は、かくとは思《おも》ひかけざりけん、心《こころ》のどけくうち相譚《かたらふ》て、胎内《たいない》くぐりに近《ちか》づきつつ、進《すす》み入《い》らんとする程《ほど》に、ねらひすませし現八《げんはち》が、矢声《やこゑ》も猛《たけ》く発《はな》つ箭《や》に、件《くだん》の騎馬《きば》なる妖怪《えうくわい》は、左《ひだり》の眼《め》を箆深《のぶか》に射《い》られて、一《ひ》ト声《こゑ》「あつ」と叫《さけ》びもあへず、馬《うま》よりどうと堕《お》ちしかば、「あなや」と騒《さわ》ぐ両箇《ふたり》の妖物《ばけもの》、手負《てお》ひの手《て》を取《と》り肩《かた》に引《ひ》きかけ、一箇《ひとり》は馬《うま》を牽《ひ》きつつも、旧来《もとき》しかたへ逃《に》げ亡《う》せけり。

✿『八犬伝』には様々な要素が入り込んでいるが、ここでは妖怪の姿を具体的に描写しており、さながら怪談の一場面のようだ。江戸時代の人々もこのような妖怪の実在を全面的に信じていたわけではないが、妖怪に象徴される超自然的な事物を畏《おそ》れる気持ちはあった。様々な因果や神仏の存在も今よりずっと身近な存在だったのである。

さて、偶然巡り会った小文吾と毛野ははぐれてしまう。また、荒芽山でばらばらになった犬士も互いを捜し当てることができない。現在ではメールも携帯電話もあるので、このようなことはあり得ないのだが、室町時代には郵便すらないので、住所不定の人物と出会うことは難しい。いずれ里見家に仕えることが予定されているのだから、里見家に集まるのはどうだろう、などと思ってしまうのだが、それでは話が盛り上がらない。合理的なことばかりがいいわけではないのだ。

★『八犬伝』の表記

本書には原文を掲載したが、読みやすくするため、出来るだけ常用漢字を用いるなど多少手を加えている。しかし本書と実物で何より違うのは、活字体かそうでないか、であろう。実際の『八犬伝』の本文を覗こう。これは第六十回（本書一一九ページ）の一部である。今のひらがなとは違う字体も見られる。ほとんど

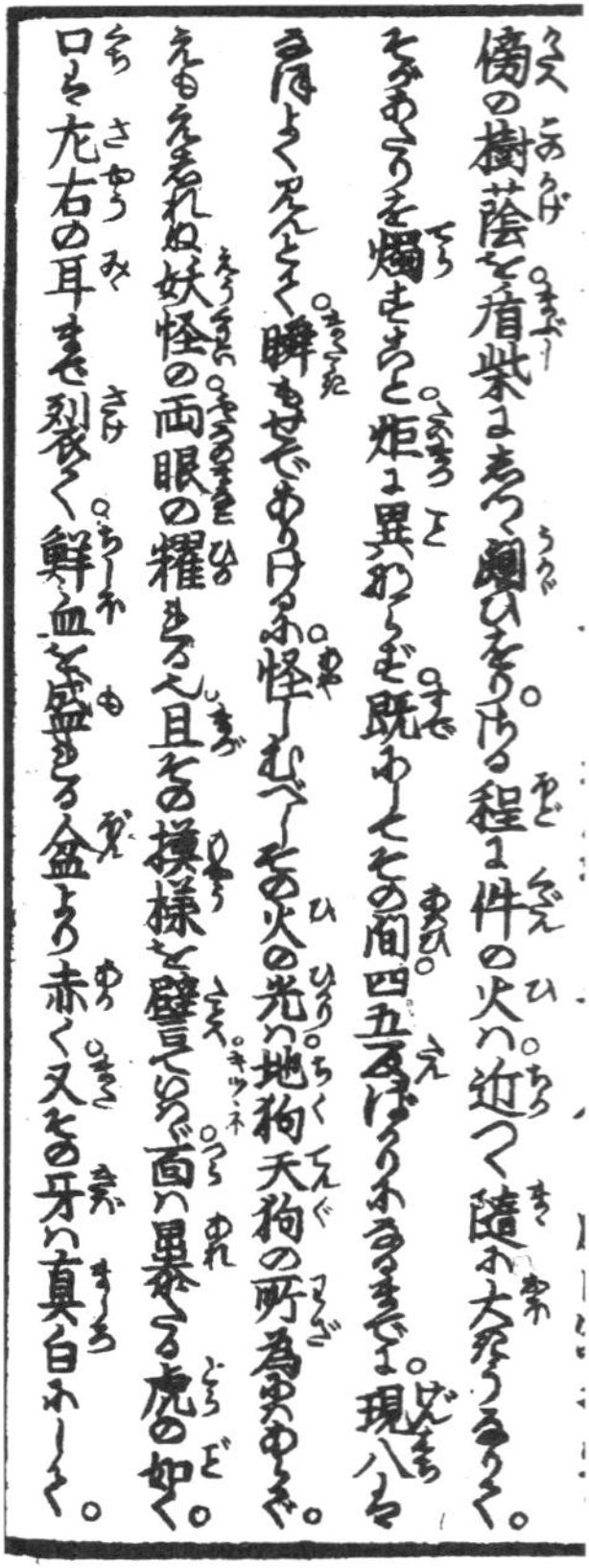
傍の樹蔭《こかげ》を眉紫《まぶし》にして窺《うかゞ》ひをりける程《ほど》に件《くだん》の火《ひ》ハ近《ちか》つく隨《まゝ》に大きうなりつゝ。

そが中に二つを燭《とう》ならず炬《たいまつ》に異《こと》ならず既《すで》にしてその間《あひ》四五反ばかりになるまでに現八《げんはち》を
見よく見んとて瞬《まじろき》もせで目守りけるに怪《あや》しむべし その火《ひ》の光《ひかり》ハ地狗《ちく》天狗《てんぐ》の所為《わざ》ならず。

えもいはれぬ妖怪《えうくわい》の両眼《りやうがん》の耀《ひかり》なる且《まづ》その模様《ありさま》を望《のぞみ》て見るに面《つら》ハ黒《くろ》き虎《とら》の如《ごと》く。

口《くち》ハ左右《さゆう》の耳《みゝ》まで裂《さけ》て鮮血《ちしほ》を盛《も》る盆《ぼん》より赤《あか》く又その牙《きば》ハ真白《ましろ》にして。

の漢字に振り仮名があるが、これは多くの読者が音読したことからも必要なことだった。「所為」を「わざ」と読ませたり、「両眼」を「ふたつのまなこ」と読ませている。これは漢語（中国語）を大和言葉（日本語）で読んでおり、いわば熟語の訓読みだ。まれには熟語の両側にかなをふることもある。この部分では「地狗」の右に「ちく」、左に「キツネ」とある。「天狗」に対する「地狗」という語句があり、読みは「ちく」だが、それでは意味が通じないので、「キツネ」と記した。いわば注釈を兼ねた振り仮名だ。この部分にはないが、注釈的な事項を小さな文字で二行に書いたり、欄外に置いたりすることもある。句読点はすべて「。」で、段落替えも基本的にないなど、現代の表記とはずいぶん違う。また仮名遣いは歴史的仮名遣いで統一されているわけではない。たとえば「道」の振り仮名は一般的な「だう」ではなく「どう」を用いている。それでも『八犬伝』は印刷されたものであり、中世までの筆写された古典と違って、ずっと読みやすい。

## ◈にせの一角《いっかく》が倒《たお》され角太郎《かくたろう》は真実《しんじつ》を知《し》る（六十五回）

あらすじ（六十回〜）

現八《げんぱち》は怪物《かいぶつ》を射《い》た後《のち》、さらに庚申山《こうしんやま》に分《わ》け入《い》ると赤岩一角《あかいわいっかく》の幽霊《ゆうれい》に呼《よ》びとめられる。一角《いっかく》の幽霊《ゆうれい》は、現八《げんぱち》が射《い》たのはこの山《やま》に数百年《すうひゃくねん》住《す》む化《ば》け猫《ねこ》であること、自分《じぶん》はかつて山《やま》で化《ば》け猫《ねこ》に食《く》い殺《ころ》されたこと、化《ば》け猫《ねこ》は一角《いっかく》に成《な》りすまし一角《いっかく》の後妻《ごさい》に牙二郎《がじろう》という子《こ》を産《う》ませたこと、今《いま》はその後妻《ごさい》も亡《な》くなり船虫《ふなむし》という悪《わる》い女《おんな》を妻《つま》としていることなどを語《かた》り、我《わ》が子《こ》角太郎《かくたろう》に真実《しんじつ》を告《つ》げてくれるよう、現八《げんぱち》に依頼《いらい》する。現八《げんぱち》は証拠《しょうこ》の短刀《たんとう》と一角《いっかく》の髑髏《どくろ》を受《う》け取《と》り、角太郎《かくたろう》を訪《たず》ねる。語《かた》り合《あ》ううち角太郎《かくたろう》も犬士《けんし》の一人《ひとり》であることを知《し》る。角太郎《かくたろう》は犬村姓《いぬむらせい》を名乗《なの》っており、〝礼《れい》〟の字《じ》の玉《たま》は妻《つま》の雛衣《ひなぎぬ》が誤《あやま》って飲《の》み込《こ》んだままであるという。

角太郎《かくたろう》の庵《いおり》に目《め》を負傷《ふしょう》した一角《いっかく》と船虫《ふなむし》の夫婦《ふうふ》、牙二郎《がじろう》が訪《おとず》れる。現八《げんぱち》は戸棚《とだな》に隠《かく》れている。一角《いっかく》は、目《め》の傷《きず》の薬《くすり》として雛衣《ひなぎぬ》の心臓《しんぞう》の血《ち》と胎児《たいじ》の胆《きも》が必要《ひつよう》だと角太郎《かくたろう》に迫《せま》る。角太郎《かくたろう》は断《ことわ》るが、雛衣《ひなぎぬ》はこれこそ究極《きゅうきょく》の「孝《こう》」であると、自《じ》害《がい》する覚悟《かくご》を決《き》め、短刀《たんとう》を手《て》にする。

「ためらいません」と雛衣《ひなぎぬ》が、はやくも握《にぎ》り持《も》つ短刀《たんとう》の柄《つか》、そのつかの間《ま》にきらめかせた刃《やいば》が光《ひか》って、切《き》っ先深《さきふか》く乳《ち》の下《した》へぐさりと突《つ》きたてて引《ひ》きめぐらせたところ、さっとほとばしる鮮血《せんけつ》とともに現《あらわ》れたのが一《ひと》つの霊《れい》玉《ぎょく》。その勢《いきお》いはまるで鉄砲《てっぽう》の火蓋《ひぶた》を切《き》ったように、向《む》かいに座《すわ》っていた一《いっ》角《かく》の胸板《むないた》を打《う》ち砕《くだ》いたので「あっ」と一声叫《ひとこえさけ》びも終《お》わらないうちに手足《てあし》を突《つ》っ張《ぱ》って倒《たお》れてしまった。この事態《じたい》に船虫《ふなむし》と牙二郎《がじろう》は驚《おどろ》きながら振《ふ》りかえって

「なんと夫《おっと》が撃《う》たれなさった」

「父《ちち》は事切《こときれ》れなさったか、悪逆不孝《あくぎゃくふこう》の角太郎《かくたろう》め。妻《つま》の雛衣《ひなぎぬ》と示《しめ》し合《あ》わせて親《おや》に手《て》を掛《か》ける人面獣心《にんめんじゅうしん》、そこを動《うご》くな」

と声《こえ》をかけて討《う》とうとする牙二郎《がじろう》。それを助《たす》けるつもりの船虫《ふなむし》も懐剣《かいけん》を抜《ぬ》

き、ひらめかせてまっしぐらに切《き》ってかかると、角太郎《かくたろう》は刀《かたな》を鞘《さや》から抜《ぬ》かずに握《にぎ》って受《う》け流《なが》しうち払《はら》って
「はやりなさるな、言《い》うことがある。我々夫婦《われわれふうふ》にどうして親《おや》を損《そこ》なう悪心《あくしん》がありましょう。とにかく待《ま》ってください」
と止《と》めても少《すこ》しも聞《き》かずやたらに太刀《たち》を振《ふ》り回《まわ》す。防《ふせ》ぐ一方《いっぽう》の角太郎《かくたろう》は右手《みぎて》のひじにかすり傷《きず》を負《お》いつつ、右《みぎ》からも左《ひだり》からも刀《かたな》を受《う》けてしのぐが、一生一度《いっしょういちど》の危難《きなん》。今《いま》にも危《あぶ》ないと見《み》えたその時《とき》、戸棚《とだな》のふすまの間《あいだ》から飛《と》び出《だ》した手裏剣《しゅりけん》は牙二郎《がじろう》の乳《ちち》の下《した》を貫《つらぬ》くほどに突《つ》き刺《さ》さり、「あれー」と叫《さけ》ぶ声《こえ》とともに刀《かたな》を捨《す》てて倒《たお》れふす。それと同時《どうじ》に現八《げんぱち》がふすまを蹴《け》り放《はな》って戸棚《とだな》からどっと飛《と》び降《お》りると、船虫《ふなむし》は驚《おどろ》きあわてて逃《に》げようとする。逃《に》がすものかと現八《げんぱち》は、すばやく走《はし》りかかって利《き》き手《て》をとって担《かつ》ぎ上《あ》げ向《む》こうざまに投《な》げ飛《と》ばすと、船虫《ふなむし》は火鉢《ひばち》の角《かど》にあばらをひどく打《う》ちつけて、灰《はい》に塗《まみ》れて倒《たお》れてしまう。
角太郎《かくたろう》はこの様《さま》を見《み》て、驚《おどろ》くとともに怒《いか》って

「何《なに》をする、犬飼現八《いぬかいげんぱち》。頼《たの》みもしない助太刀《すけだち》は、俺《おれ》を不孝《ふこう》の罪《つみ》に陥《おとし》れるためか。俺《おれ》は弟《おとうと》や継母《ままはは》を害《がい》してまで助《たす》かろうと思《おも》ってはいない。友人《ゆうじん》の義理《ぎり》も親族《しんぞく》の恨《うら》みに換《か》えることはできないぞ。俺《おれ》が相手《あいて》だ。さあ勝負《しょうぶ》しろ」

と息巻《いきま》いて呼《よ》びかけ、刀《かたな》をきらりと引《ひ》きぬいて鞘《さや》を捨《す》てて振《ふ》り上《あ》げる。その刃《やいば》の下《した》を現八《げんぱち》はかいくぐって角太郎《かくたろう》を取《と》り押《お》さえる。二《に》の腕《うで》から流《なが》れる血《ち》を見《み》て、急《いそ》いで懐《ふところ》から髑髏《どくろ》を取《と》り出《だ》し差《さ》し出《だ》すと、滴《したた》る血潮《ちしお》は吸《す》い込《こ》むように髑髏《どくろ》に塗《まみ》れて、まるで瓦《かわら》に水《みず》を注《そそ》いだように一滴《いってき》もこぼれない。これこそ親《おや》と子《こ》である証拠《しょうこ》なのだ。この不思議《ふしぎ》なしるしに現八《げんぱち》は勇《いさ》んで、思《おも》わず声《こえ》を挙《あ》げる。

「はやりなさるな、犬村《いぬむら》さん。そこに倒《たお》れている一角《いっかく》は真《まこと》の親《おや》ではない。この髑髏《どくろ》こそ真《まこと》の親《おや》、赤岩一角武遠殿《あかいわいっかくたけとおどの》の白骨《はっこつ》なのです。今《いま》、目《め》の前《まえ》で髑髏《どくろ》に滴《したた》ったあなたの血《ち》が一《ひと》つに凝《こ》り固《かた》まったのが親子《おやこ》であることを証明《しょうめい》していいます。話《はな》さなければならないことが多《おお》いので、怒《いか》りを刃《やいば》とともに収《おさ》めてよくお聞《き》きください」

と突《つ》き放《はな》す。角太郎《かくたろう》は思《おも》いがけない奇特《きどく》を見《み》ても、疑《うたが》いがまだ解《と》けないものの、勢《いきお》いが弱《よわ》まった。それでも折《お》り曲《ま》げた膝《ひざ》に刀《かたな》の柄《つか》を押《お》したてて油断《ゆだん》はしない。

❖「後《おく》れはせじ」と雛衣《ひなぎぬ》が、はや握《にぎ》り持《も》つつかの間《ま》に、きらめかしたる刃《やいば》の電光《いなづま》、刀尖《きつさき》深《ふか》く乳《ち》の下《した》へ、ぐさと衝《つ》き立《た》て引《ひ》き繞《めぐ》らせば、さ、とほとばしる鮮血《ちしほ》と共《とも》に、顕《あらは》れ出《い》づる一箇《ひとつ》の霊玉《れいぎよく》、勢《いきほ》ひさながら鳥銃《てつぱう》の、火蓋《ひぶた》を切《き》つて放《はな》せし如《ごと》く、前面《むかひ》に坐《ざ》したる一角《いつかく》が、鳩尾骨《むなぼね》はた、と打《う》ち砕《くだ》けば、「あつ」と一《ひ》ト声叫《こゑさけ》びも果《は》てず、手足《てあし》を張《は》つてぞ仆《たふ》れける。ことの不測《ふしぎ》に船虫《ふなむし》・牙二郎《がじらう》、驚《おどろ》きながら見《み》かへりて、「こはわが所天《つま》は撃《う》たれ給《たま》ひぬ」「大人《うし》はこときれ給《たま》ひしか。悖逆不孝《ぼつぎやくふこう》の角太郎《かくたらう》、妻雛衣《つまひなぎぬ》と謀《しめ》し合《あ》はして、親《おや》を害《がい》する人面獣心《にんめんじうしん》、そこな動《うご》きそ」と呼《よ》びかけて、撃《う》たんと進《すす》む牙二郎《がじらう》を、資《たす》けて引《ひ》き添《そ》ふ船虫《ふなむし》も、等《ひと》しく懐剣《くわいけん》抜《ぬ》き閃《ひらめ》かして、面《おもて》も振《ふ》らずきつてかかれば、角太郎《かくたらう》は戒刀《かいたう》を、鞘《さや》ながらに握《にぎ》り持《も》ちて、受《う》け流《なが》しうち払《はら》ひ、「はやり給《たま》ふな、いふ事《こと》あり。某《それがし》夫婦《ふうふ》いかにして、親《おや》を害《そこな》ふ悪心《あくしん》あらん。やよまち給《たま》へ」

ととどめても、ちつとも聴《きか》ぬ無法《むはふ》の大刀風《たちかぜ》、禦《ふせ》ぐのみなる角太郎《かくたらう》は、右手《めて》の臂《ひぢ》を一《いつ》寸《すん》ばかり、かすり痍負《ておひ》つつ右《みぎ》にささへ、左《ひだり》に当《あた》る一期《いちご》の重厄《ちようやく》、いとも危《あやう》く見《み》えたる折《をり》から、戸棚《とだな》の紙戸《ふすま》の間《あはひ》より、打《う》ち出《い》だす銃鋧《しゆりけん》に、牙二郎《がじらう》は乳《ち》の下三寸《したさんず》ン、背《うら》かくまでにうち串《つらぬか》れて、「あなや」と叫《さけ》ぶ声《こゑ》と共《とも》に、刃《やいば》を捨《す》ててぞ仆《たふ》れける。程《ほど》もあらせず現八《げんはち》は、衾戸《ふすまど》はたと蹴放《けはな》ちて、棚《たな》よりどう、と飛《と》び下《くだ》れば、船虫《ふなむし》いよいよ驚《おどろ》きあはてて、逃《に》げんとするを逃《に》がしもやらず、現八《げんはち》はやく走《はし》り懸《か》かりて、利《き》き手《て》を捕《と》つて引《ひ》き被《かつ》ぎ、向《む》かふざまに投《な》げしかば、船虫《ふなむし》は火盆《ひばち》の稜《かど》に、あばらを大《いた》く打《う》ち悩《なや》されて、灰《はひ》に塗《まみ》れて倒《たふ》れけり。角太郎《かくたらう》はこの為体《ていたらく》に、かつ駭《おどろ》きかつ怒《おこ》りて、「無《む》益《やく》しき犬飼現八《いぬかひげんはち》、人《ひと》も頼《たの》まぬ助大刀《すけたち》は、われを不孝《ふかう》に陥《おと》さん為《ため》か。われあに弟《おとと》と継《まま》母《はは》を害《がい》して、身《み》を脱《まぬか》るるものならんや。交遊《かういう》の義《ぎ》も親族《しんぞく》の、怨《うら》みには易《か》えがたし。とくとく勝負《せうぶ》を決《けつ》せよ」といきまき猛《たけ》く名告《なの》りかけ、戒刀《かいたう》きらりと引《ひ》き抜《ぬ》きて、鞘《さや》投《な》げ捨《す》ててふり揚《あ》ぐる、刃《やいば》の下《した》を、現八《げんはち》は、かいくぐりつつ捕《と》り留《と》むる、角太郎《かくたらう》が二《に》の腕《うで》より、流《なが》るる鮮血《ちしほ》をきつと見《み》て、いそがはしく懐《ふところ》より、出《い》だす髑髏《どくろ》にしたたる鮮血《ちしほ》の、吸《す》ひ入《こ》む如《ごと》く塗《まみ》れ着《つき》て、瓦《かはら》に沃《そそ》ぐ水《みづ》に等《ひと》しく、ただ一滴《いつてき》も髑髏《どくろ》より、下《した》

霊玉《れいぎよく》が化《ば》け猫《ねこ》一角《いつかく》を撃《う》つ

に溢《あふ》れぬ親子《おやこ》の明証《めいせう》。奇特《きどく》に勇《いさ》む現八《げんはち》は、思《おも》はず声《こゑ》をふり立《た》て、「はやり給《たま》ふな犬村《いぬむら》ぬし。打《う》ち仆《たふ》されし一角《いつかく》は、御辺《ごへん》の真《まこと》の親《おや》ならず、この髑髏《どくろ》こそ真《まこと》の亡《ぼう》父《ふ》、赤岩一角武遠大人《あかいはいつかくたけとほうし》の、白骨《はつこつ》なるをしらざるや。今《いま》のあたりに骨《ほね》と血《ち》と、ひとつに凝《よ》りしは親子《おやこ》の徴据《せうこ》。告《つ》ぐべき事《こと》の多《おほ》かるに、怒《いか》りを刃《やいば》とともに斂《をさ》めて、よく聞《き》かれよ」と突《つ》き放《はな》せば、角太郎《かくたらう》は思《おも》ひがけなき、奇《き》特《とく》を見《み》つつ疑《うたが》ひの、なほ解《と》けねども勢《いきほ》ひ折《くぢ》けて、折《を》り布《し》く膝《ひざ》に戒刀《かいたう》の、柄押《つかお》し立《た》てて由断《ゆだん》せず。

✲一角は自分の眼の傷を癒《いや》す薬として嫁である雛衣《ひなぎぬ》の胎児を要求する。その時に一角は「昔、平貞盛《たいらのさだもり》ぬしはその身の病の良薬にその子の嫁の胎内なる子を求めたる例もあり」と言う。これは『今昔物語集』にも記された話であり、ある程度は知られていた。実際当時、薬とするために少年を殺して肝を取るという事件が甲斐国で起こっている。

荒芽山でいったん集まった五犬士が、またばらばらになってしまった後、毛野が登場し、この場面で角太郎も登場。以前神隠しにあった幼い親兵衛を含め、八犬士がすべて物語の中に姿を現した。いずれも実の両親を亡くし、幸福とは言えない境遇だ。仇討ちを目指す者もいて、揃って里見家に馳せ参じる状況ではない。ヽ大《ちゆだい》法師もまだ八犬士を探す旅を続けるのである。

## ◈夏引《なびき》らの悪事《あくじ》が露見《ろけん》する（七十一回）

あらすじ（六十五回～）

角太郎《かくたろう》と現八《げんぱち》はにせ一角《いっかく》の化《ば》け猫《ねこ》に止《とど》めを刺《さ》す。雛衣《ひなぎぬ》を手《て》厚《あつ》く葬《ほうむ》り、二人《ふたり》は他《ほか》の犬士《けんし》を探《さが》し求《もと》めて旅立《たびだ》つ。その際《さい》角太郎《かくたろう》は名《な》を犬村大角礼儀《いぬむらだいかくまさのり》と改《あらた》めた。

さて、四年前荒芽山《よねんまえあらめやま》ではぐれた犬塚信乃《いぬつかしの》は、再《ふたた》び犬士《けんし》に巡《めぐ》り合《あ》おうと諸国《しょこく》を経《へ》巡《めぐ》って、今《いま》は甲斐国《かいのくに》の穴山近《あなやまちか》くにある猿石村《さるいしむら》の村長《むらおさ》、四六城木工作《よろぎむくさく》の家《いえ》に逗《とう》留《りゅう》している。木工作《むくさく》の養女浜路《ようじよはまじ》は信乃《しの》に好意《こうい》を持《も》つ。木工作《むくさく》は悪漢《あっかん》の淡雪奈四《あわゆきなし》郎《ろう》に殺《ころ》される。奈四郎《なしろう》は木工作《むくさく》の後添《のちぞ》いの夏引《なびき》と示《しめ》し合《あ》わせ、信乃《しの》を木工作殺《むくさくころ》しの犯人《はんにん》に仕立《した》てる。夏引《なびき》は僕《しもべ》の出来介《できすけ》を丸《まる》め込《こ》み、信乃《しの》の刀《かたな》に血《ち》を塗《ぬ》るなどした上《うえ》で、武田家《たけだけ》の代官甘利兵衛尭元《だいかんあまりひょうえたかもと》を呼《よ》ぶために躑躅崎《つつじがさき》へと向《む》かう。間《ま》もなく尭元《たかもと》が現《あらわ》れ、信乃《しの》と浜路《はまじ》を連《つ》れ去《さ》った。

夏引《なびき》は走《はし》り帰《かえ》ってきて

「やい出来介《できすけ》、尭元様《たかもとさま》が訴《うった》えをお聞《き》きくださって今《いま》こちらへいらっしゃる。皆早《みなはや》く出《で》てお迎《むか》え申《もう》し上《あ》げなさい」
と言《い》うのを聞《き》いて出来介《できすけ》はいぶかり
「それはとんでもないことです。尭元様《たかもとさま》は先《さき》ほど組子《くみこ》四、五人《ごにん》と別《べつ》に駕籠《かご》を吊《つ》って自《みずか》らお出《い》でになりましたのでお迎《むか》えして、命令《めいれい》を受《う》けて信乃《しの》をからめとりなさいました。また、お嬢様《じょうさま》を駕籠《かご》にお乗《の》せになり、信乃《しの》の刀《かたな》や持《も》ち物《もの》、お嬢様《じょうさま》が幼《おさな》い時《とき》にお召《め》しになっていたという摺箔《すりはく》のお着物《きもの》までも全部出《ぜんぶだ》させて持《も》っていかれました。もちろんあなた様《さま》は所用《しょよう》があるので宿所《しゅくしょ》に留《とど》めておいた、とおっしゃったのです。それなのにその尭元様《たかもとさま》がお出《で》ましになることがあるものですか」
と問《と》うと夏引《なびき》はいらだって
「このばか者《もの》、家《いえ》にいながら狐《きつね》に化《ば》かされたのか。尭元様《たかもとさま》が何人《なんにん》もいて二《に》回《かい》も三回《さんかい》もいらっしゃるというのか。まったく鍵《かぎ》を預《あず》けた頼《たの》み甲斐《がい》もなくおめおめと肝心《かんじん》な信乃《しの》を逃《のが》したのでは尭元様《たかもとさま》にいいわけもできない。早《はや》く捕《つか》まえて引《ひ》っ張《ぱ》って来《こ》い。逃《に》がしてすむ話《はなし》ではない」
と声《こえ》をふるわせて息巻《いきま》く後《うしろ》に、組子《くみこ》もろともたたずむ尭元《たかもと》。怒《いか》った声《こえ》をあげて
「夏引静《なびきしず》まれ。わけのわからない言《い》い争《あらそ》いは私《わたし》が糾明《きゆうめい》しよう。組子《くみこ》ども、この二人《ふたり》を取《と》り逃《にが》すな」
と命令《めいれい》して、早《はや》くも上座《かみざ》に進《すす》んで床几《しようぎ》に腰掛《こしか》けると組子《くみこ》たちは夏引《なびき》、出来《でき》介《すけ》を取《と》り巻《ま》いて監視《かんし》する。
そのとき出来介《できすけ》はおそるおそる進《すす》み出《で》て、尭元《たかもと》に向《む》かい額《ぬか》ずいた頭《こうべ》をもたげて
「おそれながら申《もう》し上《あ》げます。今《いま》より半時《はんとき》ほど前《まえ》、甘利兵衛尭元《あまりひようえたかもと》と名乗《なの》る武士《ぶし》が組子《くみこ》ら四《し》、五人《ごにん》と、一挺《いつちよう》の駕籠《かご》を吊《つ》って来《き》て、木工作《むくさく》の死骸《しがい》を調《しら》べ、また血《ち》のついた信乃《しの》の刀《かたな》を引《ひ》き抜《ぬ》いて見《み》て、『木工作《むくさく》の体《からだ》の傷《きず》は鉄砲傷《てつぽうきず》であって刀傷《かたなきず》ではない。またこの刃《やいば》に塗《まみ》れた血《ち》は乾《かわ》かないで濡《ぬ》れている。このことから思《おも》うのに、四《し》、五日以前《ごにちいぜん》に撃《う》たれ

たという木工作《むくさく》の横死《おうし》の日時《にちじ》と相違《そうい》がある。であるから木工作《むくさく》を殺《ころ》した者《もの》は信乃《しの》とは断定《だんてい》できない。そうではあるが夏引《なびき》らが訴《うった》え申《もう》したことでもあるのでからめ取《と》ることはもちろんだ。物置《ものおき》の戸《と》を開《あ》けよ』
とおっしゃったので、偽者《にせもの》とは思《おも》わずに、すぐ物置《ものおき》の戸《と》を開《あ》けました。しばらく信乃《しの》と問答《もんどう》して身《み》につけていた刀《かたな》を組子《くみこ》に受《う》けとらせ、信乃《しの》には縄《なわ》を掛《か》けずに組子《くみこ》に監視《かんし》させ、また浜路《はまじ》にも尋《たず》ねるべきことがあると言《い》って用意《ようい》の駕籠《かご》に乗《の》せたのです。信乃《しの》の短刀《たんとう》や所持品《しょじひん》はもちろん、浜路《はまじ》が木工《むく》作《さく》に拾《ひろ》われなさったときに着《き》ていたというおくるみまでもことごとく出《だ》させて組子《くみこ》に持《も》たせて急《いそ》いでもろともにどよどよと出《で》ていきなさいました。夏引《なびき》は所用《しょよう》があって宿所《しゅくしょ》に留《とど》めたとまでおっしゃったので、小生《しょうせい》は疑《うたが》うこともありませんでした。信乃《しの》と浜路《はまじ》を逃《のが》した落《お》ち度《ど》については重々《じゅうじゅう》恐《おそ》れ入《い》っておりますが、仕方《しかた》なかったことをご賢察《けんさつ》いただき、ただご憐憫《れんびん》、お慈悲《じひ》をお願《ねが》い申《もう》し上《あ》げます」
と悲《かな》しげな様子《ようす》で告《つ》げる。

そのいきさつを、尭元《たかもと》はつくづくと聞《き》いて
「察《さっ》するところその者《もの》どもは、信乃《しの》の無実《むじつ》をよく知《し》っている任侠者《にんきょうもの》か、そうでなければ信乃《しの》と交《まじ》わりの厚《あつ》い友人《ゆうじん》らであろう。まず木工作《むくさく》の亡骸《なきがら》を調《しら》べなければなるまい。案内《あんない》せよ」
と言《い》うので、夏引《なびき》は震《ふる》えあがりながら、出来介《できすけ》とともにふすまを押《お》し開《ひら》くと、尭元《たかもと》は進《すす》み寄《よ》って傷口《きずぐち》をじっくりと見《み》る。また亡骸《なきがら》を掘《ほ》り出《だ》したという物置《ものおき》の背後《はいご》に行《い》き、そこを見《み》てうなずき、元《もと》の座《ざ》敷《しき》に戻《もど》った。そして尭《たか》元《もと》は目《め》を見《み》開《ひら》き声高《こえたか》く
「組子《くみこ》ども、この曲者《くせもの》らをすぐに捕《と》らえよ」
と激《はげ》しく命令《めいれい》を下《くだ》す。組子《くみこ》たちは
「承知《しょうち》しました」
と言《い》うと同時《どうじ》に走《はし》りかかって出来介《できすけ》と夏引《なびき》の腕《うで》をねじ曲《ま》げ、ねじ上《あ》げて押《おさ》え、縄《なわ》を掛《か》ける。二人《ふたり》は同様《どうよう》に驚《おどろ》き騒《さわ》ぎ、
「我々《われわれ》は罪《つみ》を犯《おか》しておりません」

と口《くち》にするが、それを言《い》わせもしないで尭元《たかもと》は、はたとにらんで声《こえ》を挙《あ》げる。

「大胆不敵《だいたんふてき》の毒婦主従《どくふしゆじゆう》、お前《まえ》たちに罪《つみ》がないとは言《い》わせないぞ。木工作《むくさく》の体《からだ》の傷《きず》は突き傷《きず》に似《に》ているが鉄砲傷《てつぽうきず》であることは明《あき》らかだ。また、たとえ信乃《しの》が木工作《むくさく》に恨《うら》みを抱《いだ》いて殺《ころ》したとしても、人《ひと》の知《し》られぬ山陰《やまかげ》などに死《し》体《たい》を捨《す》てずに、家《いえ》のすぐ裏《うら》の、融《と》けるとわかっている雪《ゆき》の中《なか》に埋《う》めるはずがない。この二《ふた》つのことから推理《すいり》すると、この件《けん》は、お前《まえ》たちが信乃《しの》に恨《うら》みを持《も》っていて無実《むじつ》の罪《つみ》に陥《おとしい》れようと企《たくら》んだことだ、とわかるのだ」

❖夏引《なびき》は走《はし》りかへり来《き》つ、「やよ出来介《できすけ》よ。尭元《たかもと》さまの、訴《うつた》へを聴《き》きうけ給《たま》ひて、今《いま》はやかしこへ来《き》ましたり。みなもろともにとく出《い》でて、とく迎《むか》へまつらずや」といふに出来介訝《できすけいぶか》りて、「そはこころえぬ事《こと》になん。尭元《たかもと》さまは先《さき》の程、夥兵《くみこ》ばら四《し》五名《ごにん》と、別《べち》に篼子《はんだのりもの》を吊《つ》らし給《たま》ひて、みづから来《こ》させ給《たま》ひしかば、出《い》で迎《むか》へ下知《げぢ》を受《う》けて、信乃《しの》を搦《から》め捕《と》らせまゐらせしに、また娘《ぢやう》さまをば、かの乗物《のりもの》にうち乗《の》し給《たま》ひ、信乃《しの》が両刀行嚢《りやうたうたびつつみ》と、娘《ぢやう》さまの幼稚《をさな》き時《とき》、被《き》させ給《たま》ひしといふ、揚箔《すりはく》の衣《きぬ》さへに、みな出《い》ださしてもてゆき給《たま》ひき。勿論《もちろん》おん身《み》は所要《しよえう》あれば、宿所《しゆくしよ》に留《とど》め措《お》かれし、とおふせられて候《さふら》ひしに、また程《ほど》もなくかの人《ひと》ざまの、来《こ》させ給《たま》ふは故《ゆゑ》もやある」と問《と》へば夏引《なびき》は焦燥《いらだち》て、「この白徒《しれもの》が宿《やど》に居《を》りつつ、野狐《のぎつね》に魅《ばか》されしか。尭元《たかもと》さまが幾人《いくたり》ありて、両三度《ふたたびみたび》来《き》給《たま》ふべき、くちをしや鍵《かぎ》を預《あづ》けし、頼《たの》み甲斐《がひ》なくおめおめと、肝要《かんえう》なる信乃《しの》を走《はし》らしては、尭元《たかもと》さまへいひわきなし。とく追《お》ひ留《と》めて引《ひ》きもて来《こ》よ。逃《に》がして事《こと》の済《す》むべきか」と声戦《こゑふるは》していきまく背後《うしろ》に、夥兵《くみこ》もろとも立在《たたず》む尭元《たかもと》、怒《いか》れる声《こゑ》をふり立《た》てて、「夏引《なびき》しづまれ。胡論《うろん》の争《あらそ》ひ、われみづから糾明《きうめい》せん。夥兵《くみこ》ばらは、この両人《りやうにん》を、捕《と》りな脱《にが》しそ」と下知《げぢ》しつつ、はや上座《かみくら》に進《すす》み登《のぼ》りて、床几《せうぎ》に尻《しり》をうち掛《か》くれば、夥兵《くみこ》は夏引《なびき》・出来介《できすけ》を、推《お》つ捕《と》り巻《ま》きてぞ戍《まも》りける。その時出来介《ときできすけ》は、おそるおそる進《すす》み出《い》で、尭元《たかもと》にうち対《むか》ひて、額《ぬか》づきたる頭《かうべ》をもたげ、「おそれながら申《まう》しあげ候《さふら》はん。今《いま》より半時《はんとき》ばかりさきつ比《ころ》、甘利兵衛尭元《あまりひやうゑたかもと》と、御姓名《おんせいめい》を告《の》れる武士《ぶし》、夥兵四五名《くみこしごにん》と、一挺《いつちやう》の箯子《はんだのりもの》を吊《つ》らし来《き》て、木工作《むくさく》が死骸《しがい》を展検《てんけん》し、また信乃《しの》が血刀《ちかたな》を引《ひ》き抜《ぬ》き見《み》て、木工作《むくさく》が身中《みうち》の痍《きず》は、鳥銃傷《てつぱうきず》にして、金瘡《たちきず》にあらず。またこの刃《やいば》に塗《まみ》れし鮮血《ちしほ》は、ちつとも乾《かは》かで潤《うるほ》ひあり。よりて思《おも》ふに、四五日《しごにち》已前《いぜん》に撃《う》たれしといふ、木工作《むくさく》が横死《わうし》の時日《じじつ》と相違《さうゐ》あり。かかれば木工作《むくさく》を殺《ころ》せしものを、信乃《しの》なりとは定《さだ》めがたし。さばれ夏引等《なびきら》が、訴《うつた》へまうせしよしもあれば、搦《から》め捕《と》らん事《こと》もちろんなり、泥《ぬ》り庫《ごめ》の戸《と》を開《ひら》くべし、と仰《おふ》せられて候《さふら》へば、仮討手《にせうつて》とは心《こころ》もつかで、やがて雑庫《ものおきぐら》の戸《と》を開《ひら》きしかば、しばらく信乃《しの》と問答《もんどう》して、帯《お》びたる刀《かたな》を夥兵《くみこ》に受《う》けとらせ、信乃《しの》には縄《なは》をかけずして、夥兵《くみこ》ばらにうちまもらせ、また浜路《はまぢ》にも穿鑿《せんさく》の筋《すぢ》ありとて、准備《ようい》の箯子《はんだのりもの》に扶《たす》け乗《の》し、信乃《しの》が短刀行嚢《たんたうたびつつみ》はさらなり、浜路《はまぢ》が木工作《むくさく》に拾《ひら》はれし時《とき》きたりといふ、孤身衣《ひとつみごろ》の衣《きぬ》さへに、皆《みな》ことごとく出《い》ださして、夥兵《くみこ》にもたしていそがはしく、みなもろともにどよどよと、出《いで》て行《ゆ》き候《さふら》ひき。夏引《なびき》は所要《しよえう》の筋《すぢ》あれば、宿所《しゆくしよ》にとどめしよしさへいへれば、小人疑《やつがれうたが》ふよしもなく、信乃《しの》と浜路《はまぢ》を走《はし》らしたる、越《を》ち度《ど》はまた今《いま》さらに、おそれ入《い》つて候《さふら》へども、拠《よりどころ》なき趣《おもむき》を御賢察《ごけんさつ》なし下《くだ》され、ただ御憐愍《ごれんみん》おん慈悲《ぢひ》を、願《ねが》ひまつり候《さふらふ》」と悲《かな》しみ告《つ》ぐる縁由《ことのよし》を、尭元《たかもと》つくづくとうち聞《き》きて、「察《さつ》するにその者共《ものとも》は、信乃《しの》が冤《むじつ》をよく知《し》りたる、俠者《をとこだて》などなるべきか、さらずは信乃《しの》と交《まじ》はり厚《あつ》き、友人《ともびと》

信乃《しの》と浜路《はまじ》、偽《にせ》の尭元《たかもと》に捕《と》らわれる

にもやあらんずらん。まづ木工《むく》作《さく》が亡骸《なきがら》を、検覧《けんらん》しつべし、案内《しるべ》をせよ」といふに夏引《なびき》は戦々兢々《わななきわななき》、出来介《できすけ》ともろともに、隔《あはひ》の紙戸《ふすま》を推《お》し開《ひら》けば、尭元《たかもと》は進《すす》み寄《よ》りて、瘡口《きずぐち》をとくと見《み》つ、また亡骸《なきがら》を穿《ほ》り出《い》だせしといふ、泥《ぬ》り庫《ごめ》の背《うしろ》に到《いた》りて、その処《ところ》を見《み》てうち頷《うなづ》き、旧《もと》の坐席《ざしき》に立《た》ちかへりて、眼《まなこ》をみはり声高《こゑたか》やかに、「夥兵達《くみこたち》このくせもの等《ら》を、とくとく搦《から》め捕《と》らずや」と烈《はげ》しき下知《げぢ》に夥兵等《くみこら》は、「承《うけたまは》りつ」と応《いら》へも果《は》てず、走《はし》り蒐《かか》つて出《で》来介《きすけ》と、夏引《なびき》が肘《かひな》を捩《ね》じ曲《ま》げ捩《ね》じ揚《あ》げ、押《お》さへて縄《なは》をかけしかば、両人《りやうにん》ひとしく驚《おどろ》き騒《さわ》ぎて、「俺々《われわれ》犯《をか》せる罪《つみ》あらず」といはせもあへず兗元《たかもと》は、はたと睨《にら》みて声《こゑ》を苛《いら》立《だ》て、「大胆不敵《だいたんふてき》の毒婦主従《どくふしゆうじゆう》、汝等《なんぢら》何《な》でふ罪《つみ》なからんや。木工作《むくさく》が身《み》の痍《きず》は、突《つ》き痍《きず》に似《に》たれども、鳥銃傷《てつぱうきず》に疑《うたが》ひなし。たとへば信乃《しの》が木工作《むくさく》に怨《うら》みありて害《がい》するとも、人《ひと》のえしらぬ山蔭《やまかげ》などへ、その亡骸《なきがら》を棄《す》てずして、消《き》ゆると知《し》りつつ宿所《しゆくしよ》の背《せ》門《ど》なる、雪《ゆき》の中《うち》にうづめんや。この両条《りやうでう》もて推《お》すときは、汝等《なんぢら》信乃《しの》に怨《うら》みありて冤《むじつ》枉《のつみ》に陥《おと》さん、と伎倆《たくめ》る事《こと》は知《し》られたり」

✽鉄砲傷か刀の傷か、この取り違えの趣向は既に『仮名手本忠臣蔵《かなでほんちゆうしんぐら》』の五段目に描かれている。忠臣蔵では、赤穂浪士に加わりたいと思っている勘平が、実際には自分が鉄砲で撃ったのではないのに、舅《しゆうと》を撃ったと勘違いして切腹に追い込まれるという悲劇である。切腹した後、よく傷を確かめると刀傷であることがわかり、勘平の無実がわかるのである。『八犬伝』のこの場面でも、傷の形状により信乃が犯人ではない、とわかるのだが、刀傷ではなく実際は鉄砲傷であるという点で、忠臣蔵とは逆である。

また、直前に偽の役人が信乃を救う点も含めて、この前後は推理小説の謎解きを読むような面白さがある。

★八犬士の出典

『八犬伝』は歴史小説であり、ある程度の史実を踏まえている。馬琴は『八犬伝』以外の読本でも歴史物が多い。たとえば『椿説弓張月《ちんせつゆみはりづき》』は源為朝を主人公としているし、『開巻驚奇侠客伝《きょうかくでん》』は南北朝時代を背景にしている。『八犬伝』に描かれた里見家は実在の大名家で、馬琴は「里見九代記」や「里見軍記」といった史書、「房総志料」などを用いたという。では、八犬士は実在したのか。少なくとも名前は伝えられていたが、事跡は不明。たとえば享保二年（一七一七）の刊記を持つ『合類大節用集』（分類別の字引）には、数量門（たとえば「鎌倉五山」や「六歌仙」などを紹介する部分）があり、そこに「里見八犬士」が取り上げられている。ただし「犬山道節、犬塚信濃、犬田豊後、犬坂上野、犬飼源八、犬川

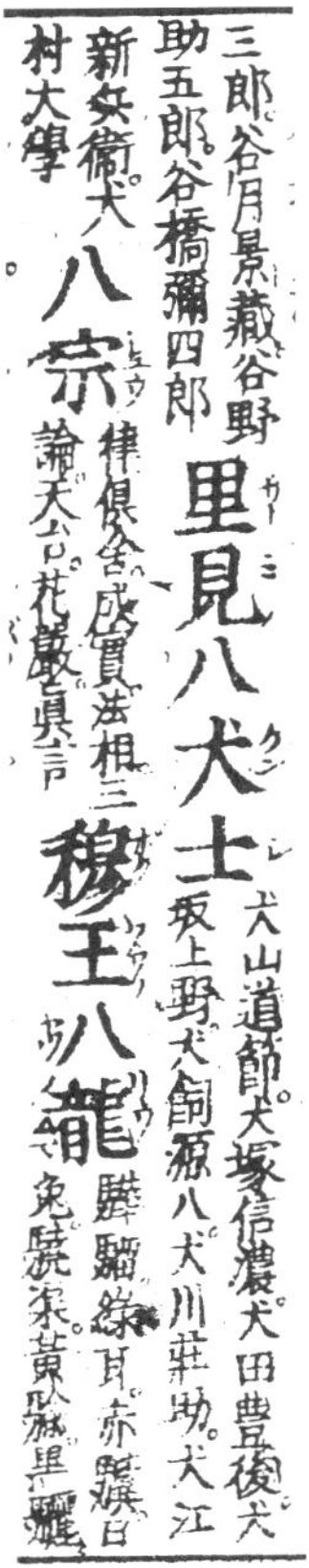
三郎。谷月景。藏谷野助五郎。谷橋彌四郎
里見八犬士　犬山道節。犬塚信濃。犬田豊後。犬坂上野。犬飼源八。犬川荘助。犬江新兵衛。犬村大學。
八宗　律。倶舎。成實。法相。三論。天台。花嚴。眞言
穆王八龍

荘助、犬江新兵衛、犬村大学」と名前を列挙するだけで、解説等は何もない。おそらく馬琴もそれ以上の情報は持っていなかっただろう。それは馬琴にとっては好都合で、どのような人物像を作り上げても構わなかったのだ。こうして、歴史の枠組みはあるが、かなり自由に『八犬伝』を構想することができたのである。

## ◈荘介《そうすけ》、小文吾《こぶんご》と巡《めぐ》り合《あ》い、賊《ぞく》を倒《たお》す（七十七回）

あらすじ（七十一回〜）

武田家《たけだけ》の代官《だいかん》、尭元《たかもと》に成《な》りすまして信乃《しの》と浜路《はまじ》を連《つ》れ去《さ》ったのは犬山道節《いぬやまどうせつ》であった。道節《どうせつ》と荘介《そうすけ》は、、大《ちゅだい》・照文《てるふみ》とともに石和《いさわ》の指月院《しげついん》という寺《てら》を根城《ねじろ》としており、この度《たび》の夏引《なびき》らの悪巧《わるだく》みを知《し》って二人《ふたり》を救《すく》ったのである。浜路《はまじ》は十四年前《じゅうよねんまえ》、鷲《わし》にさらわれた里見義成《さとみよしなり》の五女《ごじょ》であった。時《とき》の領主武田信昌《りょうしゅたけだのぶまさ》は信乃《しの》らを召抱《めしかか》えようと申《もう》し出《で》るが、信乃《しの》らは辞退《じたい》する。照文《てるふみ》は浜路《はまじ》を安房《あわ》の里見家《さとみけ》へと送《おく》り届《とど》ける。

三歳《さんさい》の浜路姫《はまじひめ》、鷹《たか》にさらわれる

一方《いっぽう》、毛野《けの》を探《さが》していた小文吾《こぶんご》は伊豆《いず》へ向《む》かおうと船《ふね》に乗《の》ったが、暴風《ぼうふう》に会《あ》い大島《おおしま》へと流《なが》され、次《つぎ》には三宅島《みやけじま》に着《つ》いてしまう。一年余《いちねんあま》りの後《のち》浪速《なにわ》への船《ふね》に同乗《どうじょう》して本土《ほんど》に戻《もど》り、有馬《ありま》などで保養《ほよう》し北陸《ほくりく》を目指《めざ》す。やがて越後《えちご》に至《いた》り、牛《うし》同士《どうし》が角《つの》を突《つ》き合《あ》わせる闘牛《とうぎゅう》を見物《けんぶつ》していると、一頭《いっとう》の牛《うし》が暴《あば》れ出《だ》した。小文《こぶん》吾《ご》はすかさず牛《うし》の角《つの》を捕《つか》まえて鎮《しず》め、地元《じもと》の人々《ひとびと》に厚《あつ》くもてなされる。

小文吾《こぶんご》はそのまま越後《えちご》に逗留《とうりゅう》するが眼《め》を患《わずら》い、瞽女《ごぜ》の按摩《あんま》を呼《よ》んで治療《ちりょう》してもらう。その按摩《あんま》、実《じつ》は強盗《ごうとう》の妻《つま》となった船虫《ふなむし》で、かつての夫《おっと》の敵《てき》である小文《こぶん》吾《ご》を付《つ》け狙《ねら》っていたのだ。

船虫《ふなむし》は短刀《たんとう》を振《ふ》り回《まわ》したところを捕《と》らえられ、地元《じもと》の風習《ふうしゅう》にしたがって庚申《こうしん》堂《どう》の中《なか》に吊《つ》り下《さ》げるという仕置《しお》きを受《う》ける。無人《むじん》になった夜《よる》にこの堂《どう》をたまたま訪《おとず》れた荘介《そうすけ》は、船虫《ふなむし》にいいくるめられて縄《なわ》をほどき家《いえ》まで送《おく》り、もてなされる。そこで船虫《ふなむし》と夫《おっと》の酒顛二《しゅてんじ》らが小文吾《こぶんご》を襲《おそ》う計画《けいかく》を立《た》てていることを知《し》り、一味《いちみ》に紛《まぎ》れて小文吾《こぶんご》のいる小千谷《おぢや》の石亀屋次団太《いしがめやじだんだ》の家《いえ》に向《む》かった。酒顛二《しゅてんじ》は石《いし》亀屋《がめや》の門《もん》をたたく。

「主《あるじ》の次《じ》団太《だんだ》、すぐに出《で》て来《こ》い。ここに逗留《とうりゅう》している旅人《たびびと》犬田《いぬた》小文吾《こぶんご》に恨《うら》みがあって復讐《ふくしゅう》の為《ため》に来《き》たのだ。命《いのち》が惜《お》しかったら小文吾《こぶんご》に縄《なわ》をかけて出《だ》せ。文句《もんく》を言《い》うならこの家《いえ》にいる全員《ぜんいん》を切《き》り捨《す》てるぞ。さあ開《あ》けろ」

と大声《おおごえ》を挙《あ》げて勢《いきお》いよく叫《さけ》んだ。間近《まぢか》に臥《ふ》していた使用人《しようにん》たちは目《め》を覚《さ》ましたが「あっ」と言《い》うばかりで恐《おそ》れて応《おう》じる者《もの》はいない。そのとき主《あるじ》の次《じ》団太《だんだ》も目覚《めざ》めて奥《おく》より走《はし》り出《いで》て、まず戸《と》の節穴《ふしあな》より、どんな奴《やつ》らが来《き》たのかと覗《のぞ》いた。面《つら》がまえのいかにも悪《わる》い曲者《くせもの》が十六《じゅうろく》、七人《しちにん》。手槍《てやり》、竹槍《たけやり》、長刀《ながなた》を手《て》に手《て》に持《も》った異形《いぎょう》のいでたちで、これこそ山賊《さんぞく》の類《たぐい》であろうと見《み》て取《と》って、

「さてはあのにせ瞽女《ごぜ》の仲間《なかま》が聞《き》き知《し》って襲《おそ》ってきたのに間違《まちが》いない。俺《おれ》はともかく犬田《いぬた》さんが眼《め》を病《や》んでいてはこの敵《てき》と戦《たたか》えまい。はやく裏口《うらぐち》から逃《に》がそう」

と思案《しあん》をしつつ音《おと》も立《た》てずにひそかに犬田《いぬた》の寝室《しんしつ》に行《い》った。近所《きんじょ》の人々《ひとびと》で

目覚《めざ》めた者《もの》もあったが、賊《ぞく》が大勢《おおぜい》であることに恐《おそ》れをなして、このような折《おり》に頼《たよ》りになるものはいない。
既《すで》に外《そと》では酒顚二《しゅてんじ》がいらだって
「ここまで呼《よ》んでも応《おう》じないのは、逃《に》げたのか、寝《ね》ぼけているのか。戸《と》を打《う》ち破《やぶ》って入《はい》ろうじゃないか。これでは手《て》ぬるいぞ」
と怒鳴《どな》る声《こえ》もろともに、仲間《なかま》の一人《ひとり》が準備《じゅんび》してあった槌《つち》を振《ふ》り上《あ》げて門《もん》の戸《と》を微塵《みじん》に打《う》ち砕《くだ》いて走《はし》り入《い》ろうとした時《とき》、思《おも》いがけなくもその一味《いちみ》の中《なか》から犬川荘介《いぬかわそうすけ》が現《あらわ》れて、大声《おおごえ》で一喝《いっかつ》すると同時《どうじ》にひらめかす槍《やり》の刃先《はさき》はまるで稲妻《いなずま》だ。瞬《また》く間《ま》に例《れい》の賊《ぞく》のわきの下《した》をぐさりと突《つ》いて、屋敷《やしき》の中《なか》に知《し》らせる声高《こえたか》く
「犬田《いぬた》も主《あるじ》も驚《おどろ》かないでくれ。犬川荘介《いぬかわそうすけ》がここにいるぞ。表《おもて》の賊《ぞく》は俺《おれ》が全《ぜん》部殺《ぶころ》す。裏口《うらぐち》の用心《ようじん》をしろ」
と二《に》、三度《さんど》も声《こえ》を掛《か》け、驚《おどろ》く盗賊《とうぞく》の手下《てした》どもを二、三人突《にんつ》き倒《たお》す。その勢《いきお》いはまるで虎《とら》が群《む》れている羊《ひつじ》をひねりつぶすようなものだ。向《む》こう見《み》ずに

も思《おも》える武勇《ぶゆう》の早業《はやわざ》、かなうはずもなく、賊《ぞく》どもは恐《おそ》れてどうにもならず「あれよあれよ」と言《い》う間《ま》に次々《つぎつぎ》と撃《う》たれてしまう。思《おも》いがけない光景《こうけい》に酒顚二《しゅてんじ》は驚《おどろ》きながらも怒《いか》れる声《こえ》を振《ふ》り立《た》てる。

「さては宵《よい》の旅侍《たびざむらい》めは間諜《スパイ》だったのか。不意《ふい》を討《う》たれたので少《すこ》しばかり調《ちょう》子《し》づかせてしまったが、多寡《たか》が知《し》れている。一人《ひとり》きりの槍先《やりさき》がどれほどのもんだ。さっさと取《と》り囲《かこ》んで討《う》ちとめろ」

との言葉《ことば》に励《はげ》まされて賊《ぞく》どもは荘介《そうすけ》に襲《おそ》いかかる。賊《ぞく》の半《なか》ばは屋敷《やしき》に入《はい》っていたのを、小文吾《こぶんご》は次団太《じだんだ》とともに刀《かたな》を打《う》ち振《ふる》って先《さき》に進《すす》み、近《ちか》づく敵《てき》を切《き》り伏《ふ》せ、なぎ倒《たお》し、逃《に》げるところをすかさず追《お》い立《た》てて門先《かどさき》に出《で》て、戦《たたか》っている。

その間《かん》に荘介《そうすけ》は酒顚二《しゅてんじ》と槍《やり》を闘《たたか》わせ、上《うえ》から下《した》から手《て》を尽《つ》くす。その犬《けん》士《し》の武勇《ぶゆう》にかなうはずもなく酒顚二《しゅてんじ》はついに腕《うで》も乱《みだ》れ、ひるむところを「やった」と荘介《そうすけ》は槍《やり》を構《かま》えて跳《は》ね上《あ》げ「おっ」とうなってきらめかす。その刃先《はさき》の冴《さ》えに酒顚二《しゅてんじ》はのどを刺《さ》し貫《つらぬ》かれてのけぞり倒《たお》れて死《し》んでしまった。残《のこ》る賊《ぞく》らは浮《う》き足立《あしだ》って逃《に》げるところを、小文吾《こぶんご》・次団太《じだんだ》・荘介《そうすけ》もろともに、ここに追《お》い詰《つ》め、かしこに討《う》ちとめ、激《はげ》しく攻《せ》め立《た》てたので、賊《ぞく》の屍《しかばね》は次々《つぎつぎ》と増《ふ》え、ほとんど討《う》たれてしまった。その中《なか》でかろうじて逃《のが》れ、破《やぶ》れ寺《でら》の隠《かく》れ家《が》へ走《はし》りかえった賊《ぞく》は一人二人《ひとりふたり》にすぎなかった。そのとき小文吾《こぶんご》は荘介《そうすけ》に声《こえ》を掛《か》け

「ひさしぶりですねえ、犬川《いぬかわ》さん。いったい俺《おれ》の災難《さいなん》をどうして知《し》って、助《たす》けてくれたんですか。ただただ喜《よろこ》ぶばかりです」と言うと、荘介《そうすけ》も急《いそ》いで走《はし》り寄《よ》り

「私《わたし》のこれまでのことはとても簡単《かんたん》には話《はな》せません。あなたはこの頃《ごろ》きつい結膜炎《けつまくえん》に罹《かか》り、ろくにものが見《み》えないので籠《こも》っていらっしゃるとお聞《き》きしたのに、そうは思《おも》えないすばらしい働《はたら》きでしたね」と言《い》う。

❖「主人次団太《あるじじだんだ》快出《とくい》でよ。ここに宿《やど》せし他郷《たけう》の客人《たびびと》、犬田小文吾《いぬたこぶんご》に怨《うら》みありて、復讐《ふくしう》の為来《ためき》つるものなり。命惜《いのちを》しくば小文吾《こぶんご》に、索《なは》をかけて推《お》し出《い》だせ。異議《いぎ》に及《およ》ば

荘介《そうすけ》、賊《ぞく》を倒《たお》す

ば閹宅《やうち》の奴《やつ》ばら、一人《ひとり》も漏《も》らさず切《き》り尽《つ》くさん。ここ開《あ》けずや」と諸声《もろごゑ》立《た》てて、勢《いきほ》ひ猛《たけ》く呼《よば》はつたり。間近《まちか》く臥《ふ》したる奴婢《ぬび》輩《ども》は、駭《おどろ》き覚《さ》めつ「あなや」とばかり、おそれて答《こた》ふるものもなし。その時《とき》主人《あるじ》次《じじ》団太《だんだ》も、覚《さ》めて奥《おく》より走《はし》り来《き》て、まづ戸《と》節《ぶし》の間《ひま》より、来《き》つるものを覗《うかが》ふに、面《つら》魂《たましひ》皆《みな》猛悪《もうあく》なる、癖者《くせもの》通《すべ》て十六《じうろく》七名《しちにん》、短《て》鎗《やり》、竹槍《たけやり》、脩《なが》刀《がたな》を、手《て》に手《て》にとりし異形《ゐぎやう》の打扮《いでたち》、是《これ》緑《りよく》林《りん》錦《きん》幡《はん》の、たぐひならんと見《み》てければ、「さてはかの仮《にせ》瞽《ご》女《ぜ》の、同類《どうるい》なるもの聞《き》き知《し》りて、襲《おそ》ひ来《き》つるに疑《うたが》ひなし。俺《われ》はともあれ犬田《いぬた》の大人《うし》の、病《や》む眼《め》に敵《てき》をいかがはせん。はやく背門《せど》より落《お》とさんず」と尋思《しあん》をしつつ音《おと》もせず、窃《ひそ》かに踵《きびす》を旋《めぐら》して、犬田《いぬた》が臥房《ふしど》に赴《おもむ》きけり。されば四隣《あたり》の里人《さとひと》の、共《とも》に驚《おどろ》き覚《さ》むるもありしを、賊徒《ぞくと》の多勢《たぜい》に害《おぢ》おそれて、係《かか》る折《をり》には一人《ひとり》として、援《たす》けになるものなかりけり。すでにして外面《とのかた》には、酒顛二《しゆてんじ》しきりに焦燥《いらだち》て、「かくまで喚《よ》ぶに応《いら》へもせぬは、逃《に》げ亡《う》せたるか、寝惚《ねぼ》れしか。戸《と》を打《う》ち破《やぶつ》てこみ入《い》らずや。いと手緩《てぬる》し」と罵《ののし》りたる、声《こゑ》もろともに一個《ひとり》の支党《どうるい》、准備《ようゐ》の堝槌《かけや》を振《ふ》り抗《あ》げて、門《かど》の戸《と》みぢんに打《う》ち摧《くだ》きて、走《はし》り入《い》らんとする程《ほど》に、思《おも》ひがけなきその隊《て》より、犬川荘介《いぬかはさうすけ》顕《あらは》れ出《い》でて、大喝一声《たいかついつせい》閃《ひらめ》かす、鎗《やり》の刃尖《ほさき》は地上《ちじやう》の電光《いなづま》、瞬《また》く間《ひま》に件《くだん》の賊《ぞく》の、腋下《わきつぼ》ぐさと突《つ》き伏《ふ》せて、裡面《うち》に知《し》らする声高《こゑたか》やかに、「犬田《いぬた》も主人《あるじ》も驚《おどろ》くべからず。犬川荘介《いぬかはさうすけ》ここにあり。面亭《おもて》の賊《ぞく》は俺《われ》みな殺《ころ》さん、背門《せど》に用心《ようじん》せよかし」と両三番《ふたたびみたび》喚《よば》はりて、駭《おどろ》き噪《さわ》ぐ小《こ》ぬすびとを、また両三名《りやうさんにん》突《つ》き仆《たふ》す、勢《いきほ》ひさながら猛虎《まうこ》を駈《か》つて、群《む》れる羊《ひつじ》を屠《ほふ》るに似《に》たる、向《む》かふに前《まへ》なき武勇《ぶよう》のはやわざ、克《かな》ふべくもあらざれば、賊徒《ぞくと》はおそれて辟易《へきゑき》しつつ、「あれよあれよ」とばかりに、撃《う》たるるものぞ多《おほ》かりける。思《おも》ひがけなき光景《ありさま》に、酒顚二《しゆてんじ》もまた驚《おどろ》きながら、怒《いか》れる声《こゑ》をふり立《た》てて、「さては甲《よ》夜《ひ》の逆旅《たび》武人奴《さむらひめ》は、間諜者《まはしもの》にてありけるよ。不意《ふゐ》を撃《う》たれし故《ゆゑ》にこそ、いささか勝《か》つに乗《の》らるるとても、多寡《たくわ》の知《し》れたる孤客《こかく》の鎗頭《やりさき》、いかばかりのことやはある。快《とく》推《お》し包《つつ》みて撃《う》ち留《と》めよ」と罵奨《のりはげま》されし支党《どうるい》は、また荘介《さうすけ》を撃《う》たんとす。半分《なかば》は裡面《うち》に稠《こ》み入《い》るを、小文吾《こぶんご》は次団太《じだんだ》と、倶《とも》に刃《やいば》をうち振《ふ》りて、先《さき》に進《すす》みて近《ちか》づく賊《ぞく》を、切《き》り靡《なび》け薙《な》ぎ伏《ふ》せて、逃《に》ぐるをすかさず追立追立《おひたておひたて》、門頭《かどべ》に出《い》でて戦《たたか》ふたり。その間《ひま》に荘介《さうすけ》は、酒顚二《しゆてんじ》と鎗《やり》を闘《あ》はして、一上一下《いちじやういちげ》と術《て》を尽《つ》くす、犬士《けんし》の武勇《ぶよう》に草賊《さうぞく》の、当《あ》たるべうもあらざれば、酒顚二《しゆてんじ》つひに腕《ただむき》乱《みだ》れて、怯《ひる》むを「得《え》たり」と荘介《さうすけ》は、鎗《やり》を臁《からま》へ反《は》ね揚《あ》げて、「オツ」とおめきてきらめかす、刃尖《ほさき》の冴《さえ》に酒顚二《しゆてんじ》は、吭《のんど》をちやうと刺《さ》し串《つらぬか》れて、仰反仆《のけぞりたふ》れて死《し》んでけり。残《のこ》る賊徒《ぞくと》は立《た》つ足《あし》もなく、逃《に》ぐるを小文吾《こぶんご》・次団太《じだんだ》ら、また荘介《さうすけ》ももろともに、ここに追《お》ひ詰《つ》め、かしこに撃《う》ち留《と》め、いとも烈《はげ》しく攻《せ》めたりければ、賊《ぞく》の屍《かばね》は算《さん》をみだして、大《おほ》かたならず撃《う》たれたる、そが中《なか》に辛《から》くして、脱《のが》れて廃毀院《やぶれでら》なる隠宅《かくれが》へ、走《はし》りかへりし小《こ》ぬすびとは、一両名《いちりやうにん》に過《す》ぎざりけり。その時《とき》犬田《いぬた》小《こ》文吾《ぶんご》は、荘介《さうすけ》に声《こゑ》をかけて、「絶《た》えて久《ひさ》しや犬川生《いぬかはうぢ》、そもいかにして俺《わ》が厄難《やくなん》を、聞《き》き知《し》りて援《たす》け給《たま》ひけん。ただ是不勝《これふせう》の歓《よろこ》びなりき」といへばまた荘介《さうすけ》も、いそしく走《はし》り近《ちか》づきて、「俺《わ》が来歴《らいれき》は一朝《いつちやう》に、説《と》き尽《つ》くすべくも候《さふら》はず。和殿《わどの》は頃日風眼《このごろふうがん》にて、見《み》ること自由《じいう》ならざれば、垂《た》れ籠《こ》めて在《いま》する、と聞《き》きしにも似《に》ずいとめでたし」といふ。

✻甲斐の場面で、犬士が集まる石和《いさわ》は実在の地名だが、指月院《しげついん》あるいはよく似た名前の寺は実在しない。信乃が逗留した猿石《さるいし》村も架空の地名であり、代官尭元《たかもと》の住む躑躅《つつじが》崎《さき》はもっと後の時代に武田家の館が置かれた場所である（ちなみに現在は武田神社となっている）。

このように実在、架空の地名を取り混ぜて使っている。また、越後での闘牛の場面は鈴木牧之《ぼくし》という越後在住の趣味人（『北越雪譜《ほくえつせっぷ》』という名著がある）からもたらされた情報に基づいている。

酒顚二《しゅてんじ》の妻としてまた船虫が登場する。以前に登場した場面は偽一角の妻であった。さらにそれ以前、荒芽山の戦いの後、小文吾をだまし窮地に陥れる役割を果たしている。そして船虫はもう一度江戸の娼婦として登場し（本書では省略）、ようやく命を落とすのである。

何も繰り返し登場させなくても良さそうなものだが、読者にとってみると、おお、ここも船虫か、という楽しみがある。

## ◈毛野《けの》、仇《かたき》を討《う》つために犬士《けんし》と別《わか》れる（八十二回）

あらすじ（七十七回〜）

小文吾《こぶんご》と荘介《そうすけ》は領主《りょうしゅ》の執事《しつじ》である稲戸津衛由充《いなのとつもりよりみつ》に招《まね》かれるが、謀《はか》られ虜《とりこ》となってしまう。それは領主長尾景春《りょうしゅながおかげはる》の母、箙大刀自《えびらのおおとじ》の意向《いこう》であった。箙《えびら》の二人《ふたり》の娘《むすめ》はそれぞれ武蔵大塚《むさしおおつか》の大石家《おおいしけ》、武蔵石浜《むさしいしはま》の千葉家《ちばけ》に嫁《とつ》いでいる。大石家《おおいしけ》の家《か》臣軍木五倍二《しんぬるでごばいじ》や千葉家《ちばけ》の家臣馬加大記《かしんまくわりだいき》らの殺害《さつがい》に犬士《けんし》が関《かか》わったというのだ。稲戸津衛《いなのとつもり》は犬士《けんし》に義《ぎ》があることを知《し》っていて、箙《えびら》をいさめたが、景春《かげはる》が留守《るす》であることもあって、箙《えびら》はかたくなであった。稲戸《いなのと》は小文吾《こぶんご》と荘介《そうすけ》の首《くび》に二人《ふたり》の持《も》っていた刀《かたな》を添《そ》えて差《さ》し出《だ》すが、実《じつ》は偽首《にせくび》だった。二犬士《にけんし》はひそかに稲戸《いなのと》によって助《たす》けられ、信濃《しなの》へと向《む》かった。

諏訪湖《すわこ》のほとりで小文吾《こぶんご》と荘介《そうすけ》は乞食《こじき》に扮《ふん》していた犬坂毛野《いぬさかけの》とめぐりあう。三人《さんにん》は宿屋《やどや》でこれまでの境遇《きょうぐう》を語《かた》り合《あ》う。毛野《けの》は馬加《まくわり》を討《う》って小文吾《こぶんご》と別《わか》れた後《のち》、もう一人《ひとり》の仇《あだ》、籠山逸東太縁連《こみやまいつとうたよりつら》を捜《さが》していたのである。小文吾《こぶんご》は「伏姫《ふせひめ》が世《よ》を去《さ》ってから二十四年《ねん》、七犬士《しちけんし》までは顔《かお》を合《あ》わせたが、まだ一人《ひとり》がわからず、今《いま》八歳《さい》のはずの親兵衛《しんべえ》は行方不明《ゆくえふめい》だ」と言《い》う。毛野《けの》は「妊娠《にんしん》が三年《さんねん》にも及《およ》んだ母《はは》の懐《ふところ》に流《なが》れ星《ぼし》のようなものが入《はい》り、自分《じぶん》が生《う》まれた」と話《はな》す。その流《なが》れ星《ぼし》こそ〝智《ち》〟の文字《もじ》の浮《う》かび上《あ》がる玉《たま》であった。小文吾《こぶんご》らは金《かね》を毛野《けの》に贈《おく》り、道節《どうせつ》らの待《ま》つ甲斐《かい》の指月院《しげついん》へ行《い》こうと誘《さそ》う。

さて、荘介《そうすけ》と小文吾《こぶんご》は思《おも》わず熟睡《じゅくすい》してしまったのだろうか、夜《よ》が明《あ》けるのも知《し》らずに臥《ふ》していた。宿屋《やどや》の女中《じょちゅう》に起《お》こされて、驚《おどろ》きつつ、ともに起《お》き出《だ》そうとして隣《となり》を見《み》ると、毛野《けの》の姿《すがた》がなかったのである。「便所《べんじょ》へでも行《い》ったのだろう」と思《おも》ったので疑《うたが》いもしない。蚊帳《かや》の裾《すそ》をめくって出《で》ようとした荘介《そうすけ》を、小文吾《こぶんご》は

「おい」と呼《よ》びとめて

「犬川《いぬかわ》さん、これを見《み》てくれ。犬坂《いぬさか》が寝《ね》たあとに何《なに》かあるのでよく見《み》たんだが、五両包《ごりょうつつみ》の砂金《さきん》らしい。しかも三包《みつつみ》ある」

と言《い》うので、荘介《そうすけ》は眉《まゆ》をひそめて
「さては毛野《けの》は復讐《ふくしゅう》の念願《ねんがん》が叶《かな》うまでは単独行動《たんどくこうどう》をしようと思《おも》って密《ひそ》かに出《で》ていったんだな。それにしてもこの砂金《さきん》を残《のこ》していったのが残念《ざんねん》だ。まだそう時間《じかん》がたっていないなら追《お》いかけるか」
と言《い》う。小文吾《こぶんご》も落《お》ち着《つ》かず、続《つづ》いて寝室《しんしつ》を出《で》て何《なん》ということなく縁側《えんがわ》のこちら側《がわ》の障子《しょうじ》を見《み》ると数行《すうぎょう》の文字《もじ》が記《しる》されている。「これは見《み》ておかなくては」と二人《ふたり》で声《こえ》に出《だ》して読《よ》み下《くだ》すと、

凝《こ》り成《な》す白露《はくろ》玉未《たまいま》だ全《まった》からず　環会流離自然《かんかいりゆうりしぜん》に儘《まか》す
めぐりあう甲斐《かい》ありとても信濃路《しなのじ》になお別《わか》れ行《ゆ》く山川《やまかわ》の水《みず》

言《い》うまでもなく、犬坂毛野胤智《いぬさかけのたねとも》が例《れい》の砂金《さきん》に添《そ》えて残《のこ》していった詩歌《しいか》に間違《まちが》いない。焼《や》き捨《す》てた蚊遣《かや》りの消《け》し炭《ずみ》で書《か》いたので、漢詩《かんし》も和歌《わか》も払《はら》えばすぐに消《き》え去《さ》るであろうほど字《じ》は薄《うす》いものの、気持《きも》ちははっきりとしている。荘介《そうすけ》はひたすら感動《かんどう》して
「犬田《いぬた》さんはどう思《おも》われますか。本当《ほんとう》に胤智《たねとも》は孝子《こうし》だ。過去《かこ》の因果《いんが》をわき

まえ異姓《いせい》の兄弟八人《きょうだいはちにん》がいることを知《し》った上《うえ》で、なお復讐《ふくしゅう》の念願《ねんがん》を果《は》たすために振《ふ》り返《かえ》らず、飄然《ひょうぜん》と立《た》ち去《さ》った。その気持《きも》ちは詩歌《しいか》にはっきりと表《あらわ》されている。身分《みぶん》の上下《じょうげ》に関《かか》わらず、すべての人《ひと》は父母《ふぼ》がいてその後《のち》に兄弟《きょうだい》がいる。兄弟《きょうだい》がいて後《のち》に妻子《さいし》がいる。妻子《さいし》がいるから子孫《しそん》もいる。ということは孝悌《こうてい》、慈愛《じあい》にも軽重前後《けいちょうぜんご》があるのだ。孝《こう》こそあらゆる行《おこな》いの大本《おおもと》で後回《あとまわ》しにすべきものではない。忠《ちゅう》・信《しん》・仁《じん》・義《ぎ》もまず孝《こう》があって、その考《かんが》え方《かた》を広《ひろ》めたものだ。胤智《たねとも》はこのことを知《し》っていたんだ。今俺《いまおれ》たちと共《とも》に石和《いさわ》に行《い》って犬山道節《いぬやまどうせつ》に会《あ》ったとしても、八犬士《はちけんし》が揃《そろ》わないのだから、彼《かれ》にとってはここの宿屋《やどや》にいるのと同《おな》じことで、孝《こう》には結《むす》びつかない。大《おお》きな望《のぞ》みのある身《み》なので、他《ほか》の犬士《けんし》を捜《さが》し巡《めぐ》る暇《ひま》はない。そういう奴《やつ》だからこそ敵《てき》の縁連《よりつら》を討《う》った後《のち》には、全力《ぜんりょく》で義《ぎ》を尽《つ》くし、信《しん》を尽《つ》くすに違《ちが》いない。胤智《たねとも》は、犬士《けんし》に会《あ》うとか別《わか》れるとかにかかわらず、とにかく自分自身《じぶんじしん》が成《な》すべきことを成《な》してから結末《けつまつ》の時《とき》を待《ま》とう、という気持《きも》ちをこの十四文字《じゅうしもじ》に籠《こ》めて、『凝成白露《こりなすはくろ》…』と書《か》き残《のこ》したんだな」

と言《い》うと、小文吾《こぶんご》もうなずいて、

「本当《ほんとう》に毛野《けの》は才子《さいし》だ。俺《おれ》は文学《ぶんがく》に疎《うと》いのでそこまではわからなかったが、歌《うた》の方《ほう》は気持《きも》ちが伝《つた》わってくる。それにしても理屈《りくつ》にあわないわけではないが、もう深《ふか》い交《まじ》わりを結《むす》んだのに、贈《おく》った金《かね》を我々《われわれ》に返《かえ》したのは納得《なっとく》できない。表面上《ひょうめんじょう》は付《つ》き合《あ》っても裏《うら》で何《なに》か言《い》ってるような、軽《かる》い友人《ゆうじん》だと思《おも》われたのだろうか。このことばかりは毛野《けの》に似《に》つかわしくない。恨《うら》みたくなる」

と繰《く》り返《かえ》しつぶやいている。

荘介《そうすけ》はそれを静《しず》かに受《う》けとめ

「そう言《い》うな、犬田《いぬた》さん。よく考《かんが》えてみると、この金《かね》を残《のこ》していったのにも理由《りゆう》がある。彼《かれ》と我《われ》らは義《ぎ》を結《むす》んだ異姓《いせい》の兄弟《きょうだい》だといっても、金《かね》を受《う》け取《と》ってしまって別《わか》れたのでは、欲深《よくぶか》いようで潔《いさぎよ》くない。かといって金《かね》を返《かえ》したのでは義《ぎ》を破《やぶ》るということにもなりかねない。だから我々《われわれ》が贈《おく》った金《かね》は納《おさ》めて、砂金三包《さきんみつつみ》を残《のこ》したのは、贈答《ぞうとう》の礼儀《れいぎ》であって、彼《かれ》から我《われ》らに贈《おく》られたものだ。昨夜《さくや》の金《かね》を返《かえ》したのではなく、砂金《さきん》は煉金《れんきん》より価《あたい》が低《ひく》いのだから、この三包《みつつみ》はちょうど返礼《へんれい》に相当《そうとう》する。これでこそ、受《う》けて欲《よく》をかかず、返《かえ》しても義《ぎ》を破《やぶ》らない。知恵《ちえ》が優《すぐ》れたものでなくては、こうはいかない。恨《うら》むのは筋違《すじちが》いさ」と諭《さと》す。

❖さる程《ほど》に荘介《さうすけ》・小文吾《こぶんご》は、憶《おも》はずも熟睡《うまい》やしけん、明《あく》るもしらで臥《ふ》したりしを、旅舎《やど》の婢妾《をなご》に喚《よ》び覚《さ》まされて、駭《おどろ》きながらもろともに、起《お》き出《い》でんとして傍《かたへ》を見《み》るに、犬坂毛野《いぬさかけの》はゐざりけり。「他廁《かれかはや》へや登《ゆ》きたりけん」と思《おも》ひにければ掛念《けねん》せず。厨《かや》の下《すそ》を掻《か》き揚《あ》げて、出《い》でんとしたる荘介《さうすけ》を、小文吾《こぶんご》、「やよ」と喚《よ》びとめて、「犬《いぬ》川生《かはうぢ》これ見給《みたま》へ。犬坂《いぬさか》が臥《ふ》したるあとに、この東西《もの》あるをよく見《み》れば、五両包《ごりやうつつみ》の沙《さ》金《きん》なるべし。しかもこれ三包《みつつみ》あり」といふに荘介眉根《さうすけまゆね》を顰《ひそ》めて、「さては毛野《けの》は復《ふく》讐《しう》の、宿念《しゆくねん》を遂《と》ぐるまで、なほ単身《みひとつ》であらんとて、潜《ひそ》かに出《いで》てゆきたるか。さるにてもこの沙金《さきん》を、遺《のこ》されたるは本意《ほい》なき事《こと》なり。時移《ときうつ》らずばおひ留《と》めん」といふに小文吾《こぶんご》も今《いま》さらに、胸安《むねやす》からねば、推《お》し続《つづ》きて、いそがはしく臥簞《ふしど》を出《い》でて、心《こころ》と

もなく縁頬《えんがは》の、こなたに建《た》てし引亮障子《あかりしやうじ》を、見《み》れば数行《すかう》の文字《もんじ》あり。「要《えう》こそあらめ」ともろともに、うち吟《ぎん》じつつ読《よ》みくだせば、

凝成白露《こりなすはくろ》玉末レ全《たまいまだまつたからず》　環会流離《くわんくわいりうり》儘二自然一《まかすしぜんに》

　めぐりあふ甲斐《かひ》ありとても信濃路《しなのぢ》になほ別《わか》れゆく山川《やまかは》の水《みづ》

問《と》はでもしるき胤智《たねとも》が、件《くだん》の沙金《さきん》に相《あ》ひ添《そ》へて、遺《のこ》せし詩歌《しいか》と猜《すい》するのみ。焼《た》き捨《す》てたる追蚊火盤《かやりひばち》の、浮炭《けしずみ》をもて写《か》きたればや、七言二句《しちごんにく》も、三十一字《みそひともじ》も、払《はら》はばやがて滅《きえ》つべき、字々《じじ》みな鮮《あざやか》ならねども、こころは通《すべ》て明《あき》らかなるを、荘介《さうすけ》ひたすら感唫《かんぎん》して、「犬田《いぬた》は何《なに》と思《おも》ひ給《たま》ふぞ。げに胤智《たねとも》は孝子《こうし》なり。すでに過世《すくせ》の因果《いんぐわ》を悟《さと》りて、異姓《いせい》の弟兄八名《はらからはちにん》あるべき、ことをしここに知《し》るといへども、なほ復讐《ふくしう》の宿望《しゆくまう》を、果《はた》さん為《ため》に見《み》かへらず、飄然《ひやうねん》として立去《たちさ》りし、こころは詩歌《しいか》に顕然《げんぜん》たり。およそ貴《たか》きも賎《いや》しきも、父母《ふぼ》ありて後《のち》に兄弟《はらから》あり、兄弟《はらから》ありて妻子《さいし》あり、妻子《さいし》ありて子《し》孫《そん》あり。ここをもて孝悌《こうてい》、慈愛《じあい》、并《ならび》に軽重前後《けいぢゆうぜんご》あり。孝《こう》は百行《ひやくかう》の基《もと》にして、かならず後《のち》にすべからず。忠信仁義《ちうしんじんぎ》も孝《こう》よりして、移《うつ》して広《ひろ》く行《おこな》ふべし。胤智《たねとも》この義《ぎ》を思《おも》ふをもて、今俺々《いまわれわれ》ともろともに、甲斐《かひ》の石禾《いさわ》に赴《おもむ》きて、犬山《いぬやま》に対面《たいめ》すればとて、

八犬《はつけん》いまだ足《たら》ざれば、ここの旅舎《やどり》に異《こと》ならで、かたみに意中《ゐちゆう》を尽《つく》さんのみ。身《み》に大《たい》望《まう》ある故《ゆゑ》に、自余《じよ》の犬士《けんし》を一《い》チ日《にち》も、索《たづ》ね巡《めぐ》らん暇《いとま》はあらず。かかれば冤家縁連《かたきよりつら》を、撃《う》ち得《え》て後《のち》に後安《うしろやす》く、義《ぎ》をも尽《つく》さめ、信《しん》をも致《いた》さめ。その折《をり》までは己《おの》がじし、逢遇《ほうぐう》離別《りべつ》に拘《かかは》らず、成《な》すことありて団円《だんゑん》の、時《とき》を俟《また》んといへるこころを、この十四言《じうよげん》の句中《くちう》に籠《こめ》て、凝成白露《こりなすはくろ》云々《しかじか》と、写《か》き遺《のこ》せしにあらずや」といへば小文吾《こぶんご》点頭《うなづき》て、「まことに毛野《けの》は才子《さいし》なり。某《それがし》文辞《ぶんじ》に疎《うと》ければ、さまでに了解《りやうかい》せざりしかども、歌《うた》のこころはなほよく聞《きこ》えて、理《ことわり》ならずと思《おも》はねども、すでにして大《おほ》かたならぬ、交《まじ》はりを結《むす》びながら、贈《おく》りし金《かね》を返《かへ》せしは、面《おもて》に従《したが》ひ後《うら》に譏《そし》る、浮薄《ふはく》の友《とも》と思《おも》へるか。この事《こと》ばかり毛野《けの》に似《に》げなし。恨《うら》むべし、うらむべし」と繰《く》り返《かへ》しつつ呟《つぶや》くを、荘《さう》介徐《すけしづか》に見《み》かへりて、「さないひそ犬田生《いぬたうぢ》、つらつら思《おも》へばこの金《かね》を、遺《のこ》されたるもまた所以《ゆゑ》あり。他《かれ》とわれとは義《ぎ》を結《むす》びて、異姓《いせい》の兄弟《きやうだい》なりといへども、金《かね》のみ受《う》けてわが意《ゐ》に悖《もと》らば、貪《むさぼ》るに似《に》て潔《いさぎよ》からず。さりとて金《かね》を返《かへ》しては、また義《ぎ》を破《やぶ》る憾《うらみ》あり。この故《ゆゑ》に俺々《われわれ》が、贈《おく》りし金《かね》を受《う》け納《おさ》めて、沙金三包《さきんみつつみ》を遺《のこ》せしは、これ贈答《ぞうとう》の礼《れい》にして、他《かれ》よりわれにおくりしなり。昨宵《よんべ》の金《かね》を返《かへ》すにあらねど、沙金《さきん》は原《もと》これ煉金《ねりがね》より、その価廉《あたひやす》ければ、この三包《みつつみ》は十金《じつきん》の、答礼《とうれい》によく相当《さうたう》せり。かくてぞ受《う》けて貪《むさぼ》らず、返《かへ》したれども義《ぎ》をも破《やぶ》らず。智慧《ちゑ》勝《すぐ》れたるものならずは、これらの事《こと》をよくせんや。恨《うら》むは要《えう》なきことにこそ」と諭《さと》す。

✲毛野の漢詩の前半は、八犬士がまだ揃ってないことを表し、後半は、巡り合うのも別れるのも自然に任せると言っている。和歌では、「甲斐」が「甲斐がある」と国名の「甲斐」の掛詞。この諏訪《すわこ》湖の水はやがて天竜川の流れとなって太平洋に注ぐのだが、これより北の地域は日本海へと注ぐ。その水が別れるように、自分たちも一旦別れます、という意味の歌である。

この場面では金を贈ったりその返礼をしたりの描写がある。現在でも祝儀や香典にいくらくらい包むか、またその返礼はどれくらいかということに気を遣うことも多い。返礼が暗黙の了解の範囲を逸すると、その地域やグループから白眼視されることは今も昔も変わらない。

## ◈毛野《けの》、仇《かたき》を討《う》つ（九十二回）

あらすじ（八十二回〜）

犬村大角《いぬむらだいかく》と犬飼現八《いぬかいげんぱち》は、他《ほか》の犬士《けんし》を捜《さが》して伊豆《いず》・駿河《するが》・遠江《とおとうみ》・三河《みかわ》・尾張《おわり》・伊勢《いせ》・美濃《みの》・近江《おうみ》・京都《きょうと》を巡《めぐ》って二年《にねん》経《た》ったが手《て》がかりがなく、赤岩《あかいわ》に戻《もど》って大角《だいかく》の妻雛衣《つまひなぎぬ》の三回忌《さんかいき》法要《ほうよう》を営《いとな》んだ。再《ふたた》び出発《しゅっぱつ》したが、千住《せんじゅ》付近《ふきん》で盗人《ぬすびと》と勘違《かんちが》いされ穂北《ほきた》の郷士《ごうし》、氷垣《ひがき》夏行《なつゆき》に囚《とら》われる。土蔵《どぞう》に閉《と》じ込《こ》められた危難《きなん》を夏行《なつゆき》の娘《むすめ》である重戸《おもと》の好意《こうい》によって助《たす》けられた二犬士《にけんし》は、千住《せんじゅ》で偶然《ぐうぜん》信乃《しの》と道節《どうせつ》に会《あ》い、本当《ほんとう》の盗賊《とうぞく》を捕《と》らえて夏行《なつゆき》に引《ひ》き渡《わた》す。四犬士《しけんし》は夏行《なつゆき》に手厚《てあつ》くもてなされ逗留《とうりゅう》するが、大角《だいかく》と現八《げんぱち》は甲斐国《かいのくに》石和《いさわ》の指月院《しげついん》に向《む》かう。道節《どうせつ》は白井《しらい》で討《う》ちもらした扇谷定正《おうぎがやつさだまさ》を討《う》つべく、夏行《なつゆき》の婿《むこ》である落鮎有種《おちあゆありたね》の助力《じょりょく》も得《え》て機会《きかい》をうかがう。

一方《いっぽう》、犬坂毛野《いぬさかけの》は武蔵国《むさしのくに》湯島《ゆしま》の天満宮《てんまんぐう》境内《けいだい》で、軽業《かるわざ》を見《み》せながら薬《くすり》を売《う》る居合士《いあいし》となって、仇《かたき》の手《て》がかりを探《さぐ》っていた。ある日《ひ》、猿《さる》を救《すく》い扇谷定正《おうぎがやつさだまさ》夫人《ふじん》の蟹目上《かなめのうえ》と忠臣《ちゅうしん》河鯉守如《かわこいもりゆき》に知遇《ちぐう》を得《え》て、扇谷《おうぎがやつ》の奸臣《かんしん》竜山免太夫《たつやまめんたいふ》を討《う》つよう依頼《いらい》される。この免太夫《めんたいふ》こそ毛野《けの》の捜《さが》していた仇《かたき》、籠山逸東太縁連《こみやまいっとうたよりつら》であった。

荘介《そうすけ》・現八《げんぱち》・小文吾《こぶんご》・大角《だいかく》の四人《よにん》は石和《いさわ》から穂北《ほきた》に戻《もど》る途中《とちゅう》、夜《よる》の芝浜《しばはま》で道節《どうせつ》・信乃《しの》と偶然《ぐうぜん》に会《あ》う。道節《どうせつ》らは、翌朝《よくあさ》毛野《けの》が縁連《よりつら》を討《う》つつもりであることを知《し》り、ひそかに助太刀《すけだち》をするとともにその隙《すき》に乗《じょう》じて定正《さだまさ》を討《う》とうともくろんで、芝浜《しばはま》に来《き》たのである。

夜明《よあ》けとともに縁連《よりつら》が多《おお》くの供人《ともびと》を従《したが》えて五十子《いさらこ》の城内《じょうない》を出《で》た。品川《しながわ》の先《さき》の鈴茂林《すずのもり》（鈴《すず》が森《もり》）に差《さ》しかかると、毛野《けの》は鉄砲《てっぽう》で縁連《よりつら》の乗《の》る馬《うま》を撃《う》ち、走《はし》りかかって若党《わかとう》四人《よにん》を切《き》り伏《ふ》せた。犬士《けんし》らは供人《ともびと》を留《とど》めたり、いざというときに出《で》ていこうと毛野《けの》を見守《みまも》ったりしている。縁連《よりつら》が逃《に》げるのを毛野《けの》が追《お》うと鰐崎猛《わにさきたけ》虎《とら》が縁連《よりつら》を助《たす》けに来《き》た。

毛野《けの》は少《すこ》しもひるんだ様子《ようす》はなく、近《ちか》づいてきた猛虎《たけとら》を後目《しりめ》にかけつつ、縁連《よりつら》が踏《ふ》みこんで刺《さ》す槍《やり》の穂先《ほさき》をひらりと外《はず》して、ズバッと切《き》る。その刃《やいば》の冴《さ》えに縁連《よりつら》は槍《やり》の先《さき》を切《き》り落《お》とされ、驚《おどろ》きながら腰《こし》の刀《かたな》を抜《ぬ》こうと柄《つか》に手《て》を掛《か》けた。その瞬間《しゅんかん》毛野《けの》は一声《ひとこえ》「おっ」と叫《さけ》んで、ぱしっと打《う》った刀《かたな》のすばやいこと。縁連《よりつら》は左《ひだり》の肩先《かたさき》を切《き》られて「あっ」と叫《さけ》び終《お》わらないうちにしりもちをついて倒《たお》れてしまった。

すぐに猛虎《たけとら》が

「仲間《なかま》の仇《かたき》、逃《のが》すものか」

と息巻《いきま》いて激《はげ》しく突《つ》く槍先《やりさき》をはっしと受《う》け流《なが》して十回《じっかい》ほども切《き》り結《むす》ぶ。太刀《た ち》筋《すじ》の強《つよ》い犬坂《いぬさか》に切《き》られまいと手《て》を尽《つ》くす猛虎《たけとら》が苛立《いらだ》ってひらめかした槍《やり》先《さき》に毛野《けの》は身《み》をかわす。猛虎《たけとら》は思《おも》わず力《ちから》が余《あま》って空突《あだつ》きをして、田の畔《あぜ》にあった榛《はん》の木《き》の切株《きりかぶ》を刺《さ》し貫《つらぬ》いてしまう。あわてて抜《ぬ》こうとするところに毛野《けの》はすかさず駆《か》け寄《よ》り刀《かたな》を振《ふ》り下《お》ろす。少《すこ》しも手筋《てすじ》は狂《くる》わないが、猛虎《たけとら》もすばやく見《み》て取《と》り、そのまま槍《やり》を打《う》ち捨《す》てて体《からだ》を沈《しず》め、犬坂《いぬさか》の足《あし》をすくう。毛野《けの》がのめって刀《かたな》をからりと取《と》り落《お》としたところを、猛虎《たけとら》が「やった」と両手《りょうて》でつかんで、目《め》の上《うえ》に持《も》ち上《あ》げた。この鰐崎猛虎《わにさきたけとら》は心《こころ》ざまはよくないが、これまで何度《なんど》かの戦場《せんじょう》で一度《いちど》も後《おく》れをとったことがない。なにしろ力《ちから》は三十人余《さんじゅうにんあま》りに匹敵《ひってき》し、船《ふね》を担《かつ》ぎ上《あ》げた親衛《ちかひら》や鉄《てつ》の門《もん》を破《やぶ》った義秀《よしひで》に伯仲《はくちゅう》するという噂《うわさ》どおり。刀《かたな》を持《も》たせては義経《よしつね》に劣《おと》らないという毛野《けの》の刀《かたな》を払《はら》い落《お》としてつかみ上《あ》げた様子《ようす》は、肉《にく》に飢《う》えた熊鷹《くまたか》が小猿《こざる》を手《て》にしたようなものだ。投《な》げ殺《ころ》そうと思《おも》ったのだろう、持《も》ち上《あ》げたまま ぐるぐると二《に》、三度《さんど》回《まわ》って、声《こえ》をあげて投《な》げ落《お》とす。毛野《けの》は宙《ちゅう》で身《み》をひらめかせて投《な》げられながら、がつんと猛虎《たけとら》を蹴《け》る。修練《しゅうれん》の業《わざ》で猛虎《たけとら》は右《みぎ》の肋骨《ろっこつ》を砕《くだ》かれて、急所《きゅうしょ》の痛手《いたで》に耐《た》えられず「うっ」とうなってのけぞり、身《み》を翻《ひるがえ》して倒《たお》れてしまった。

毛野《けの》がのしかかって、首《くび》をかこうと猛虎《たけとら》のもとどりを左手《ひだりて》につかんだその時《とき》、鰐崎《わにさき》の供人《ともびと》八《はち》、九人《くにん》が後《おく》ればせにやってきた。この様子《ようす》に驚《おどろ》き騒《さわ》いで、皆《みな》、主《あるじ》を討《う》たせないぞと思《おも》うものの、路《みち》が狭《せま》いので並《なら》んで進《すす》むことができない。先頭《せんとう》の若武者《わかむしゃ》が刀《かたな》を抜《ぬ》いて走《はし》りかかろうとするが、毛野《けの》はひるまず、左手《ひだりて》には猛虎《たけとら》を抱《かか》えて放《はな》さず、右手《みぎて》で小石《こいし》をつかみ「やあ」と声《こえ》をかけて投《な》げつける。狙《ねら》い通《どお》りに若武者《わかむしゃ》は眉間《みけん》をひどく打《う》ち砕《くだ》かれて叫《さけ》ぶ間《ま》もなく命《いのち》を落《おと》す。皆《みな》これに怖気《おじけ》づいて進《すす》みかねているところに毛野《けの》はすかさず手近《てぢか》の小石《こいし》をとってまた投《な》げる。驚《おどろ》いて立《た》ち尽《つ》くす二人目《ふたりめ》の若武者《わかむしゃ》の喉《のど》がこのつぶてで打《う》ち破《やぶ》られ、血潮《ちしお》を吐《は》いて倒《たお》れてしまう。毛野《けの》の腕前《うでまえ》に恐《おそ》れて供人《ともびと》らは刃向《はむ》かうどころか逃《に》げ失《う》せて、影《かげ》も見《み》えなくなった。毛野《けの》は、うまくいったな、と笑《え》みをもらしつつ、腰《こし》をさぐって短刀《たんとう》を引《ひ》きぬくと、跳《は》ね返《かえ》そうとなおももがく猛虎《たけとら》のもとどりをひっつかんで、首《くび》を切《き》る。刀《かたな》を拭《ぬぐ》い腰《こし》に差《さ》して、首《くび》を引《ひ》っ提《さ》げ身《み》を起《お》こした。

後《うしろ》に倒《たお》れていた縁連《よりつら》は、この時《とき》ようやく我《われ》に返《かえ》った。驚《おどろ》きながらも腰《こし》の刀《かたな》をきらりと抜《ぬ》いて立《た》ちあがり、声《こえ》も掛《か》けずに後《うしろ》から、二《ふた》つになれと切《き》りかかる。刃《やいば》の光《ひかり》に気《き》づいて身《み》をかわした毛野《けの》は、手《て》にしている猛虎《たけとら》の首《くび》で、しかと受《う》けとめると、縁連《よりつら》はなおも打《う》とうとまた振《ふ》り上《あ》げる。その刀《かたな》より早《はや》く毛野《けの》は首《くび》を投《な》げつけ目潰《めつぶ》し攻撃《こうげき》、縁連《よりつら》は眼《め》をやられて「あっ」とばかりによろめく。そのすきに抜《ぬ》き打《う》ちの毛野《けの》の短刀《たんとう》に打《う》たれて二度《にど》と叫《さけ》ぶことなく、のけぞった縁連《よりつら》の頭《あたま》はごろんと転《ころ》げ落《お》ち、体《からだ》もともに倒《たお》れてしまった。

❖毛野《けの》はちつとも怯《おめ》たる色《いろ》なく、すでに近《ちか》づく猛虎《たけとら》を、後目《しりめ》に掛《かけ》つつ、縁連《よりつら》が踏《ふ》み入《こ》みて刺《さ》す鎗《やり》の尖児《ほさき》を、ひらりと外《はづ》してちやうと撃《う》つ、刃《やいば》の冴《さえ》に縁連《よりつら》は、鎗《やり》の纏児《ひるまき》切《き》り落《おと》されて、驚《おどろ》きながら腰刀《こしかたな》を、抜《ぬか》んと柄《つか》に手《て》を掛《かく》る、かの時速《ときはや》し、この時遅《ときおそ》し、毛野《けの》は一声《ひとこゑ》「ヲッ」と激《たけ》音りて、はたと撃《うつ》たる刃《やいば》の電光《いなづま》、縁連《よりつら》は左《ひだり》の肩尖《かたさき》、切《き》られて「あつ」と叫《さけ》びも果《はて》ず、臀坐《しりゐ》にだう、と倒《たふ》れけり。程《ほど》もあらせず猛虎《たけとら》は、「朋輩《ほうばい》の仇《あた》、逃《のが》さじ」といきまき猛《たけ》くちやうと突《つ》く、鎗《やり》をはつしと受《う》け流《なが》して、十合《とたち》あまりぞ戦《たたか》ふたる。大刀《たち》筋至妙《すぢしみやう》の犬坂《いぬさか》に、殺《き》り立《たて》られじ、と術《て》を尽《つく》す、猛虎焦燥《たけとらいらつ》て閃《ひら》めかしたる、槍尖《ほさき》に毛野《けの》は身《み》を反《かは》せば、猛虎意《たけとらおも》はず力《ちから》あまりて、空突《あだつき》しつつ田《た》の畔《くろ》なる、榛《はに》の伐株《きりかぶ》を刺《さ》し串《つらぬ》きて、驚《おどろ》き慌《あは》てて抜《ぬ》かまくせしを、毛野《けの》はすかさずつと寄《よ》せて、刀《かたな》を抗《あげ》てちやうと撃《う》つ。さしも拳《こぶし》は狂《くる》はねども、猛虎《たけとら》もまた眼快《まなこはや》く、そがまま鎗《やり》をうち棄《す》てて、身《み》を沈《しづま》して犬坂《いぬさか》の、脚《あし》を巣《すく》ふてのめらしつ、刀《かたな》をからりととり墜《おと》すを、「得《え》たり」と両手《もろて》に引《ひ》き抓《つか》みて、眉上昂《まなうへたか》くさしあげたり。げにこの鰐崎猛虎《わにさきたけとら》は、心術《こころざま》こそ直《なほ》からね、年来数度《としごろすど》の戦場《せんぢやう》にて、一番《ひとたび》も後《おく》れをとらず。さればこそ、膂力《ちから》は三十許人《さんじうきよにん》に敵《てき》して、船《ふね》をおひたる泉《いづみ》の親衡《ちかひら》、鉄門《かなど》を破《やぶ》りし義秀《よしひで》に、伯仲《はくちゆう》すといふ本事《てなみ》は違《たが》はず、器械《うちもの》とつては義経《よしつね》にも、劣《おと》らざるべき犬坂毛野《いぬさかけの》を、そが刃《やいば》さへ払《はら》ひ墜《おと》して、かいつかみたるていたらくは、肉《にく》に饑《う》ゑたる鵰《くまたか》の、雛猿《こざる》を捉《と》るに異《こと》ならず。投殺《なげころ》さん、と思《おも》ひけん、さしたるままにあちこちと、両三回《ふたたびみたび》持《も》て遶《めぐ》りて、矢《や》声《こゑ》を掛《かけ》て投《な》げ墜《おと》すを、毛野《けの》は宙《ちう》にて身《み》を閃《ひら》めかして、投《なげ》られながらはたと蹴《け》る、修《しゆ》煉《れん》のやわらに猛虎《たけとら》は、右《みぎ》の脇骨《わきぼね》撲《う》ち折《くぢ》かれて、窮所《きうしよ》の痛痍《いたで》にしばしも得堪《えたへ》ず、「うん」とばかりに仰《の》け反《ぞつ》たる、身《み》を転《ひるがへ》してたふれけり。その時毛野《ときけの》は乗《のぼ》し掛《かか》りて、頸《くび》を掻《か》かん、と猛虎《たけとら》の、頭髻《たぶさ》を左手《ゆんで》にからまへたる、程《ほど》しもあらず、鰐崎《わにさき》の、伴《とも》びとおよそ八九名《はちくにん》、後《おくれ》ばせにつきて来《き》つ、この光景《ありさま》に驚《おどろ》き譟《さわ》ぎて、大家主《みなみなしゆう》を撃《うた》せじ、と思《おも》ふものから路狭《みちせま》ければ、推《お》し並《なら》びてはすすむに由《よし》なく、先《さき》に立《たつ》たる一個《ひとり》の若党《わかたう》、刀《かたな》をきらりと抜持《ぬきもち》て、走《はし》りかからんとせし程《ほど》に、毛野《けの》はひるまず左手《ゆんで》には、猛虎《たけとら》をなほ圧《おさ》へて放《はな》さず、右手《めて》に小石《こいし》をかいつかみて、「や」と声掛《こゑかけ》て、はたとうつ、ね

毛野《けの》、縁連《よりつら》と猛虎《たけとら》を討《う》つ

らひたがはずかの若党《わかたう》は、眉間《みけん》を酷《いた》く撃《う》ち摧《くだ》かれて、叫《さけ》びも果《はて》ず死《し》ンでけり。大家《みなみな》これに舌《した》をふるふて、すすみ難《かね》たるそが程《ほど》に、毛野《けの》はすかさず臂近《ひぢちか》なる、小石《こいし》をとりてまた撃《う》つ投術《つぶて》に、驚《おどろ》き立《たつ》たる二《に》の目《め》の若党《わかたう》、こはまた咽喉《のんど》を撃《う》ち傷《やぶ》られて、鮮血《ちしほ》を吐《はき》てたふれけり。本事《てなみ》におそるる伴当《ともびと》らは、こらへず、ばつと逃《に》げ亡《う》せて、影《かげ》だに見《み》えずなりしかば、毛野《けの》はさもこそあるべかりき、と冷笑《あざわら》ひつつ腰《こし》を探《さぐ》りて、短刀《たんたう》きらりと引《ひ》き抜《ぬ》けば、反復《はねかへ》さんとなほもがく、猛虎《たけとら》が髻《もとどり》を、また引《ひ》き抓《つか》み頸《くび》掻き切《きつ》て、刃《やいば》を拭《ぬぐ》ひ腰《こし》に帯《おび》て、首級《しゆきう》を引提《ひさげ》て身《み》を起《おこ》す、後方《あとべ》に仆《たふ》れし縁連《よりつら》は、この折《をり》やうやく我《われ》に復《かへ》りて、驚《おどろ》きながら腰刀《こしかたな》を、きらりと抜《ぬ》きつつ立《た》ちあがりて、声《こゑ》もかけず背後《うしろ》より、両段《ふたつ》になれ、とちやうと撃《う》つ、刃《やいば》の光《ひかり》に身《み》を反《かは》す、毛野《けの》は持《もつ》たる猛虎《たけとら》の、頸《くび》もてしかと受《う》けとどむれば、なほも撃《うた》んとまた振《ふ》りあぐる、刃《やいば》に先《さき》だつ首級《しゆきう》のめつぶし、縁連《よりつら》はまた眼《まなこ》を打《う》たれて、「あつ」とばかりによろめきたる、程《ほど》もあらせず抜《ぬ》き撃《う》つ毛野《けの》が、拳尖鋭《こぶしするど》き短刀《たんたう》に、撃《うた》れて二《ふた》たび叫《さけ》びもあへず、とんぼがへれる縁連《よりつら》が、頭顱《かうべ》ははた、とまろび落《お》ちて、軀《むくろ》も共《とも》に仆《たふ》れけり。

✲仇討《あだう》ちは本人が手を下すべきものであり、勝手に助太刀《すけだち》するものではない。毛野が多少危くなっても他の犬士が手を出さないのは、この仇討ちのルールに則っているからだ。また、毛野も鉄砲で狙うのは縁連《よりつら》の馬であって、本人ではない。刀と刀で戦って倒すことが肝心なのだ。やはり毛野が馬加《まくわり》を討つ対牛楼の場面でも、寝ているところを切り捨てるのではなく、叩き起こして刀を構えさせてから討った。単に命を奪うのではなく、正当な戦いの上で倒すことが仇討ちというものなのである。現在ならさしずめフェアプレイの精神だろうが、実際には命懸けの場面、相手がどう出るかわからない場面で、毛野のように正々堂々と戦えるだろうか。八犬士は肉体的・技術的な強さばかりでなく、常人ではとても敵わない心の強さも持っているのである。

## ◆七犬士集結《しちけんししゅうけつ》（九十五回）

あらすじ（九十二回～）
　縁連《よりつら》が毛野《けの》らと戦《たたか》っている、と知《し》らされた管領《かんれい》の扇谷定正《おうぎがやつさだまさ》は自《みずか》ら軍《ぐん》を率《ひき》いてかけつける。道節《どうせつ》らは、落鮎有種《おちあゆありたね》の軍勢《ぐんぜい》の助力《じょりょく》を得《え》て定正《さだまさ》を追《お》い詰《つ》め、道節《どうせつ》が放《はな》った矢《や》は定正《さだまさ》の兜《かぶと》を射落《いお》とすが、本人《ほんにん》には逃《に》げられてしまった。信乃《しの》は定正のいなくなった五十子城《いさらこじょう》を、計略《けいりゃく》によってわずか二十名《にじゅうめい》ほどの手勢《てぜい》で占領《せんりょう》する。信乃《しの》はその日《ひ》のうちに領民《りょうみん》らを呼《よ》び寄《よ》せ、蔵《くら》にある米《こめ》や金銭《きんせん》を分《わ》け与《あた》えたのち、すぐに退去《たいきょ》した。信乃《しの》は城《しろ》の外《そと》で道節《どうせつ》、小文吾《こぶんご》、荘介《そうすけ》、現八《げんぱち》、大角《だいかく》と合流《ごうりゅう》し、定正《さだまさ》の兜《かぶと》、討《う》ち取《と》った敵《てき》の首《くび》などを梟首台《きょうしゅだい》に並《なら》べ、征伐《せいばつ》をひとまず終《お》えた。毛《け》野《の》の乗《の》っている有種《ありたね》の船《ふね》は柴浦《しばうら》の沖《おき》で犬士《けんし》らの凱旋《がいせん》を待《ま》っていた。

　こうして道節《どうせつ》は他《ほか》の五犬士《ごけんし》と共《とも》に、兵《へい》を急《いそ》がせて浦伝《うらつた》いにしばらく走《はし》ると、沖《おき》でも道節《どうせつ》らを見《み》てすぐに漕《こ》ぎ寄《よ》せた。そのとき陸《りく》にいた兵《へい》は二、三艘《そう》の船《ふね》に手分《てわ》けして乗《の》りこみ、道節《どうせつ》らの犬士《けんし》は毛野《けの》・有種《ありたね》の船《ふね》に乗《の》る。互《たが》いの喜《よろこ》びはいうまでもない。道節《どうせつ》はまず有種《ありたね》に、味方《みかた》の討死《うちじに》、ケガ人《にん》の人《にん》数《ずう》を尋《たず》ねると、有種《ありたね》は

「はい。先《さき》にそのことを命《めい》じられた雑兵《ぞうひょう》が捜《さが》して岸辺《きしべ》に連《つ》れてきたケガ人《にん》は八人《はちにん》です。深手《ふかで》ですが急所《きゅうしょ》をはずれています。討死《うちじに》した者《もの》はいません。ケガ人《にん》には用意《ようい》の薬《くすり》を飲《の》ませ、傷《きず》の治療《ちりょう》をして昨夜《さくや》自分《じぶん》が乗《の》ってきた快速《かいそく》船《せん》に乗《の》せ、看護人《かんごにん》を一人《ひとり》つけて穂北《ほきた》へ帰《かえ》しました」

と告《つ》げたところ、道節《どうせつ》はうなずいて

「それはいい計《はか》らいをなさいました。ところで船《ふね》は高畷《たかなわて》の浦《うら》にと約束《やくそく》したのに、そこにいなくてこちらにこぎ寄《よ》せたのはどうしてですか」

と問《と》うと、有種《ありたね》は

「はい。それにはわけがあります」

という間《ま》にも船《ふね》は皆《みな》、北《きた》に向《む》かわず神奈川《かながわ》の方《ほう》へ急《いそ》がせているのを道節《どうせつ》はいよいよ不審《ふしん》に思《おも》って、その理由《りゆう》を聞《き》く。

毛野《けの》は有種《ありたね》の答《こた》えを待《ま》たず、道節《どうせつ》に向《む》かって

「犬山《いぬやま》さん、この船《ふね》が約束《やくそく》のところではなく、わざと芝浦《しばうら》で待《ま》っていたのも、今北《いまきた》へ向《む》かわないのも皆私《みなわたし》の指図《さしず》です」

と言《い》うと、道節《どうせつ》は眉《まゆ》をひそめて

「その理由《りゆう》を聞《き》かせてくれないか」

とせわしく問《と》う。毛野《けの》は微笑《ほほえ》んで

「よく考《かんが》えてください。私《わたし》にしてもあなたにしても大敵《たいてき》を討《う》ったといっても、仇《あだ》が尽《つ》きたわけではありません。もし我々《われわれ》の行方《ゆくえ》を知《し》って管領《かんれい》の扇谷《おうぎがやつ》家《け》に告《つ》げる者《もの》がいれば、大軍《たいぐん》が押《お》し寄《よ》せてくるでしょう。そのとき、敵《てき》を防《ふせ》ぐ城《しろ》があるわけでもないのに、百人《ひゃくにん》ほどの小勢《こぜい》で穂北《ほきた》の屋敷《やしき》に籠《こも》っても半日《はんにち》と持《も》つでしょうか。たとえ討《う》ち死《じ》にをしたとしても我々《われわれ》は覚悟《かくご》の上《うえ》ですからかまいませんが、氷垣《ひがき》の老人《ろうじん》、落鮎夫婦《おちあゆふうふ》をともに犠牲《ぎせい》とするならば、それは後《うし》ろ指《ゆび》をさされる行為《こうい》となりましょう。ですから我々《われわれ》の出没《しゅつぼつ》を人《ひと》に知《し》られないようにと思《おも》って、船《ふね》を約束《やくそく》の浜辺《はまべ》につながせず、苫《とま》をかけて漁《ぎょ》

船《せん》のように見《み》せかけ、遠《とお》く柴浦《しばうら》の沖《おき》にいたのです。そして羽田《はねだ》の沖《おき》に行《い》き、そこで日暮《ひぐ》れを待《ま》ち、夜《よる》になってから穂北《ほきた》に帰《かえ》れば、人《ひと》に知《し》られることもなく安心《あんしん》です。私《わたし》の考《かんが》えにおまかせください」

とその深《ふか》い慮《おもんぱか》りを説明《せつめい》すると、道節《どうせつ》や他《ほか》の五犬士《ごけんし》も毛野《けの》の考《かんが》えに感嘆《かんたん》して、

「勝《か》って兜《かぶと》の緒《お》をしめる、という世《よ》の諺《ことわざ》にも叶《かな》っている。そこまで我々《われわれ》は思《おも》いつかなかった。心《こころ》といい知恵《ちえ》といい立派《りっぱ》なものだ、実《じつ》に感心《かんしん》する」

と口《くち》をそろえて称賛《しょうさん》する。そうこうするうちに船中《せんちゅう》での座席《ざせき》も定《さだ》まったので、信乃《しの》と毛野《けの》は互《たが》いに初対面《しょたいめん》の挨拶《あいさつ》を述《の》べる。運命《うんめい》の糸《いと》につながれ、心情《しんじょう》も同《おな》じく、考《かんが》えも理解《りかい》しあえて、初《はじ》めて会《あ》ったのに古《ふる》くからの友《とも》のようだ。親愛《しんあい》の情《じょう》は家族《かぞく》にも劣《おと》らない。

❖これにより道節《どうせつ》は、余《よ》の五犬士《ごけんし》ともろともに、兵隊《てのもの》らをいそがし立《たて》て、浦曲伝《うらわつた》ひに走《はし》ること、七八町《ななまちやまち》に及《およ》ぶ程《ほど》に、澳《おき》よりもはやく見《み》て、やがて船《ふね》を漕《こ》ぎ寄《よ》せけり。

その時陸《ときくが》なる隊兵《てのもの》らは、始《はじめ》のごとく相別《あひわか》れて、二三艘《にさんそう》の船《ふね》にうち乗《の》り、道節《どうせつ》ならびに余《よ》の五犬士《ごけんし》は、毛野《けの》・有種《ありたね》らと同船《どうせん》す。迭《かたみ》の歓《よろこ》びいふべくもあらず。道節《どうせつ》はまづ有種《ありたね》に、味方《みかた》の戦歿《うちじに》、金瘡児《ておひびと》の、多寡《たくわ》を誰何《いかに》と尋問《たづねと》ふに、有種答《ありたねこたへ》て、「然《さ》ン候《さふらふ》、さきに命《めい》ぜられたる雑兵《ざふひやう》らが、索《たづ》ねて浦辺《うらべ》にかきもて来《き》ぬる、味方《みかた》の金瘡児《ておひびと》は八名《はちにん》なり。深痍《ふかで》なれども、窮所《きうしよ》にあらず。戦歿《うちじに》は一人《ひとり》もなし。すなはち金瘡児《ておひびと》らには、準備《ようい》の薬《くすり》を飲《のま》せ、瘡《きず》をつつみいたはりて、昨宵在下《よんべそれがし》がうち乗《の》り来《き》ぬる、快船《はやぶね》に扶《たす》け乗《の》せ、看病奴《みとりびとひとり》一名をつけて、穂北《ほきた》へ還《かへ》し候《さふら》ひき」と報《つぐ》るに道節《どうせつ》うなづきて、「そはよく計《はから》ひ給《たま》ひたり。これらの船《ふね》は高畷《たかなはて》の、浦《うら》にと約束《やくそく》をしたりしに、かしこにはあらずして、ここへ寄《よ》せしは、いかにぞや」と問《と》へば有種《ありたね》、「然《さ》ン候《さふらふ》、そはまた以《ゆゑ》ある事《こと》なりき」といふ間《はし》に船《ふね》は皆《みな》、洋中《おきなか》に漕《こ》ぎ浮《う》かめしに、北《きた》へは走《はし》らで、仮名川《かながは》の、かたをさして急《いそ》がせしを、道節《どうせつ》いよいよ訝《いぶか》りて、またその故《ゆゑ》を詰《なじ》り問《と》ふ程《ほど》に、毛野《けの》は有種《ありたね》の答《こたへ》をまたず、道節《どうせつ》にうち対《むか》ひて、「犬山主《いぬやまぬし》、この船《ふね》を約束《やくそく》の地方《ところ》にかけず、わざと柴浦《しばうら》にてまちたるも、今《いま》また北《きた》へ返《かへ》さざるも、皆《みな》これわれらが指揮《さしづ》にこそ」といふに道節眉《どうせつまゆ》をひそめて、「その故《ゆゑ》いかに、聞《き》かまほし」とせわしく問《と》へば、含《ほう》笑《ゑみ》て、「いまだ思《おも》ひ給《たま》はずや。われらはさらなり、和殿《わどの》もまた、すでに大敵《たいてき》を撃《うち》たれども、仇《あた》の種類《しゆるい》のつきたるにあらず。もし我往方《わがゆくへ》を知《し》るものありて、扇谷家《あふぎがやつけ》へ告《こう》訴《そ》せば、大軍重《たいぐんかさね》て推《お》し寄《よ》せ来《き》つべし。その折敵《をりてき》を防戦《ふせぎたたか》ふ、一城郭《いちぜうくわく》のあるにあらず、一百《いつひやく》ばかりの小勢《こぜい》をもて、ただこれ穂北《ほきた》の荘院《せうゐん》に、盾籠《たてこも》るともいかにして、半日《はんにち》なりともささえ得《え》んや。たとひ戦歿《うちじに》をしぬるとも、我々《われわれ》は覚期《かくご》のうへなり、悔《くゆ》るに足《た》らぬ事《こと》ながら、氷垣《ひがき》の老翁《をぢ》、落鮎夫婦《おちあゆふうふ》を、ともに狩場《かりば》の雉子《きぎす》と做《な》さば、面正《おもただ》しくもなき所行《わざ》ならずや。この故《ゆゑ》に、我出没《わがしゆつぼつ》を後々《のちのち》まで、人《ひと》に知《し》らせじと思《おも》ふをもて、船《ふね》を約束《やくそく》の浜辺《はまべ》につながせず、苫《とま》を深《ふか》く葺《ふ》き掛《か》けて、遠《とほ》く柴浦《しばうら》の澳《おき》にありしなり。さればまた、羽田《はねた》の澳《おき》に漕《こ》ぎ登《のぼ》さして、かしこにて日《ひ》をくらし、夜《よ》をこめて穂北《ほきた》に還《かへ》らば、人《ひと》に知《し》られず、後安《うしろやす》かり。いかでこの議《ぎ》にまかしたまへ」とその遠謀《えんぼう》を解《と》き示《しめ》せば、道節《どうせつ》ならびに余《よ》の五犬士《ごけんし》らも、毛野《けの》が遠慮《えんりよ》を感嘆《かんたん》して、「克《かち》てかぶとの緒《を》を縮《しむ》るといふ、世《よ》の常言《ことわざ》にも称《かな》ひたり。さまでには我々《われわれ》が、心属《こころつき》なき所《ところ》なり。心術《しんじゆつ》智玉《ちぎよく》と虚《むな》しからず、まことに感心感心《かんしんかんしん》」とひとしく称賛《せうさん》したりける。

さる程《ほど》に船中《せんちう》の、着席《ざつき》もすでに定《さだ》まりければ、信乃《しの》・毛野《けの》の二犬士《にけんし》は、迭《かたみ》に初面《しよめん》会《くわい》の口誼《こうぎ》をのぶるに、これ宿因《しゆくいん》の致《いた》す所《ところ》、心同《こころおなじ》く、意《こころばへ》あひかなへば、一面《いちめん》にして故旧《こきう》の如《ごと》し、親愛《しんあい》さながら骨肉《こつにく》に異《こと》ならず。

✽ここは戦いが終わった後の場面だが、まず道節がけが人の様子を気に掛けて有種に問うところが八犬士らしい。戦いに勝てばいい、というものではないのだ。無駄な犠牲を出さないことが大事なのである。また、毛野の用心深さがよく出ている箇所でもある。下図の左側にあるのが梟首《きようしゆ》台《だい》。

　ここの場面の会話に出てくる穂北の氷垣《ひがき》の老人（落鮎有種の義父）や、以前登場した大角の父、赤岩一角は「郷士《ごうし》」と記されている。郷士とは、地方に住み、武士の身分は持っているが士官していない人々のことだ。都市では仕官

梟首台《きようしゆだい》に定正《さだまさ》の兜《かぶと》を置《お》く

していない武士を浪人と呼び、貧乏なイメージがあるが、地方の場合はむしろ名家か金持ちである。もっとも郷士は主に江戸時代後半に台頭して来るのであって、室町時代には、そのような概念はなかった。

## ◆犬江《いぬえ》親兵衛《しんべえ》、義実《よしざね》の危機《きき》を救《すく》う（百三回）

あらすじ（九十五回〜）

七犬士《しちけんし》は一時《いちじ》、穂北《ほきた》にある氷垣家《ひがきけ》の屋敷《やしき》に忍《しの》んでいたが、、大法師《ちゅだいほうし》が法会《ほうえ》を行《おこな》う結城《ゆうき》に向《む》けて出発《しゅっぱつ》する。

話《はなし》は数年《すうねん》遡《さかのぼ》る。山賊《さんぞく》であった素藤《もとふじ》は、館山《たてやま》の城主《じょうしゅ》小鞠谷《こまりや》如満《ゆきみつ》の過酷《かこく》な政治《せいじ》や疫病《えきびょう》の流行《りゅうこう》を利用《りよう》して如満《ゆきみつ》を討《う》ち取《と》り、自《みずか》らが城主《じょうしゅ》に納《おさ》まった。数年後、素藤《もとふじ》は里見《さとみ》の浜路姫《はまじひめ》との結婚《けっこん》を迫《せま》るため、里見《さとみ》義成《よしなり》の嫡子《ちゃくし》で十一歳《じゅういっさい》の義通《よしみち》を館山《たてやま》城内《じょうない》に閉《と》じ込《こ》める。

義成《よしなり》・伏姫《ふせひめ》の父《ちち》である里見《さとみ》義実《よしざね》は、伏姫《ふせひめ》の墓《はか》にお参《まい》りするため富山《とやま》に入《はい》った。

こうして義実主従《よしざねしゅじゅう》三人《さんにん》は、なお先《さき》にある伏姫《ふせひめ》の墓《はか》を目指《めざ》して富山《とやま》を登《のぼ》ってゆくと、三月間近《やよいまぢか》で峰《みね》の桜《さくら》があちらにもこちらにも咲《さ》き初《はじ》め、花《はな》の香《かお》りを寄《よ》せる春《はる》の風《かぜ》が吹《ふ》くともなしに霞《かす》みを運《はこ》んでくる。谷《たに》の鶯《うぐいす》は、珍《めずら》しく人間《にんげん》がやって来《き》たのを迎《むか》えるかのように鳴《な》く。義実《よしざね》もまた鶯《うぐいす》の「法華経《ホケキヨ》」の鳴《な》き声《ごえ》に倣《なら》うのではないが、経《きよう》を唱《とな》えようと墓《はか》に向《む》かっている。目《め》に付《つ》く道端《みちばた》の草《くさ》も蓮華草《れんげそう》や、仏《ほとけ》の座《ざ》といった名《な》の草《くさ》だ。伏姫《ふせひめ》の死《し》からもう何年《なんねん》も過《す》ぎ去《さ》ったが、山中《さんちゆう》の草《くさ》や木《き》をはじめ、あらゆるものが、成仏《じようぶつ》するようにと功徳《くどく》を念《ねん》じながら山《やま》を見上《みあ》げると、奇岩《きがん》が聳《そび》え立《た》ち天然《てんねん》の造化《ぞうか》の妙《みよう》を見《み》せている。足元《あしもと》を見下《みお》ろすと白雲《はくうん》がわき起《お》こっており、谷《たに》に住《す》む神《かみ》が万物《ばん》《ぶつ》を生成《せいせい》しているかのようだ。流水《りゆうすい》に散《ち》る桃《もも》の花《はな》は、桃源郷《とうげんきよう》が近《ちか》いことを思《おも》わせる。這松《はいまつ》にかかっている藤蔓《ふじかずら》は天台山《てんだいさん》の石橋《いしばし》の危《あや》うさを感《かん》じさせる。目《め》に見《み》えるもの、耳《みみ》に聞《き》こえるものすべてが浮世《うきよ》の塵《ちり》を流《なが》すようで、霊場《れいじよう》の雰囲気《ふんいき》は以前《いぜんみ》見た光景《こうけい》に勝《まさ》っている。

義実《よしざね》は思《おも》わず杖《つえ》を留《と》めしばし休《やす》んで、伏姫《ふせひめ》のかつて住《す》んでいた岩穴《いわあな》に近《ちか》づこうとしたその時《とき》、密集《みつしゆう》した木陰《こかげ》から弦音高《つるおとたか》く射出《いだ》す矢《や》に、先《さき》に立《た》っていた近習《きんじゆ》の侍《さむらい》、小水門目《こみなとさかん》は股《もも》を射《い》られてぱったり倒《たお》れ、次《つ》いで二《に》の矢《や》に、後《あと》に付《つ》き従《したが》っていた鮹船貝六《たこふねかいろく》も膝《ひざ》をしたたかに射《い》られて、「あっ」と叫《さけ》ぶ間《ま》もなくのけぞりながら倒《たお》れた。その時左右《ときさゆう》の木《こ》の間《ま》から現《あらわ》れた曲者四《くせものし》、五人《ごにん》、手《て》に手《て》に持《も》った竹槍《たけやり》をしごき、揃《そろ》って声《こえ》を挙《あ》げる。

「やあやあ、義実《よしざね》、我々《われわれ》は昔《むかし》お前《まえ》に滅《ほろ》ぼされた麻呂《まろ》・安西《あんさい》・神余《じんよ》のために今日《きょう》こそ恨《うら》みを晴《は》らすのだ。この槍《やり》を受《う》けてみろ」

とののしって左右《さゆう》から襲《おそ》いかかるのを、義実《よしざね》はひるんだ様子《ようす》もなく、近《ちか》づいたら切《き》るぞ、と杖《つえ》を捨《す》てて、刀《かたな》を抜《ぬ》く用意《ようい》をしつつ、敵《てき》を睨《にら》んで立《た》っていらっしゃる。

その時《とき》、木《き》の陰《かげ》から人《ひと》が現《あらわ》れ、天地《てんち》に響《ひび》く声《こえ》を挙《あ》げた。

「やあやあ曲者《くせもの》ども、無礼《ぶれい》をするな。里見殿《さとみどの》に宿縁《しゅくえん》のある八犬士《はちけんし》の随一《ずいいち》と、その名《な》は知《し》られている犬江親兵衛仁《いぬえしんべえまさし》、ここにあり。とどまれ」

と叫《さけ》んで、走《はし》ってくる子供《こども》がいた。そのいでたちを見《み》ると、身《み》の丈《たけ》は一《いち》メートルよりやや大《おお》きく、顔《かお》の色《いろ》は薄紅《うすべに》で桃《もも》の花《はな》のよう、肌《はだ》は白《しろ》く肉付《にくづ》きがよく、骨格《こっかく》はたくましい勇士《ゆうし》の風貌《ふうぼう》、身《み》には段々筋《だんだんすじ》の樵《きこり》が着《き》るような衣《ころも》の下《した》に錦《にしき》の襦袢《じゅばん》を着《き》て、手《て》には自然《しぜん》なままの長《なが》い樫《かし》の棒《ぼう》を脇《わき》に挟《はさ》み、腰《こし》に一《ひと》振《ふり》の短刀《たんとう》を今《いま》にも抜《ぬ》きそうに身《み》につけ、額髪《ひたいがみ》を振《ふ》り乱《みだ》している。子供《こども》とは思《おも》えない堂々《どうどう》とした神童《しんどう》の威風《いふう》に驚《おどろ》く曲者《くせもの》たちは、口《くち》をあけ、目《め》が点《てん》になり、どうにも動《うご》くことができなくなってしまった。

❖かくて義実《よしざね》、主従三名《しゆうじゆうみたり》、なほも程《ほど》ある伏姫《ふせひめ》の、墳墓《おきつき》をさして登《のぼ》り給《たま》へば、三月《やよひ》に隣《とな》る峯上《をのへ》の桜《さくら》、ここもかしこも開初《さきそめ》て、花香寄《はなのかよ》する春《はる》の風《かせ》、吹《ふ》くとはなしに霞《かすみ》こめし、谷《たに》の柴鶺鴒《うぐひす》、珍《めづ》らしき、人来《ひとく》と鳴《な》くや、我《われ》もまた、経《きやう》こそ読《よ》まめ墓参《はかまゐ》り、路《みち》の小草《をぐさ》も目《め》にぞつく、げに託生《たくせう》の蓮華《れんげ》草《きう》、導《みちび》き給《たま》へ仏《ほとけ》の座《ざ》、心《こころ》つくしも幾春《いくはる》を、今《いま》は杉菜《すぎな》と薹《たう》に立《た》つ、色美《いろうるは》しき草《くさ》も木《き》も、つひに悉皆成仏《しつかいじやうぶつ》の、功徳《くどく》を徐《しづか》に念《ねん》じつつ、山《やま》また山《やま》を向上《みあぐ》れば、奇岩突立《きがんとつりう》して、造物天然《ざうぶつてんねん》の妙工《めうこう》を見《あら》はし、嶮辺《そばのべ》はるかに直下《みおろ》せば、白雲聳起《はくうんそびえおこ》りて、谷神窅然《こくしんようねん》と玄牝《げんひん》の門《かど》を開《ひら》けり。されば流水《ながれみづ》に零《ち》る桃花《もものはな》は、武陵《ぶりやう》の仙境遠《せんきやうとほ》きにあらず。偃松《はひまつ》にかかる藤葛《ふぢかづら》は、天台《てんだい》の石橋《しやくきやう》危《あやふ》きに似《に》たり。げに眼《まなこ》に観《み》、耳《みみ》に聴《き》くもの、皆《みな》ことごとく浮世《うきよ》の塵《ちり》を、洗《あら》ひ流《なが》せる霊場佳景《れいじやうかきよう》、むかし見《み》つるに弥増《いやまし》たる。義実憶《よしざねおも》はず、杖《つゑ》を住《とど》めて、しばし憩《いこ》ひて、伏姫《ふせひめ》の、住捨《すみすて》られし岩窟《いはむろ》に、

親兵衛《しんべえ》、義実《よしざね》を救《すく》う

やや近着《ちかづか》んとし給《たま》ふ程《ほど》に、左右《さいう》に間《ひま》なき樹蔭《こかげ》より、弦音高《つるおとたか》く射《い》出《いだ》す猟箭《さつや》に、先《さき》に立《たち》たる近習《きんじふ》の侍《さむらひ》、小《こ》水門目《みなとさくわん》は高股《たかもも》を、射《い》られてはたと転《ふ》しまろぶ、程《ほど》しもあらずまた二《に》の箭《や》に、後方《あとべ》に従《したが》ふ鮹船貝六《たこふねかひろく》、こもまた膝《ひざ》をしたたかに、射《い》さして「あつ」と叫《さけ》びもあへず、仰反《のけぞり》ながら仆《たふ》れけり。その時《とき》左右《さいう》の樹間《このま》より、顕《あらは》れ出《い》づるくせもの四五名《しごにん》、手《て》に手《て》に持《もて》る竹槍《たけやり》を、しごきて喚《よばは》る声《こゑ》もひとしく、「やをれ義実《よしざね》、我々《われわれ》は、昔年《せきねん》汝《なんぢ》に亡《ほろ》ぼされたる、麻呂《まろ》・

安西《あんさい》、また神余《じんよ》の与《ため》に、けふこそ復《かへ》す怨《うらみ》の槍尖《ほさき》を、受《う》けても見《み》よや」と罵《ののし》りて、右《みぎ》ひだりより競《きそ》ひかかるを、義実《よしざね》怯《おめ》たる気色《けしき》もなく、寄《よ》せば撃《う》たん、と杖《つゑ》うち棄《す》てて、刀《かたな》の捧 甘《こひくちくつろ》げつ、寇《あた》を疾視《にらみ》て立《た》ち給《たま》ふ。

かかる処《ところ》に傍《かたへ》なる、樹《こ》の蔭《かげ》にまた人《ひと》ありて、天地《てんち》にひびく声《こゑ》をふり立《たて》、「やをれくせものら、無礼《ぶれい》をすな、里見殿《さとみどの》に宿因《しゆくいん》ある、八犬士《はつけんし》の随一《ずいいち》と、その名《な》はかねて知《し》られたる、犬江親兵衛仁《いぬえしんひやうゑまさし》ここにあり、住《とど》まれやッ」と喚《よ》ばはりて、走《はし》り出《い》で来《く》る大《おほ》童子《わらは》、これ甚《いか》なる打扮《いでたち》ぞ。ただ見《み》る身《み》の長三尺四五寸《たけさんざくしごすん》、面《おもて》の色《いろ》は薄紅《うすくれなゐ》にて、桃《もも》の花《はな》を連《つら》ねし似《ごと》く、肌膚《はだへ》は白《しろ》く、肉 肥《ししむらこ》えて、骨逞《ほねたくま》しき勇士《ゆうし》の相貌《さうばう》、身《み》には段々筋《だんだらすぢ》の山《やま》樵衣《がつきぬ》の、下《した》に錦《にしき》の襦袢《じゆばん》を被《き》て、手《て》には六尺《ろくしやく》ばかりなる、素朴《かはつき》の樫《かし》の自然棒《じねんばう》を、いとも軽気《かろげ》に腋挟《わきばさ》み、腰《こし》に一口《ひとふり》の短刀《たんたう》を、瑠下《こじりくだ》しに帯《おび》なして、振《ふ》り乱《みだ》したる額髪《ひたひがみ》は、年《と》才《し》より長《たけ》ある神童《くしわらべ》の、威風《いふう》に駭《おどろ》くくせものらは、舌《した》を吐《は》き目《め》を注《くは》して、左右《さう》なくすすみ難《かね》たりける。

✲この文章の前半部は浄瑠璃や歌舞伎でお馴染みの「道行《みちゆき》」に相当する文章である。

掛詞《かけことば》や縁語、対句《ついく》を駆使《くし》しながら七五調で沿道の情景を描写している。近松の『曾根崎心中』では、最後に主人公の二人が死に向かって歩む場面が道行で、クレッシェンドとデクレッシェンドを繰り返しつつ盛り上がる三味線とあいまって、太夫の語る文章が観客を幻想の世界へと誘《いざな》う。ここでも原文を声に出して読むといっそう味わいが深い。

幼少時に行方不明になった親兵衛がようやく再登場する。まだ少年ながら、主君の危難を救うというさっそうとした役割を果たすのだ。これまでいったいどうしていたのか。なぞが解けないままこの輯《しゅう》は終わる。当時の読者は、答を得るまでに一年間待たなければならなかったのである。

## ◈親兵衛《しんべえ》、素藤《もとふじ》と妙椿《みょうちん》を追《お》い詰《つ》める（百二十一回）

あらすじ（百三回〜）

親兵衛《しんべえ》は六年前神隠《ろくねんまえかみかく》しにあい、その後富山《ごとやま》で伏姫《ふせひめ》の神霊《しんれい》に養《やしな》われ、他《ほか》の犬士《けんし》の動静《どうせい》や里見家《さとみけ》の様子《ようす》も知《し》らされていた。親兵衛《しんべえ》は里見《さとみ》の使者《ししゃ》としてわずかな供《とも》を連《つ》れて館山城《たてやまじょう》に乗《の》りこみ、素藤《もとふじ》を力《ちから》でねじ伏《ふ》せ、囚《とら》われていた義通《よしみち》を救《すく》い出《だ》す。素藤《もとふじ》は義成《よしなり》のお情《なさ》けにより死罪《しざい》を免《まぬが》れた。

その後《ご》、素藤《もとふじ》は妙椿《みょうちん》という妖術使《ようじゅつつか》いの尼《あま》と通《つう》じ、浜路姫《はまじひめ》を病気《びょうき》にさせたり、親兵衛《しんべえ》に不義密通《ふぎみつつう》の濡《ぬ》れ衣《ぎぬ》を着《き》せたりし、再《ふたた》び館山城主《たてやまじょうしゅ》に収《おさ》まった。妙椿《みょうちん》とは、かつて犬《いぬ》の八房《やつふさ》を養育《よういく》した古狸《ふるだぬき》であり、甕襲《みかそ》の玉《たま》という不思議《ふしぎ》な勾玉《まがたま》を操《あやつ》って里見《さとみ》に祟《たた》っていたのだ。親兵衛《しんべえ》は館山城《たてやまじょう》に忍《しの》び込《こ》む。

素藤《もとふじ》は昨夜《さくや》も真夜中《まよなか》に酔《よ》って寝所《ねどこ》に入《はい》ってから、妙椿《みょうちん》と枕《まくら》を並《なら》べて夜《よ》の明《あ》けるのを知《し》らずにいたが、妙椿《みょうちん》が揺《ゆ》り起《お》こして

「殿様《とのさま》、早《はや》くお目覚《めざ》めください。城内《じょうない》に火《ひ》が出《で》たらしく煙《けむり》がこちらに吹《ふ》き寄《よ》せているようで、人々《ひとびと》が騒《さわ》ぐ声《こえ》がします。きっと寄《よ》せ手《て》に襲《おそ》われて攻《せ》め破《やぶ》られたのだと思《おも》います。どうしましょう」

と呼《よ》び覚《さ》ます。素藤《もとふじ》はがばと身《み》を起《お》こして

「それはたいへんだ。敵《てき》が寄《よ》せきれずに火《ひ》をかけたか、それとも失火《しっか》か」

と言《い》いつつ、手《て》を打《う》って

「誰《だれ》かいるか、すぐに来《こ》い」

と呼《よ》んだが応答《おうとう》がない。苛立《いらだ》って急《いそ》いで枕《まくら》もとの刀《かたな》をとって身《み》を起《おこ》そうとしたときに、梯子《はしご》を登《のぼ》って来《く》る者《もの》がいる。素藤《もとふじ》はすぐに声《こえ》をかけて

「そこへ来《き》たのは誰《だれ》だ」

と問《と》う、その言葉《ことば》が終《お》わらないうちに屏風《びょうぶ》をぱたっと押《お》し開《ひら》く。その人物《じんぶつ》は他《ほか》でもない犬江《いぬえ》親兵衛《しんべえ》だった。素藤《もとふじ》は「おお」と驚《おどろ》きおそれて逃《に》げようとしたが、外《そと》はすべて縁側《えんがわ》で欄干《らんかん》を高《たか》く作《つく》ったので、障子《しょうじ》を蹴破《けやぶ》ったとしても、翼《つばさ》のない身《み》では逃《のが》れようもない。

素藤《もとふじ》は刀《かたな》の柄《つか》に手《て》をかけて、近寄《ちかよ》れば切《き》るぞと睨《にら》み返《かえ》した。妙椿《みようちん》は親兵《しんべ》衛《え》をみるとすぐに布団《ふとん》をかぶって、狩場《かりば》の雉《きじ》が草《くさ》に隠《かく》れ、釣場《つりば》の鮒《ふな》が藻《も》に籠《こも》っているかのようだ。震《ふる》えていることは、布団《ふとん》が波打《なみう》っているのでわかる。尼《あま》の身《み》であるが南無阿弥陀仏《なむあみだぶつ》の名号《みようごう》も口《くち》に出《で》ないし、九字《くじ》の印《いん》を切《き》り結《むす》ぶこともできず、印《いん》を切《き》る代《か》わりに切《き》ったのは数珠《じゆず》であろうか。どうしようもなく縮《ちぢ》みあがって、蟹《かに》が入《はい》る穴《あな》をほしがっているようでもあるし、からくり人形《にんぎよう》の糸《いと》が切《き》れて動《うご》けなくなっているようでもある。

親兵衛《しんべえ》は

「そうであろう」

と冷《つめ》たく笑《わら》って

「おい素藤《もとふじ》、もう忘《わす》れたのか。以前《いぜん》、国主《こくしゆ》の仁慈《じんじ》によってお前《まえ》を恩赦《おんしや》したとき、俺《おれ》は以後《いご》のことを戒《いまし》めたよな。もしまた叛《そむ》くことがあったら、人《ひと》の手《て》を借《か》りず、俺一人《おれひとり》でお前《まえ》を殺《ころ》すぞと、覚悟《かくご》を決《き》めさせたのに、そのことをわかっていながら、あの化《ば》け者尼《ものあま》にそそのかされ再《ふた》び叛逆《はんぎやく》し、利《り》を得《え》た。

城《しろ》に住《す》んで十日《とおか》余《あま》り、天罰《てんばつ》は逃《のが》れようもなく再《ふたた》び俺《おれ》に捉《とら》えられることになった。自《みずか》ら招《まね》いた報《むく》いは早《はや》いよなあ。おい化《ば》け者尼《ものあま》もここに出《で》て来《こ》い。お前《まえ》は古狸《ふるだぬき》の精《せい》として理《り》の通《とお》らない恨《うら》みを晴《は》らそうと邪術《じゃじゅつ》を使《つか》い、人《ひと》の仲《なか》を裂《さ》いたり、風《かぜ》を起《お》こしたりする呪《のろ》いが効《き》いて主君《しゅくん》の目《め》を曇《くも》らせ俺《おれ》を遠《とお》ざけさせたな。それで寄《よ》せてくる軍勢《ぐんぜい》を打《う》ち破《やぶ》ってうまくいったと思《おも》い誇《ほこ》ったかもしれないが、それは夢《ゆめ》だったぞ。霊玉《れいぎょく》が俺《おれ》の手《て》に戻《もど》ったからには、お前《まえ》の妖術《ようじゅつ》で主君《しゅくん》を欺《あざむ》いても、俺《おれ》は欺《あざむ》かれないのだ。こうなればもう俺《おれ》にかなうはずがない。人間《にんげん》と畜生《ちくしょう》という差《さ》はあるが、お前《まえ》らは二人《ふたり》とも人面獣《にんめんじゅう》心《しん》で人間《にんげん》の形《かたち》をしているだけだ。命《いのち》は既《すで》にないものと二人《ふたり》とも覚悟《かくご》せよ」

と厳《きび》しい言葉《ことば》でののしる。

素藤《もとふじ》は抜《ぬ》き打《う》ちに親兵衛《しんべえ》の向《むこ》うずねを切《き》ろうと刀《かたな》をひらめかす。その刃《やいば》を親兵衛《しんべえ》は踏《ふ》みつけて逃《に》げようとする襟髪《えりがみ》を左手《ひだりて》につかんで引《ひ》き寄《よ》せる。そうこうしている間《ま》に妙椿《みょうちん》は布団《ふとん》の裾《すそ》から抜《ぬ》け出《だ》して雨戸《あまど》を押《お》し倒《たお》し、すばやくここから逃《のが》れ出《で》ようとしたところを、親兵衛《しんべえ》は素藤《もとふじ》をどんと投《な》げふせて、妙椿《みょうちん》に飛《と》びかかり肩先《かたさき》をぐっとつかんで、霊玉《れいぎょく》の入《はい》った守《まも》り袋《ぶくろ》を差《さ》しかざすと、霊験《れいげん》はその力《ちから》を発揮《はっき》し、さっとほとばしる光《ひかり》に撃《う》たれて妙椿《みょうちん》は「あっ」と叫《さけ》ぶ。その声《こえ》と同時《どうじ》に寝巻《ねま》きだけが親兵衛《しんべえ》の手《て》に残《のこ》り、身体《しんたい》は裳抜《もぬ》けて階上《かいじょう》から庭《にわ》へひらりと落《お》ちたかと見《み》えた。その時《とき》、妙椿《みょうちん》の体内《たいない》から一筋《ひとすじ》の黒《くろ》い気体《きたい》がわきあがり、鬼火《おにび》のような光《ひかり》とともに、見《み》る間《ま》に西《にし》へなびいて、跡形《あとかた》もなく消《き》えてしまった。

そうしているうちに素藤《もとふじ》は痛《いた》みをこらえて身《み》を起《お》こし、

「宿直《とのい》の兵《へい》たちはもう逃《に》げたのか。早《はや》く出《で》て俺《おれ》を助《たす》けろ」

と声《こえ》を挙《あ》げながら親兵衛《しんべえ》に腰掛《こしかけ》や枕《まくら》を投《な》げつけて逃《に》げるのを、親兵衛《しんべえ》は逃《に》がさないぞと走《はし》りかかる。素藤《もとふじ》はどうしようもなくて身《み》を返《かえ》して組《く》もうとする。そこへこの楼上《ろうじょう》の三《さん》の間《ま》の縁側《えんがわ》に臥《ふ》していた夜勤《やきん》の兵《へい》たちが、物音《ものおと》に目覚《めざ》めて十人《じゅうにん》ほど走《はし》り出《で》てきた。あるいは十手《じって》や鎖鎌《くさりがま》、あるいは鉄《てつ》の玉《たま》や捕《と》り縄《なわ》をそれぞれ手《て》に持《も》って親兵衛《しんべえ》を取《と》り巻《ま》いて絡《から》め捕《と》ろうとひしめく。親兵衛《しんべえ》はきっと睨《にら》んで

「お前《まえ》ら、目《め》やにに邪魔《じやま》されて見《み》えないのか、それともこの犬江仁《いぬえまさし》を見忘《みわす》れたのか、それとも知《し》らねえのか」

と自分《じぶん》を指差《ゆびさ》し自信《じしん》たっぷり。その言葉《ことば》と同時《どうじ》に素藤《もとふじ》にわざと組《く》ませて、むんずと捕《つか》まえ、帯《おび》の結《むす》び目《め》をつかんで、肩《かた》より高《たか》く振《ふ》り上《あ》げて、縁側《えんがわ》に立《た》つ兵《へい》の顔《かお》をめがけて投《な》げつけると、兵《へい》も仰向《あおむ》けにとんぼ返《がえ》りのかっこうで、素藤《もとふじ》とともに欄干《らんかん》を越《こ》えて投《な》げ落《お》とされる。軒端《のきば》の松《まつ》をつんざいて、春日型《かすがかた》の石灯籠《いしどうろう》のそばにどんと落《お》ちたのであった。

❖この朝素藤《あしたもとふぢ》は、昨夜《よんべ》も丑三過《うしみつすぐ》る時候《ころ》、酔《ゑ》ふて臥房《ふしど》に入《い》りしより、妙椿《みやうちん》と枕《まくら》を並《なら》べて、天《よ》の明《あけ》たるを知《し》らざりしに、妙椿急《みやうちんきふ》に揺《ゆ》り驚《おどろ》かして、「やよ相公《との》、はやく覚《さ》め給《たま》へ。城内《ぜうない》に失火《しつくわ》あるらむ、煙《けぶり》こなたへ吹《ふ》き靡《なび》けるか、衆人噪《もろびとさわ》ぐ声《こゑ》すなり。意《おも》ふに寄隊《よせて》に襲《おそ》はれて、攻《せ》め破《やぶ》らるるにぞあらんずらめ。やよなうなう」と喚《よ》び覚《さ》ませば、素藤《もとふぢ》がばと身《み》を起《お》こして、「そは安《やす》からぬ事《こと》になん。久《ひさ》しく敵《てき》の寄《よ》せざれば、火《ひ》を放《か》けられしか、しからずば、手失《てあやまち》をやしいだしけん」といひつつ掌《たなそこ》うち鳴《な》らして、

「誰《たれ》か在《あ》る、疾来《とくこ》よ」と喚《よ》べども応《いらへ》の聞《きこ》えねば、心《こころ》いよいよ焦燥《いらだ》ちて、いそがはしく枕方《まくらべ》なる、腰刀《こしがたな》をかいとりて、身《み》を起《おこ》さんとせし程《ほど》に、階子《はしご》を登《のぼ》り来《き》ぬる者《もの》あり。素藤《もとふぢ》はやく声《こゑ》をかけて、「そこへ来《き》ぬるは、誰《た》そや」と問《と》ふ、詞《ことば》もいまだ得果《えは》てぬ程《ほど》に、屏風《びやうぶ》をはたと推《お》し開《ひら》くを、と見《み》ればこれ別人《ことびと》ならず、犬江《いぬえ》親兵衛《しんべゑ》なりければ、素藤《もとふぢ》、「あなや」とおどろきおそれて、逃《に》げかくれんと欲《ほり》すれども、外面《とのかた》は皆縁頬《みなえんがは》にて、欄干高《らんかんたか》く連《つらな》りたれば、たとひ一時《いちじ》に戸障子《としやうじ》を、蹴放《けはな》つとても、翅《つばさ》なき身《み》の、脱《のが》れ果《はつ》べき路《みち》を得《え》ざれば、刀《かたな》の柄《つか》に手《て》を掛《かけ》て、寄《よ》せば切《き》らん、と睨視《にらまへ》たり。また妙《みやう》椿《ちん》は親兵衛《しんべゑ》を、見《み》しより横《よぎ》を頭《かうべ》に被《かつ》ぎて、狩場《かりば》の野鶏《きぎす》の草《くさ》に隠《かく》れ、影《かげ》に驚《おどろ》く束鮒《つかふな》の、藻《も》に籠《こも》れるに異《こと》ならず、戦《わなな》く随《まま》に錦《にしき》繍の夜被《よぎ》の、脊《せ》筋波打《すぢなみう》つ生死《いきしに》の、海《うみ》には息《いき》もつきあへぬ、阿瞞《あま》の身《み》なれど、名号《みやうごう》の、六字《ろくじ》も出《いで》ず、九字《くじ》も印得《きりえ》ず、断《き》りしは数珠《ずず》か、術《じゆつ》なさに、縮《ちぢ》むは手《て》さへ、脚《あし》なき蟹《かに》の、入《い》る穴欲《あなほ》しと思《おも》ふめる、胸《むね》の機関糸絶《からくりいとたえ》て、はたらくよしもなかりしを、親兵衛《しんべゑ》「さこそ」と冷笑《あざわら》ひて、「やおれ素藤《もとふぢ》、はや忘《わす》れしか。さきに国主《こくしゆ》の仁慈《じんじ》をもて、若《なんぢ》らを恩赦《おんしや》の折《をり》、我《われ》また以後《いご》を箴《いまし》めて、もしまた叛《そむ》くことあらば、人手《ひとで》を借《か》らず、我身《わがみ》単《ひとつ》にて、誅戮《ちゆうりく》すべし、と期《ご》を推《おし》たるに、その義《ぎ》を甘《あま》んじ承《うけ》ながら、あの妖尼奴《ばけあまめ》にそそのかされ、再叛忤逆《さいはんごぎやく》の小利《しようり》を得《え》て、城《しろ》に拠《よ》ることわづかに十余日《じうよか》、天罰踵《てんばつきびす》を旋《めぐ》らさず、今《いま》また我《われ》に捉《とら》へらる、みづから招《まね》きし悪報《あくほう》の、速《すみやか》なるを思《おも》はずや。やをれ妖尼奴《ばけあまめ》もここへ出《い》でよ。若《なんぢ》は老狸《ふるだぬき》の精《せい》として、非理《ひり》の怨《うら》みに邪術《じやじゆつ》を憑《たの》みて、反間《はんかん》の幻術《げんじゆつ》、魔風《まふう》の呪法《じゆほう》、いささか験《しるし》あるをもて、我《わが》明君《めいくん》を曇《くも》らして、謀《はか》りて我《われ》を遠離《とほざけ》しより、いつたん寄隊《よせて》を撃破《うちやぶ》りて、桀《けつ》を資《たすけ》て功《こう》ありけり、と思《おも》ひ誇《ほこ》りしは夢《ゆめ》の間《ま》にて、霊玉《れいぎよく》はやく我身《わがみ》に復《かへ》りぬ。若《なんぢ》不測《ふしき》の邪術《じやじゆつ》をもて、賢君虞臣《けんくんぐしん》を欺《あざむ》きたりとも、我霊玉《わがれいぎよく》を欺《あざむ》き得《え》て、今《いま》よく我《われ》に敵《てき》せんや。人畜《にんちく》その差《しな》あるものから、若《なんぢ》らは皆人面獣心《みなにんめんじうしん》、仮《かり》に形貌《かたち》を装《よそほ》ふのみ、頭顱《かうべ》はすでになきものなり。これかれ共《とも》に覚期《かくご》をせよ」と詞激《ことばはげ》しく罵《ののし》れば、素藤《もとふぢ》こらへず抜撃《ぬきうち》に、向臑斫《むかずねきら》んと閃《ひら》めかす、刃《やいば》を親兵衛《しんべゑ》踏落《ふみおと》して、逃《にげ》んとしける項髪《えりがみ》を、左手《ゆんで》につかみ引寄《ひきよ》する、そが程《ほど》に妙椿《みやうちん》は、横《よぎ》の裾《すそ》より抜出《ぬけいで》て、雨戸障子《あまどしやうじ》を推倒《おしたふ》す、迅速《ときこと》さながら払《はら》ふが似《ごと》く、身《み》を免《まぬか》れて出《いで》んとせしを、親兵衛《しんべゑ》すかさず素藤《もとふぢ》を、そがままだう、と投《な》げ伏《ふ》せて、走《はし》りかかりつ妙椿《みやうちん》が、肩尖《かたさき》ちやうととり留《とめ》て、いや疾出《とくい》だす霊玉《れいぎよく》の、護身嚢《まもりぶくろ》をさしかざせば、至宝《しほう》の霊験《れいげん》あやまたず、颯《さ》とほどばしる光《ひかり》に撲《うた》れし、妙椿《みやうちん》は、「あ」と

親兵衛《しんべえ》、素藤《もとふじ》と妙椿《みようちん》を追《お》い詰《つ》める

叫《さけ》ぶ、声《こゑ》もろともに閨衣《ねまぎぬ》は、そがまま親兵衛《しんべゑ》が手《て》に残《のこ》りて、かの身《み》は裳脱《もぬけ》て楼上《たかどの》より、庭《には》へ閃《ひら》りと墜《おつ》る折《をり》、と見《み》れば妙椿《みやうちん》が身《み》の内《うち》より、一朶《いちだ》の黒気《こくき》涌出《ゆしゆつ》して、鬼燐《おにび》に似《に》たる青光《あをみ》あり、見《み》る間《ま》に西《にし》へ靡《なび》きつつ、消《き》えて跡《あと》なくなりにけり。

　さる程《ほど》に素藤《もとふぢ》は、痛《いた》みを忍《しの》び身《み》を起《おこ》して、「宿直兵《とのゐのもの》どもはや逃《にげ》たるか。疾出《とくいで》て我《われ》を資《たす》けずや」と喚《よばは》りながら親兵衛《しんべゑ》に、曲彔《きよくろく》枕児《まくら》をなげうちなげうち、逃《にぐ》るを親兵衛《しんべゑ》、逃《にが》さじとて、走《はし》りかかれる勢《いきほ》ひに、素藤《もとふぢ》今《いま》はやむことを得《え》ず、身《み》を振返《ふりかへ》して組《くま》んとす。かかりし程《ほど》に、素藤《もとふぢ》が、臥房《ふしど》を衛《まも》る夜勤《よつめ》の力士《りきし》ら、昨夜《よんべ》もこの楼上《たかどの》の三之間《さんのま》の、縁頬《えんがは》に臥《ふし》たるが、物《もの》のひびきに驚《おどろ》き覚《さめ》て、走《はし》り出来《いでく》る十名《じうにん》ばかり、あるひは十手《じつて》鎖鉤《くさりがま》、あるは撃丸捕《げきぐわんとり》索《なは》を、おのおの手々《てて》に携《たづさへ》て、推捕巻《おつとりこめ》て親兵衛《しんべゑ》を、搦捕《からめとら》んとひしめくを、親兵衛《しんべゑ》きつと嫉視《にらまへ》て、「若《なんぢ》ら目《め》屎《くそ》に閉《とぢ》られて、見《み》れどもこれこの犬江仁《いぬえまさし》を、見遺《みわす》れたるか、知《しら》ざるか」と鼻《はな》に指《ゆび》さす勇士《ゆうし》の宏言《くわうげん》、程《ほど》しもあらず素藤《もとふぢ》が、組《く》むを組《くま》してむづと捉《と》る、帯《おび》の締塊《むすびめ》かいつかみて、肩《かた》より高《たか》く振《ふり》あげて、外面《とのかた》に立《た》つ賊力士《ぞくりきし》の、面《おもて》をのぞみてなげうてば、力士《りきし》も撲《うた》れて仰《のけ》ざまに、とんぼがへりつ、素藤《もとふぢ》と、ともに欄干《らんかん》をうち越《こ》えて、投《な》げ落《お》とさるること一丈《いちぢやう》あまり、檐下《のきば》の松《まつ》をつんざきて、春日容《かすがかた》なる石籠《いしどう》燈《ろう》の、辺《ほとり》へだうと墜《おち》てンげり。

✲犬江親兵衛仁《まさし》は八犬士の中でも特別な人物である。まず年齢が他の犬士より十歳以上若く、まだ少年だ。そして神となった伏姫《ふせひめ》に養育されてきた。これまでに他の七犬士は悪漢や仇を討つが、里見家に直接貢献しているわけではない。ところが親兵衛は、義実《よしざね》の危難を救い、義通《よしみち》を助け出すなど、最初から里見家のために活躍する。また、直接手を下して人を殺すこともしない。これらを象徴するのが名前の「仁」であろう。儒教の中で最も重要な概念であり、『論語』の中でも孔子が繰り返し語っている語だ。あえて日本語に置き換えれば「思いやり」でもあり「己《おのれ》に克《か》つこと」でもある。普通に考えると年上のリーダー的人物を設定するように思うが、馬琴はひねってこのようなキャラクターを割り当てている。

# ◈八犬士《はちけんし》集結《しゅうけつ》（百二十七回）

あらすじ（百二十一回〜）

文明十五年四月十六日《ぶんめいじゅうごねんしがつじゅうろくにち》、結城《ゆうき》の古戦場《こせんじょう》の草庵《そうあん》で、丶大法師《ちゅだいほうし》は、里見季基《さとみすえもと》をはじめ討死《うちじに》をした諸氏《しょし》の菩提供養《ぼだいくよう》の法会《ほうえ》を営《いとな》んだ。七犬士《しちけんし》は参会《さんかい》し、親兵衛《しんべえ》も参会《さんかい》の心《こころ》つもりであったが、館山城《たてやまじょう》で手間《てま》取《ど》ったこともあり出発《しゅっぱつ》が遅《おく》れた。法会《ほうえ》の後《のち》、結城家《ゆうきけ》の菩提寺《ぼだいじ》の悪僧徳用《あくそうとくよう》が仲間《なかま》をかたらって、丶大《ちゅだい》や照文《てるふみ》を襲《おそ》う。犬士《けんし》が敵《てき》を防《ふせ》いでいる間《あいだ》に、丶大《ちゅだい》らは結城《ゆうき》の地《ち》を離《はな》れたが、左右川《まてがわ》のほとりで、敵《てき》に捕《と》らえられそうになる。そこに、法会《ほうえ》には間《ま》に合《あ》わなかったものの来合《きあ》わせた親《しん》兵衛《べえ》ら一行《いっこう》が敵《てき》を倒《たお》し、丶大《ちゅだい》らを救《すく》った。

---

結城《ゆうき》の方面《ほうめん》から多《おお》くの人々《ひとびと》がこちらを目指《めざ》してやって来《く》る。敵《てき》かと思《おも》ったが、そうではない。七犬士《しちけんし》だ。信乃《しの》は悪僧徳用《あくそうとくよう》を生《い》け捕《ど》り、組子《くみこ》に縄《なわ》を持《も》たせて真《ま》っ先《さき》に引《ひ》かせている。道節《どうせつ》・毛野《けの》・大角《だいかく》・荘介《そうすけ》・現八《げんぱち》・小文吾《こぶんご》

が、素頼《もとより》・経稜《つねかど》・堅削《けんさく》を縛《しば》って一匹《いっぴき》の馬《うま》に乗《の》せ、その他生《たい》け捕《ど》りの面々《めんめん》を七人《しちにん》の組子《くみこ》に引《ひ》かせて集《あつ》まってくる光景《こうけい》は、仏《ほとけ》に仕《つか》える神々《かみがみ》が阿修羅《あしゅら》を降参《こうさん》させた勢《いきお》いもこうであろうかと思《おも》われる。照文《てるふみ》はこの有様《ありさま》を見《み》て手《て》を挙《あ》げて招《まね》き

「おお犬塚《いぬつか》さん、犬士《けんし》たち、ご無事《ぶじ》でしたか。我々《われわれ》は先《さき》ほどこの辺《あた》りで大《たい》敵《てき》に襲《おそ》われ防《ふせ》ぐことも難《むずか》しく、主従《しゅじゅう》ともに搦《から》め捕《と》られ、、大様《ちゅだいさま》も危《あぶ》なかったのですが、図《はか》らずもここに来《き》た犬江《いぬえ》さんに救《すく》われてさすがの敵《てき》も退散《たいさん》したのです」と言《い》う。喜《よろこ》びのあまり、はばかることがない大《おお》きな声《こえ》は自然《しぜん》の勢《いきお》いというもの。

親兵衛《しんべえ》は早速立《さっそくた》ちあがり、代四郎《よしろう》と紀二六《きじろく》が後《あと》についてくるのを見《み》かえりながら、五十歩《ごじっぽ》ほど走《はし》って出迎《でむか》え

「小文吾叔父《こぶんごおじ》さんはどこにいらっしゃいますか。犬塚《いぬつか》さん、犬飼《いぬかい》さん、それにお兄《にい》さんたち、私《わたし》が犬江親兵衛仁《いぬえしんべえまさし》です」

と名乗《なの》るを待《ま》つまでもなく、小文吾《こぶんご》・信乃《しの》・現八《げんぱち》が真《ま》っ先《さき》に、荘介《そうすけ》・道《どう》

節《せつ》・毛野《けの》・大角《だいかく》もすぐに親兵衛《しんべえ》に近《ちか》づいて

「お前《まえ》が大八《だいはち》か、聞《き》いたより思《おも》ったより大人《おとな》びて、あっぱれ立派《りっぱ》な男になったなあ、俺《おれ》が叔父《おじ》の小文吾《こぶんご》だ」

「俺《おれ》が信乃《しの》」

「俺《おれ》は現八《げんぱち》」

と七人《しちにん》が名乗《なの》る。これ以上《いじょう》ない喜《よろこ》びに背《せ》をなで顔《かお》を見合《みあ》わせる。親疎《しんそ》の差《さ》もなく、皆家族《みなかぞく》の思《おも》いをなしている。その思《おも》いは何《なん》とも表現《ひょうげん》しようがない。代四郎《よしろう》は微笑《ほほえ》みながら、照文《てるふみ》の若党紀二六《わかとうきじろく》らとともにひざまずいてそばにいる。

ああ、ついにその時《とき》が来《き》たのです。八犬士《はちけんし》がここに集《あつ》って、八《やっ》つの玉《たま》が連《つら》なり、、大《ちゅだい》の宿望《しゅくぼう》が実現《じつげん》したのを、読者《どくしゃ》も喜《よろこ》んでください。作者《さくしゃ》は二十《にじゅう》年以上《ねんいじょう》もこのことを書《か》こうとして、ようやく一段落《いちだんらく》をつけたのです。言《い》わずともおわかりかと存《ぞん》じますが、簡単《かんたん》なことではありませんでした。

❖結城《ゆふき》の方《かた》より人《ひと》あまた、這方《こなた》をさして来《き》ぬるあり。敵《てき》かと見《み》れば、まさにこれ、七犬《しちけん》の毎《ともがら》にて、信乃《しの》はすでに徳用《とくよう》を生《いけ》どりて、味方《みかた》の夥兵《くみこ》に索《なは》を執《と》らして、真先《まさき》にこれを牽《ひか》したり。また道節《どうせつ》・毛野《けの》・大角《だいかく》・荘介《さうすけ》・現八《げんはち》・小文吾《こぶんご》は、素頼《もとより》・経稜《つねかど》・堅《けん》削《さく》を、一馬《ひとつうま》にからげ乗《の》せて、この他《た》生《いけ》どりの僧俗《そうぞく》を、こもまた七個《ななたり》の夥兵《くみこ》に牽《ひか》して、聚《つど》ひ来《き》にける光景《ありさま》は、天部《てんぶ》の善神《ぜんじん》戦《たたかひ》かちて、阿修羅《あしゆら》を降《くだ》し勢《いきほ》ひも、かくやとぞ思《おも》ふ。照文《てるふみ》は、見《み》つつ手《て》をあげうち招《まね》きて、「なう犬塚主《いぬつかぬし》、犬士《けんし》達恙《たちつつが》もなきや。我々《われわれ》は、さきにこの地方《ところ》にて、大敵防《たいてきふせ》ぐに勢《いきほ》ひ窮《きは》まりて、主僕《しゆうぼく》もろともにからめ捕《と》られ、庵主《あんしゆ》も免《まぬか》れかたかりしに、はからずもここに来《き》にける、犬江氏《いぬえうぢ》にすくはれて、強敵退散《きやうてきたいさん》したり」といふ、歓《よろこ》びあまりてはばかりもなき、喚声《よびごゑ》の高《たか》かるは、自《し》然《ぜん》の勢《いきほ》ひならんと思《おも》ふ、親兵衛《しんべゑ》ははやく身《み》を起《おこ》して、代四郎《よしらう》と紀二六《きじろく》が、後《あと》につくを見《み》かへりながら、走《はし》りて五十歩《いそあし》ばかり出《い》で迎《むか》へて、「小父公《をぢご》はいづれに候《さふらふ》ぞ、犬《いぬ》塚《つか》・犬飼《いぬかひ》、自余《じよ》の賢兄《けんけい》、晩生《それがし》すなはち犬江親兵衛仁《いぬえしんべゑまさし》にこそ候《さふらふ》なれ」と名告《なの》るをまたず、小文吾《こぶんご》・信乃《しの》・現八《げんはち》を第一番《だいいちばん》にて、荘介《さうすけ》・道節《どうせつ》・毛野《けの》・大角《だいかく》も、はやく親兵衛《しんべゑ》に近《ちか》づきて、「こは大八《だいはち》か、聞《きき》しより、思《おも》ひしよりも大人《おとな》びて、あはれ男《をとこ》になりけるよ。われらは小父《をぢ》なり、小文吾《こぶんご》なり。われらは信乃《しの》なり、現八《げんはち》なり」と七個名告《ななたりなの》る、不勝《ふせう》の喜《よろこ》び、背《そびら》をなでつ顔《かほ》うちまもる、親《した》しき疎《うと》き隔《へだて》なく、皆骨肉《みなこつにく》の思《おも》ひあり、つぶさに名状《めいでふ》すべからず。代四郎《よしらう》は含笑《ほうゑみ》ながら、照文《てるふみ》の若党紀二六《わかたうきじろく》らと、ともにひざまつきて傍《かたへ》に在《を》り。

ああ時《とき》なるかな、至《いた》れるかな、八犬《はつけん》ここに具足《ぐそく》して、八行《はつかう》の玉《たま》、聯串《れんくわん》の功《こう》、ヽ大《ちゆだい》の宿望虚《しゆくばうむな》しからぬを、看官《みるひと》もうち微笑《ほうゑま》るべく、作者《さくしや》は二十余年《はたとせあまり》の腹稿《ふくかう》、その機《き》を発《ひら》く小団円《せうだんゑん》、いはでもしるき一朝《いつちやう》の筆《ふで》ならざるを思《おも》ふべし。

✻里見季基《すゑもと》は義実の父。『八犬伝』全体の冒頭で、戦死したことが記されている。結城《ゆうき》合戦は史実で、永享十二年（一四四〇）、当時の室町幕府に、結城氏朝《うじとも》らが反旗を翻した乱である。八犬士の集結を発端と結びつけ、ヽ大《ちゆだい》も居合わせた場と設定している。しかし、馬琴は単純に八犬士を法会に参列させるのではなく、親兵衛が、ヽ大の危機を救うという盛り上げ方をくふうしている。

近代の小説にもときたま見られるが、文中に作者が顔を出すことがある。今のテレビ番組で言えば、ドラマの途中にメイキング映像が入りこむようなものであろう。馬琴は序文などでは過剰なほど作品について述べることがある。現代の前書きや後書きにあたるものだ。しかし馬琴もここのように、文中にいきなり登場することは珍しい。八犬士が揃った喜びをどうしても言いたかったのであろう。

## ◈親兵衛《しんべえ》、虎《とら》を射《い》る（百四十六回）

あらすじ（百二十七回〜）

八犬士《はちけんし》、、大《ちゆだい》らが廃寺《はいじ》で一夜過《ひとよす》ごしていると結城《ゆうき》の重臣《じゅうしん》が訪《おとず》れ、領内《りょうない》での狼藉《ろうぜき》を詫《わ》び、これを期《き》に里見《さとみ》・結城《ゆうき》の両家《りょうけ》は親《した》しい関係《かんけい》になる。

安房《あわ》に迎《むか》えられた八犬士《はちけんし》はまず義実老侯《よしざねろうこう》の住《す》む滝田城《たきたじょう》に招《まね》かれ歓待《かんたい》される。翌日《よくじつ》は当主義成《とうしゅよしなり》の住《す》む稲村城《いなむらじょう》に招《まね》かれ、城主格《じょうしゅかく》で召抱《めしかか》えられることになった。八犬士《はちけんし》を義実《よしざね》の外孫《がいそん》とみなし、なおかつこれまでの勲功《くんこう》を賞《しょう》しての待遇《たいぐう》である。さらに義実《よしざね》は八犬士《はちけんし》に犬塚《いぬつか》、犬飼《いぬかい》などの苗字《みょうじ》とは別《べつ》に、正式《せいしき》な氏《うじ》として「金《かな》碗《まり》」を称《しょう》させようと思《おも》い、勅許《ちょつきょう》を得《う》るために親兵衛《しんべえ》を正使《せいし》として、都《みやこ》に向《む》かわせた。

親兵衛《しんべえ》らは船《ふね》で浪速《なにわ》に向《む》かう途次《とじ》、海賊《かいぞく》に襲《おそ》われるが退治《たいじ》し、上京《じょうきょう》を果《は》たす。管領細河政元《かんれいほそかわまさもと》を通《つう》じ貢物《みつぎもの》を献《けん》じて、金碗《かなまり》の氏《うじ》を許《ゆる》された。親兵衛《しんべえ》は安房《あわ》へ帰《かえ》ろうとしたが、政元《まさもと》がそれを許《ゆる》さず屋敷《やしき》に留《とど》められる。政元《まさもと》の手許《てもと》に高名《こうめい》な巨勢《こせの》金岡《かなおか》の描《えが》いた「無瞳《ひとみなし》の虎《とら》」がもたらされ、瞳《ひとみ》を描《か》き入《い》れたところ絵《え》から抜《ぬ》け出《だ》して、暴《あば》れまわった末《すえ》、白河山《しらかわやま》に入《はい》ってしまった。親兵衛《しんべえ》は、虎《とら》を退治《たいじ》したら安房《あわ》への帰国《きこく》が許《ゆる》されるという約束《やくそく》で、山《やま》へと向《む》かう。夜《よる》になったが、〝仁《じん》〟の玉《たま》が照《て》らす明《あ》かりで馬《うま》を進《すす》めることができた。

こうしていると、風《かぜ》であろうか、前方《ぜんぽう》に生《お》い茂《しげ》っている枯草《かれくさ》がなびくようにさやさやとそよいでいる。それを見《み》て、驚《おどろ》いた馬《うま》がいきなりいななないて暴《あば》れるのを、親兵衛《しんべえ》はしっかりととどめる。何《なに》かいるな、と箙《えびら》にある矢《や》を二本抜《にほんぬ》き取《と》り、左手《ひだりて》に弓《ゆみ》を挟《はさ》んで、馬上《ばじょう》で身構《みがま》え辺《あた》りを見回《みまわ》したが、どこにいるのかわからない。

その時《とき》、虎《とら》のすさまじい一声《ひとこえ》が峰《みね》を震《ふる》わし、谷《たに》に響《ひび》き渡《わた》った。突然走《とつぜんはし》り出《だ》した獣《けもの》はもちろん例《れい》の暴《あば》れ虎《とら》。牙《きば》をならし、爪《つめ》を張《は》り、目《め》の光《ひかり》が人《ひと》を射《い》て、まっすぐに親兵衛《しんべえ》の乗《の》った馬《うま》の後脚《うしろあし》を嚙《か》み倒《たお》そうと躍《おど》りかかる。親兵衛《しんべえ》はすばやく馬《うま》を飛《と》ばして縦横無尽《じゅうおうむじん》に掛《か》け回《まわ》らせる。その手並《てな》みはいうまでもなく、馬《うま》も「走帆《はしりほ》」という名《な》の通《とお》り順風《じゅんぷう》に走《はし》る船《ふね》のごとく身軽《みがる》である。虎《とら》が来《く》ることを未然《みぜん》に知《し》って恐《おそ》れていた初《はじ》めと異《こと》なり、進《すす》むも退《しりぞ》くも主《ぬし》の意《い》のまま、石《いし》が転《ころ》がっている崖《がけ》の上《のぼ》り下《くだ》り、葛《つた》が繁《しげ》っている松《まつ》や柏《かしわ》の大木《たいぼく》の間《あいだ》も足《あし》を止《と》めず、つまずかない。虎《とら》はいよいよ苛立《いらだ》ち吼《ほ》えて、ひたすら駆《か》けようとするが、勢《いきお》いがつかない。元《げん》の羅貫中《らかんちゆう》の『水滸伝《すいこでん》』にこう書《か》いてある。虎《とら》が人《ひと》を追《お》いかけるとき、二《に》、三回《さんかい》も失敗《しっぱい》すれば、安易《あんい》に向《む》かうことはしないで、ちょっと身《み》を引《ひ》き、次《つぎ》の機会《きかい》を狙《ねら》うのだと。この虎《とら》もそうであろうか、親兵衛《しんべえ》が乗《の》る馬《うま》を倒《たお》そうとすること何回《なんかい》かに及《およ》んだが、人《じん》馬《ば》の進《すす》み方《かた》に隙《すき》がなく、うまくいかなかったので勢《いきお》いが弱《よわ》まり、近《ちか》づくことが出来《でき》ない。

虎《とら》は、周囲《しゅうい》がひと抱《かか》えもある大《おお》きな赤松《あかまつ》の木《き》に身《み》を寄《よ》せ、背《せ》を高《たか》く、頭《こうべ》を低《ひく》くして、機会《きかい》をうかがっている。親兵衛《しんべえ》は狙《ねら》える位置《いち》まで近《ちか》づくと馬《うま》を静《しず》かにさせ、弓《ゆみ》に矢《や》を番《つが》える。その時《とき》、虎《とら》はたちまち頭《あたま》をもたげて走《はし》りかかろうとするところを、よく弓《ゆみ》を引《ひ》いてヒューっと射《い》る。力《ちから》のこもった矢《や》は狙《ねら》い通《どお》り虎《とら》の左《ひだり》の目《め》を射《い》ぬいた。矢《や》じりは勢《いきお》いあまって赤松《あかまつ》の幹《みき》へ突《つ》き刺《さ》さる。虎《とら》は一声高《ひとこえたか》く吼《ほ》えて、その矢《や》を抜《ぬ》こうともがくところに親兵衛《しんべえ》はすかさず二《に》の矢《や》を飛《と》ばし、今度《こんど》は虎《とら》の右目《みぎめ》を木《き》の幹《みき》に押《お》しつけるように貫《つらぬ》く。こうして虎《とら》は両目《りようめ》ともに射《い》られて、その急所《きゆうしよ》の痛手《いたで》に耐《た》えられず、たちどころに衰《おとろ》えわずかに尾《お》を動《うご》かすのみだった。親兵衛《しんべえ》はこれを見《み》て「やった」と馬《うま》から下《お》りて、走《はし》り近《ちか》づき、右《みぎ》の拳《こぶし》を握《にぎ》りしめて虎《とら》の眉間《みけん》を三《さん》、四回《よんかい》ばしっと打《う》った。李広《りこう》の弓《ゆみ》の技《わざ》と馮婦《ひようふ》の強《つよ》い力《ちから》を兼《か》ね備《そな》えた勇士《ゆうし》に勝《か》てるはずもなく、虎《とら》は骨《ほね》が砕《くだ》け、皮《かわ》もくぼんで、なよなよと倒《たお》れてしまったのである。

❖かかる処《ところ》に、風《かぜ》かあらぬか、前面《むかひ》に叢立《むらだ》つ枯草《かれくさ》の、のべふす如《ごと》くさやさやと、戦《そよ》ぐを見《み》てや駭《おどろ》きけん、馬《うま》はにはかにいななき狂《くる》ふを、親兵衛《しんべゑ》しかと乗駐《のりとど》めて、物《もの》こそあらめ、と矢箙《ゑびら》なる、猟箭二条《さつやふたすぢぬ》抽き拿《と》りつつ、左手《ゆんで》に角弓《はんきう》わきばさみて、眼《まなこ》を配《くば》る馬上《ばぜう》の身構《みがまへ》、そこともわかぬかの時速《ときはや》し、猛虎《まうこ》の一声凄《ひとこゑすさま》しく、峯《みね》を振《ふるは》し谷《たに》にひびきて、突然《とつねん》として走《はし》り出来《いでく》る、毛属《けもの》はすなはち別物《こともの》ならず、問《とは》でもしるきかの暴虎《あらとら》、牙《きば》を鳴《な》らし爪《つめ》を張《は》る、眼《まなこ》の光《ひか》り人《ひと》を射《い》て、面《おもて》もふらず、親兵衛《しんべゑ》が、乗《のり》たる馬《うま》の後脚《あとあし》を、かみたふさん、と跳《おど》りかかるを、親兵衛《しんべゑ》早《はや》く馬《うま》を飛《とば》して、縦横無碍《じふわうむげ》にはせめぐらする、馬上《ばぜう》の自由《じいう》、いへばさらなり、馬《うま》も名《な》に負《お》ふ走帆《はしりほ》の、順風《おひて》を得《え》たるに異《こと》ならず。虎《とら》の来《き》ぬるを未然《みぜん》に知《し》りて、駭《おどろ》きおそれし初《はじめ》に似《に》ず、進退奔走《しんたいほんそう》、主《ぬし》のまにまにちともたゆみあることなく、臥《ふ》す石多《いしおほ》かる岨《そば》の高低《たかひく》、葛藤繁《かづらしげ》かる松柏《まつかや》にも、歩《あし》を駐《とど》めずつまづかねば、虎《とら》はいよいよ焦燥《いらだ》ちたけりて、ひたすら駈《かけ》まく欲《ほ》りすれども、勢《いきほ》ひ便宜《びんぎ》を得《え》ざりけり。まことや元人羅貫中《げんひとらくわんちう》が、水滸伝《すいこでん》にいへることあり、虎《とら》の人《ひと》を駈《か》けんとするに、もしあやまちて得《え》ざること、両三番《ふたたびみたび》に及《およ》ぶ時《とき》は、あへてまた容易《たやす》くせず、いささかその身《み》を退《しりぞか》して、さらに便宜《びんぎ》をうかがふ者《もの》とぞ。さればにや今《いま》この虎《とら》も、親兵衛《しんべゑ》が乗《の》りたる馬《うま》を、駈《か》け倒《たふ》さまく欲《ほり》すること、幾番《いくたび》にか及《およ》びしに、人馬《にんば》の進退至妙《しんたいしめう》にて、その便《たよ》りを得《え》ざりしかば、勢《いきほ》ひ撓《たゆ》みて、近《ちか》づき得《え》ず。そこらに老《ふり》たる赤松《あかまつ》の、周匝十囲《めぐりひとかかえ》に余《あま》れるあり。すなはちこの樹《き》に身《み》を寓《よ》せて、背《そびら》を高《たか》くし、頭《かうべ》を低《た》れて、またその便宜《びんぎ》を待《ま》つ程《ほど》に、親兵衛《しんべゑ》は相距《あひさ》ること、すでにして七八《しちはち》

親兵衛《しんべえ》、虎《とら》を射《い》る

間《けん》、早《はや》くも馬《うま》を騎居《のりすゑ》て、弓《ゆみ》に箭《や》つがふ、程《ほど》しもあらせず、虎《とら》はたちまち頭《かうべ》を擡《もた》げて、走《はし》りかからんとしぬる処《ところ》を、よつびき固《かた》めて、ひやうと射《い》る、善射《ぜんしや》の弓《ゆん》勢《ぜい》、矢局《やつぼ》たがはず、虎《とら》は左《ひだり》の眼《まなこ》を射《い》られし、鏃《やじり》あまりて赤松《あかまつ》の、幹《みき》へ四五寸《しごすん》射《い》入《こ》めしかば、虎《とら》は一声高《ひとこゑたか》く哮《たけ》りて、その箭《や》を抜《ぬか》ん、ともがく処《ところ》を、親兵衛《しんべゑ》すかさず二《に》の箭《や》を発《とば》して、また只虎《ただとら》の右《みぎ》の眼《め》を、樹幹逼《きのみきせめ》てぞ串《つらぬ》きける。かくてぞ虎《とら》は両眼共《りやうめとも》に、射《い》られてその窮所《きうしよ》に堪《たへ》ねば、たちどころに衰《おとろ》へ果《は》てて、わづかにその尾《を》を動《うご》かすのみ。親兵衛《しんべゑ》はこれを見《み》て、得《え》たり、と馬《うま》より下《お》り立《た》ちて、走《はし》り近《ちか》づき、右《みぎ》の拳《こぶし》を、握固《にぎりかた》めつ、虎《とら》の眉間《みけん》を、三四《みつよつ》はた、とうちしかば、李広《りくわう》が弓勢《ゆんぜい》、馮婦《ひようふ》が強力《きやうりき》、両《ふたつ》ながら得《え》たりける、勇士《ゆうし》に勝《かつ》べき由《よし》もなき、虎《とら》は脳骨《ほね》砕《くだ》け皮陥《かはおちい》りて、軟々《なよなよ》として斃《たふ》れけり。

✲八犬士が集結してもまだまだ物語は続く。この場面は、話全体から見ると寄り道にも思える、親兵衛の京都行きである。『八犬伝』はこれまで、安房《あわ》と江戸を中心に関東甲信越を舞台としていた。馬琴はそれだけではもの足りず、日本の中心地である京都を描きたかったのかもしれない。

巨勢金岡《こせのかなおか》は実在の平安時代前期の宮廷画家。絵の中の動物が絵を抜け出す話はいくつかあるが、瞳を描くことがポイントになる。画竜点睛という語は、瞳を描き入れると竜の絵が完成し飛び去ったという故事から生まれた（睛は瞳の意味）。したがって親兵衛も瞳を狙ったのである。そして親兵衛が強い矢を放って虎の目を貫き幹に刺さるという描写も、この虎が二次元だったことを示唆している。

最後に登場する李広《りこう》は、前漢時代の武将で石に矢が刺さったというエピソードの持ち主。

馮婦《ひょうふ》は虎を手で捕まえたという伝説上の人物。『孟子』に記されている。

★名詮自性《みょうせんじしょう》

『八犬伝』の登場人物の名前に特徴があることは一読して気付く。それは、名詮自性と言って、名前はその人物の性格などを象徴するものである、という考えで馬琴が名付けたからだ。例えば、伏姫の「伏」は人偏に犬であり、いかにも犬と結婚する話にふさわしい人物名である。第九回では、以下のようなエピソードが記される。この姫が幼いとき老人に「この子が多病なのは悪霊の祟《たた》りによる。それは、伏姫という名前によってさとることができよう」と言われた。義実は、姫の誕生が夏の伏日《ふくじつ》（暦の上で特に暑いとされる日）なので伏姫と名づけたのであって、名前によると言われても思い当たる節がない。それが今回の八房との件で、「人であって犬に従う」という意味だったのか、まさに名詮自性だ、と慨嘆した。

さて、八犬士はいずれも「犬」を含む名字を持つ。「、大《ちゆだい》」法師は「犬」を分解した名であり、親兵衛の母親「沼藺《ぬい》」は「いぬ」をひっくり返したもの。親兵衛の父親は「八房」をひっくり返した「房八」だ。この点からも親兵衛は八犬士の中でも特別な存在であると思わせる。そして猎平《やすへい》の双子の息子は、力二郎、尺八だが、この二人の名前を合成すると「八房」となる。また猎平の本名は世四郎であり、犬塚信乃の飼い犬と同名である。以上、主要登場人物が「犬」「八房」に関連した名前で構成されているのだ。

、大の出家以前の姓名は金碗《かなまり》大輔で、父孝吉は物語の発端となった「神余《じんよ》光弘」の家臣であった。「かなまり」とは「神余《かんあまり》」が縮まったものであり、神とのつながりを思わせる、特別な姓なのである。だからこそ、八犬士は朝廷に「金碗」の姓を許してもらうべく親兵衛を使者として送ったのだ。なお、現在も千葉の館山には「神余《かなまり》」という地名があり神余小学校もある。

馬琴のみならず、江戸時代の小説類には、名前だけで性格や職業が類推できる登場人物も珍しくない。式亭三馬の『浮世風呂』に登場する国文学好きな二人の女性は「かも子」さんに「けり子」さんだ。和歌によく使われる、助詞「かも」と助動詞「けり」の人名化である。漫画の「サザエさん」の登場人物の名前が海産物で統一されているのも、こういった江戸以来の命名法を受け継いでいるのだ。

## ◈作戦《さくせん》に加《くわ》わるよう、大《ちゅだい》を説得《せっとく》する（百五十三回）

あらすじ（百四十六回〜）

親兵衛《しんべえ》は虎《とら》を退治《たいじ》したことを管領政元《かんれいまさもと》に褒《ほ》められ、安房《あわ》へと向かった。関東《かんとう》管領扇谷《かんれいおうぎがやつ》定正《さだまさ》は八犬士《はちけんし》らに恨《うら》みを持《も》っていることもあり、里見家《さとみけ》に悪感情《あくかんじょう》をいだいていた。そこで里見家《さとみけ》を討《う》つべく山内顕定《やまのうちあきさだ》や滸我《こが》（足利《あしかが》）成氏《なりうじ》らと連合《れんごう》軍《ぐん》を結成《けっせい》する。親兵衛《しんべえ》のまだ帰《かえ》ってこない里見家《さとみけ》では、毛野《けの》らを中心《ちゅうしん》に戦《たたか》いの準備《じゅんび》を始《はじ》めた。戦《たたか》いの作戦上《さくせんじょう》、、大《ちゅだい》の助力《じょりょく》を必要《ひつよう》としたが、、大《ちゅだい》は出家《しゅっけ》の身《み》であることを理由《りゆう》に戦《たたか》いへの参加《さんか》を拒《こば》むという。そこで、毛野《けの》らは直接《ちょくせつ》、、大《ちゅだい》のところへ向《む》かった。

犬坂毛野《いぬさかけの》と犬村大角《いぬむらだいかく》はともに普段着《ふだんぎ》で編《あ》み笠《がさ》を深《ふか》くかぶり、わずか二人《ふたり》の供《とも》を連《つ》れて、ひそかに白浜《しらはま》の延命寺《えんめいじ》へと赴《おもむ》いた。この時《とき》、、大法師《ちゅだいほうし》は病《やまい》がやや快方《かいほう》に向《む》かっているものの、まだ方丈《ほうじょう》に籠《こも》っていた。

「毛野《けの》と大角《だいかく》がお館様《やかたさま》の御使《おつか》いを承《うけたまわ》って来《き》ました」

と申《もう》し上《あ》げたので、止《や》むを得《え》ず小坊主《こぼうず》の念戌《ねんじゅつ》に方丈《ほうじょう》へ案内《あんない》させ、着替《きが》えもせず対面《たいめん》する。その時毛野《ときけの》は大角《だいかく》とともに上座《かみざ》に着《つ》いて言《い》う。

「先生《せんせい》、お具合《ぐあい》はいかがですか。昨日《きのう》は軍旅《ぐんりょ》のことでお館様《やかたさま》がお召《め》しになったのに、先生《せんせい》はこれこれと難儀《なんぎ》を述《の》べて、参上《さんじょう》していただけませんでしたので、ご命令《めいれい》をお伝《つた》えするために、我々《われわれ》が御使《おつか》いに参《まい》りました。しばしお人払《ひとばら》いをお願《ねが》いします」

と言《い》うのを、大《ちゅだい》は聞《き》いて
「その通《とお》りです。出家《しゅつけ》にふさわしくないことですので、軍旅《ぐんりょ》のことでしたら、再《ふたた》びのご命令《めいれい》もお受《う》けできません。それに人《ひと》はいません。ただこの念《ねん》戌《じゅつ》だけ。彼《かれ》は腹心《ふくしん》の弟子《でし》ですからおりましてもかまわないでしょう。さあお茶《ちゃ》を差《さ》し上《あ》げなさい」

と急《いそ》がせれば、念戌《ねんじゅつ》は心得《こころえ》て厨《くりや》の方《ほう》へ退出《たいしゅつ》した。

しばらくして大角《だいかく》が言《い》うのには

「先生《せんせい》はご存《ぞん》じないかもしれませんが、あの管領《かんれい》の扇谷《おうぎがやつ》が、我々《われわれ》を憎《にく》んでおり、この度山内顕定《たびやまのうちあきさだ》と和睦《わぼく》し、かつ諸侯《しょこう》を連《つら》ね大軍《たいぐん》で当家《とうけ》を討《う》とうとしています。実《じつ》に危急存亡《ききゅうそんぼう》の秋《とき》です。そこでお館様《やかたさま》は昼夜《ちゅうや》を問《と》わず軍義《ぐんぎ》にかかりきりです。犬坂《いぬさか》を軍師《ぐんし》になされ、犬塚《いぬつか》以下《いか》我々《われわれ》を防衛担当《ぼうえいたんとう》に任命《にんめい》なさいました。そして先生《せんせい》にお願《ねが》いして計略《けいりゃく》を立《た》てようと望《のぞ》んでいらっしゃるのに、病《やまい》は癒《い》えながら渋《しぶ》って参上《さんじょう》なさらないのは、おごっているのか、過《あやま》った判断《はんだん》か。たとえ出家《しゅっけ》でもその国《くに》にいて、その国《くに》が滅《ほろ》びるのを座視《ざし》しているなら、それは不忠不義《ふちゅうふぎ》の罪《つみ》を免《まぬが》れないでしょう。それともそれが釈迦《しゃか》の教《おし》えですか」

となじる。

、大《ちゅだい》は聞《き》くまでもなく

「そうです。私《わたし》は通常《つうじょう》の出家《しゅっけ》と同《おな》じではありません。命《いのち》のご恩《おん》がございます両《りょう》お館様《やかたさま》の為《ため》に常《つね》に冥福《めいふく》を祈《いの》ることが私《わたし》の職分《しょくぶん》です。当藩《とうはん》は小《ちい》さくても賢臣《けんしん》や勇士《ゆうし》がたくさんいます。この度《たび》は軍旅《ぐんりょ》に必要《ひつよう》ない出家《しゅっけ》をそのような席《せき》に呼《よ》び寄《よ》せてどうしようというのですか。薦《すす》める者《もの》が間違《まちが》っています。思《おも》いがけないことだ」

と辞《じ》退《たい》するのを、毛野《けの》は押《お》しとどめて

「先生《せんせい》に意見申《いけんもう》し上《あ》げるのは失礼《しつれい》ではありますが、あなたは一《いち》をお知《し》りになって二《に》をご存《ぞん》じない。敵《てき》は船戦《ふないくさ》を目指《めざ》し、数百艘《すうひゃくそう》の戦船《いくさぶね》を連《つら》ねて攻《せ》めようとしています。このことは既《すで》にわかっています。その敵《てき》の船《ふね》をやっつけるのには風《かぜ》と火《ひ》に勝《まさ》るものはありません。そして、敵《てき》の為《ため》に風《かぜ》を起《お》こすという計略《けいりやく》を行《おこな》えるのは先生《せんせい》以外《いがい》にはおりません。甲冑《かっちゅう》を身《み》に着《つ》け、馬《うま》に乗《の》って矛《ほこ》を振《ふ》り回《まわ》して敵《てき》を討《う》てとの仰《おお》せであるならば、出家《しゅつけ》にふさわしくないと辞《じ》退《たい》なさるのも当然《とうぜん》でしょう。ただ君《きみ》のため、民《たみ》のために、姿《すがた》を変《か》え、名《な》も隠《かく》して敵《てき》を欺《あざむ》いて風《かぜ》を祈《いの》るのなら、これは人々《ひとびと》を救《すく》う方便《ほうべん》であって、嘘《うそ》をついてはいけないとの戒《いまし》めを破《やぶ》るものではありません。このことをよくよくお考《かんが》えなさってください」

と説得《せっとく》され、、大《ちゅうだい》は考《かんが》えて

「それは理屈《りくつ》ではあるけれども、風《かぜ》を起《お》こし、その風故《かぜゆえ》に船《ふね》を焼《や》いて敵《てき》を滅《ほろ》ぼしたなら、自分《じぶん》の手《て》で人《ひと》を殺《ころ》すのと同《おな》じだ。たとえ頭《あたま》をはねられてもそのような殺生《せっしょう》ができるわけがない」

といよいよ固辞《こじ》して聞《き》き入《い》れない。

大角《だいかく》は静《しず》かに論《ろん》ずる。

「先生《せんせい》のお考《かんが》えは矛盾《むじゅん》しませんか。風《かぜ》で敵《てき》を破《やぶ》るのを殺生《せっしょう》としてお嫌《きら》いになるのなら、敵《てき》が勝利《しょうり》の上《うえ》やってきて城《しろ》を滅《ほろ》ぼし人々《ひとびと》を屠《ほふ》るでしょう。それは先生《せんせい》の心一《こころひと》つによって、味方《みかた》の士卒《しそつ》を千人《せんにん》も万人《まんにん》も自《みずか》ら殺《ころ》しなさることと同《おな》じでしょう。利《り》か害《がい》か、損《そん》か益《えき》か、今回《こんかい》の件《けん》ではいずれかを選《えら》ばねばならないのです。敵《てき》を害《がい》さないのと、味方《みかた》の戦《たたか》いを助《たす》けるのと、その功《く》徳《どく》はいずれが大《おお》きいですか。風《かぜ》によって敵《てき》を殺《ころ》すことを心配《しんぱい》なさるならば、戦《いくさ》に勝《か》った後《のち》に施餓鬼《せがき》によって敵《てき》の菩提《ぼだい》を弔《とむら》い、浄土《じょうど》にお導《みちび》きください。生《い》けるものは必《かなら》ず死《し》を迎《むか》えます。が、死《し》んで引導《いんどう》を受《う》け、成仏《じょうぶつ》することはなかなかできませんから、菩《ぼ》提《だい》を弔《とむら》えば皆喜《みなよろこ》ぶでしょう。お引《ひ》き受《う》けいただけないのは千慮《せんりよ》の一失《いっしつ》というものです」
と理屈《りくつ》で攻《せ》める二人《ふたり》の才子《さいし》の意見《いけん》に、大《ちゅだい》は困《こま》り果《は》て、黙《だま》ったましばらく時《とき》がたつ。
、大《ちゅだい》はよく考《かんが》えてうなずき
「そうであるなら致《いた》し方《かた》ありません。私《わたし》はその計画《けいかく》に従《したが》ってどのようにでも致《いた》しますが、私《わたし》の法力《ほうりき》でどうすれば風《かぜ》をおこせますか」といぶかって問《と》うと、毛野《けの》は微笑《ほほえ》んで懐《ふところ》から甕襲《みかそ》の玉《たま》を袋《ふくろ》のまま出し、、大《ちゅだい》に示《しめ》して言《い》うのには
「先生《せんせい》、まずこれをご覧《らん》ください。これは先日妙椿《せんじつみようちん》狸《たぬき》が風《かぜ》を起《お》こした宝《たから》物《もの》で例《れい》の甕襲《みかそ》の玉《たま》です。これを使《つか》えば東西南北《とうざいなんぼく》思《おも》いのままに強《つよ》い風《かぜ》を起《お》こすのは、投《な》げた縄《なわ》をひくよりやさしいことです。ですからお館様《やかたさま》にお願《ねが》い申《もう》し上《あ》げて持《も》ってきました。先生《せんせい》どうぞお使《つか》いください」と。

❖さる程《ほど》に、犬坂毛野胤智《いぬさかけのたねとも》、犬村大角礼儀《いぬむらだいかくまさのり》は、ともに野服《やつしぎぬ》にて、編笠《あみがさ》を深《ふか》くしつ、

毛野《けの》と大角《だいかく》、丶大《ちゆだい》を説得《せつとく》する

伴当《ともびと》わづかに二名《ふたり》を将《ゐ》て、ひそかに白浜《しらはま》なる、延命寺《えんめいじ》へ赴《おもむ》きしに、この時丶大法師《ときちゆだいほふし》は、風寒《ふうかん》の欠安《いたつき》、ややおこたるものから、なほたれこめて、方丈《はうぢやう》に在《を》り。「毛野《けの》・大角《だいかく》が、館《やかた》の御使《みつかひ》を奉《うけたまは》りて、来《き》にけり」と聞《きこ》えしかば、やむことを得《え》ず、沙弥《しやみ》念戌《ねんじゆつ》をもて、方丈《はうぢやう》へ迎《むか》へ入《い》れさせて、そがままにて対面《たいめん》す。その時毛野《ときけの》は、大角《だいかく》とともに、上坐《かみくら》に着《つき》ていふやう、「師父《しふ》、貴恙《みやまひ》は平安《へいあん》なるか。昨日《きのふ》は、軍旅《ぐんりよ》の事《こと》に就《つき》て、館《やかた》の召《め》させ給《たま》ひしに、師父《しふ》は云《かに》云《かく》と難義《なんぎ》を舒《のべ》て、え参《まゐ》り給《たま》はねば、なほ尊命《そんめい》を伝《つた》へん為《ため》に、我々御使《われわれおんつかひ》に参《まゐ》りたり。しばし左右《さいう》を遠《とほ》さけ給《たま》へ」といふを、大《ちゆだい》はうち聞《き》きて、「さなり。出家人《しゆつけにん》に相応《ふさは》しからぬ、軍陣《ぐんぢん》の事《こと》ならば、再命《さいめい》も承《うけたまは》るに及《およ》ばず。かつ左右《さいう》には人《ひと》あらず、ただこの念戌《ねんじゆつ》のみ、他《かれ》は腹心《ふくしん》の徒弟《をしえご》なり、侍《はべ》るとも、けしうはあらじ。やよ茶《ちや》をまゐらせよ」といそがせば、念戌《ねんじゆつ》はこころ得《え》て、厨《くりや》の方《かた》へぞ退《まか》りける。しばらくして大角《だいかく》がいふやう、「師父《しふ》はいまだ聞《き》き知《し》り給《たま》はずや。かの扇谷《あふぎがやつ》の管領《くわんれい》が、我々《われわれ》を憎《にく》むの故《ゆゑ》に、今番《こたび》山内顕定主《やまのうちあきさだぬし》と和睦《わぼく》して、かつ諸侯《しよこう》を連《つら》ね、大軍《たいぐん》をもて、水陸《すいりく》より当家《たうけ》を伐《うた》まくす。じつにこれ危急存亡《ききうそんばう》の秋《とき》なり。ここをもて館《やかた》には、宵衣旰食《よるころもをかさねひたけてくらひ》、軍議《ぐんぎ》に暇《いとま》をはしまさず。すなはち犬坂《いぬさか》を軍師《ぐんし》になされ、犬塚以下《いぬつかいか》我々《われわれ》を、禦使《ぎよし》に做《な》されたり。かつ師父《しふ》を請《こふ》て、謀計《はかりごと》を、示《しめさ》まく欲《ほり》し給《たま》ふに、御身《おんみ》の欠安《いたつき》はおこたりながら、渋《しぶ》りて参《まゐ》り給《たま》はぬは、そもそもおごれるか、はたあやまれるか。たとひ出家人《しゆつけにん》なりとても、その国《くに》に居《ゐ》て、その国《くに》の、亡《ほろ》ぶるを外《よそ》に見《み》ば、不忠不義《ふちうふぎ》の罪《つみ》、免《まぬか》るべからず。そもまた釈迦《しやか》の教《をしえ》なるか」と詰《なじ》るを、大《ちゆだい》は聞《きき》あへず。「さなり。我《われ》は庸常《よのつね》なる、出家人《しゆつけにん》と同《おな》じからず。命《いのち》の御恩《ごおん》をはします、両館《ふたやかた》の御為《おんため》に、つねに冥福《みやうふく》を祈《いの》るこそ、我職分《わがしよくぶん》といふべけれ。当藩褊小《たうはんへんせう》といふと雖《いへど》も、賢臣勇士《けんしんゆうし》に匱《とも》しからぬに、這回《こたび》はなどて人《ひと》なき如《ごと》く、軍旅《ぐんりよ》の事《こと》には要《えう》なかるべき、出家人《しゆつけにん》を然《さ》る席《むしろ》へ、召《めし》よせて何《なに》になされん、薦《すすむ》る者《もの》のわろきなり。思《おも》ひもかけぬ事《こと》にこそ」と辞《いろ》ふを毛野《けの》は推禁《おしとど》めて、「師父《しふ》、いと憚《はばか》りある言《こと》ながら、おん身《み》は、ただその一《いち》を知《し》りて、いまだその二《に》を知《し》り給《たま》はず。敵《てき》は水戦《ふないくさ》を旨《むね》として、数百艘《すひやくそう》の艨艦《いくさぶね》を、連《つら》ね渡《わた》して伐《うた》まく欲《ほり》す、この事《こと》すでに聞《きこ》えたり。その敵船《てきのふね》をとりひしぐは、風《かぜ》と火《ひ》に如《し》く者《もの》あらず。されば敵《てき》のために風《かぜ》を起《おこ》す、この算計《はかりごと》を行《おこな》はん者《もの》、今師父《いましふ》ならで外《ほか》に人《ひと》なし。それ甲冑《かつちう》を身《み》によろひ、馬《うま》に跨《の》り矛《ほこ》を舞《まは》して、敵《てき》を伐《うて》、とおほせなば、出家人《しゆつけにん》には似《に》げなしとて、いなみ給《たま》ふも理《ことわ》りならむ。ただ君《きみ》の為民《ためたみ》の為《ため》に、貌《かたち》を殊《こと》にし名《な》を隠《かく》し、敵《てき》を欺《あざむ》きて風《かぜ》を祈《いの》らば、これ善巧方便《ぜんこうはうべん》にて、妄語《まうご》の一戒《いましめ》を破《やぶ》るにあらず、この義《ぎ》を思《おも》ひ給《たま》へかし」と説《とか》れて、大《ちゆだい》はうち吟《あん》じて、「そはさる情由《わけ》もあるべけれども、風《かぜ》を起《おこ》して、その風所以《かぜゆゑ》に、船《ふね》を焼《やき》て敵《てき》を亡《ほろぼ》さば、手《て》づから人《ひと》を殺《ころ》すに同《おな》じ。よしや頭顱《かうべ》をはねらるるとも、さる殺生《せつしやう》をよくせんや」といよいよ固辞《いなみ》てきかざりしを、大角《だいかく》徐《しづか》に論《ろう》ずるやう、「師父《しふ》の主意《ふんべつ》、なぞ矛盾《むじゆん》せる。その風《かぜ》をもて敵《てき》を破《やぶ》るを、殺生《せつせう》として、嫌《きら》ひ給《たま》はば、大敵利《たいてきり》を得《え》て渡《わた》し来《き》て、城《しろ》を抜《ぬ》き人《ひと》を屠《ほふ》らん。さらば師父《しふ》の心単《こころひとつ》もて、自家《みかた》の士卒千万名《しそつせんまんにん》を、手《て》づから殺《ころ》し給《たま》ふに同《おな》じ。利害損益《りがいそんゑき》、この挙《きよ》に於《おい》て、いづれの道《みち》にも免《まぬか》るべからず。かかれば敵《てき》を害《そこな》ざると、御方《みかた》の戦《たたか》ひを幇助《たすく》ると、その功徳《くどく》いづれぞや。その風《かぜ》を起《おこ》すの故《ゆゑ》に、敵《てき》を殺《ころ》すの嫌《きら》ひあらば、凱旋《かちいくさ》の後《のち》、水陸道場《ふなせがき》もて、敵《てき》の菩提《ぼだい》を弔《とむら》ひ給《たま》はば、歓《よろこ》びて皆清果《みなせいくわ》を得《え》ん。それ生《せう》ある者《もの》は、かならず死《し》あり、死《し》して活仏《いきぼとけ》の引導《いんどう》を、受《うけ》んことはかたかるべし。疎《うと》きは千慮《せんりよ》の一失《いつしつ》か」と理《ことわ》り逼《せめ》たる両才子《ふたりのさいし》の、意見《いけん》に、丶大《ちゆだい》は困《こう》じ果《はて》て、黙然《もくねん》たること半《はん》ときばかり、思《おも》ひ復《かへ》しつうち頷《うなづ》きて、「しからんには是非《ぜひ》に及《およ》ばず。我《われ》その算計《はかりごと》に従《したが》ふて、左《と》も右《かく》もすべけれども、我法力《わがほふりき》もていかにして、風《かぜ》を起《おこ》す事《わざ》をよくせん。この義《ぎ》いかに」と訝《いぶか》り問《と》へば、毛野《けの》は咲《ゑみ》つつ懐《ふところ》より、甕襲《みかそ》の玉《たま》を、囊《ふくろ》のままに、出《いだ》して、丶大《ちゆだい》に示《しめ》していふやう。「師父《しふ》まづこれを見給《みたま》ひね。こはさきに妙椿狸児《みやうちんたぬき》が、風《かぜ》を起《おこ》し奇貨《くしたから》にて、かの甕襲《みかそ》の玉《たま》、すなはちこれなり。さればこれをもて招《まね》くときは、東西南北《とうざいなんぼく》思《おも》ひのままに、勁風《ときかぜ》を起《おこ》さんこと、投《な》げたる索《なは》を引《ひ》くより易《やす》かり、故《ゆゑ》に館《やかた》に乞《こひ》まつりて、携《たづさ》へ来《き》て、師父《しふ》の所用《しよよう》とす。

＊、大法師《ちゆだい》は、八犬士を里見に仕えさせることで、自分の仕事は終わったと思ったのだろう。ところが馬琴はさらに八犬士と協力して戦に臨む場面を用意したのである。この場面での毛野と大角の理屈は、いわば正当防衛の論理である。自分の国が滅ぶくらいなら敵を多数殺すのもやむを得ない、という理屈は近代の戦争に際しても用いられる。

「甕襲《みかそ》の玉」は『日本書紀』に記された伝説に基づいた宝玉である。その伝説は「昔、丹波《たんば》国に甕襲という人物がおり、その家には足往《あゆき》という名の犬がいた。この犬はむじなを食い殺したが、むじなの腹に八尺瓊《やさかに》の勾玉《まがたま》があり、それを献上した。」というもの。むじなとは狸であり、妙椿と結びつく。そして犬が関わっているのだから『八犬伝』にはふさわしいアイテムだ。ただこの甕襲の玉に風を起こす力があるという部分は馬琴の創作である。

## ◈行徳口《ぎようとくぐち》での小文吾《こぶんご》の活躍《かつやく》（百六十四回）

あらすじ（百五十三回〜）

いよいよ里見家《さとみけ》と扇谷《おうぎがやつ》・山内両管領《やまのうちりようかんれい》の戦《たたか》いが間近《まぢか》に迫《せま》ってきた。大角《だいかく》と、大《ちゆだい》は敵《てき》の様子《ようす》を探《さぐ》るため、偽名《ぎめい》を名乗《なの》って、扇谷定正《おうぎがやつさだまさ》・山内顕定《やまのうちあきさだ》に近《ちか》づく。風外道人《ふうがいどうじん》こと、大《ちゆだい》は、風《かぜ》を起《お》こす術《じゆつ》を両管領《りようかんれい》に見《み》せ、十二月八日《じゆうにがつようか》に里見《さとみ》の水軍《すいぐん》を攻《せ》めるのがよいと勧《すす》める。

里見家《さとみけ》でも、大角《だいかく》からの情報《じようほう》を得《え》て戦《たたか》いの準備《じゆんび》を進《すす》めた。文明十五年十二月《ぶんめいじゆうごねんじゆうにがつ》八日《ようか》ついに行徳口《ぎようとくぐち》、国府台《こうのだい》、洲崎《すざき》の三箇所《さんかしよ》で同時《どうじ》に決戦《けつせん》が始《はじ》まる。行徳口《ぎようとくぐち》では小文吾《こぶんご》・荘介《そうすけ》の二犬士《にけんし》が奮戦《ふんせん》していた。樫《かし》の棒《ぼう》を持《も》った小文吾《こぶんご》は、金棒《かなぼう》を振《ふ》り回《まわ》す上水和四郎束三《うえみずわしろうつかみつ》と馬上《ばじよう》で戦《たたか》っていたが、鉞《まさかり》を手《て》にした赤熊如牛太猛勢《しやくまによぎゆうたたけなり》が束《つか》三《みつ》に助勢《じよせい》してきた。

戦《たたか》いが続《つづ》き、犬田小文吾《いぬたこぶんご》はこの二人《ふたり》の強敵《きようてき》を十分《じゆうぶん》に疲《つか》れさせ、二人《ふたり》ともに腕《うで》が乱《みだ》れた隙《すき》を見定《みさだ》めたので、「おっ」と声《こえ》を挙《あ》げて撃《う》つ棒《ぼう》を、束三《つかみつ》は受《う》け止《と》める余裕《よゆう》がない。おぞましくも項《うなじ》をぱしっと打《う》たれて、兜《かぶと》も骨《ほね》も砕《くだ》けたのだろうか「あっ」と叫《さけ》ぶひまもなく馬《うま》からどっと落《お》ちる。そのとき小文吾《こぶんご》の生木《なまき》の棒《ぼう》も中《なか》ほどからぽきりと折《お》れたので、小文吾《こぶんご》はすぐに束三《つかみつ》の金棒《かなぼう》の先《さき》をつかんで、地上《ちじょう》に落《おと》さず取《と》り上《あ》げる。そこに赤熊猛勢《しゃくまたけなり》は
「仲間《なかま》の仇《あだ》、逃《のが》すものか」
と叫《さけ》びながら向《む》かってくる。鉞《まさかり》で犬田《いぬた》の頭《あたま》を撃《う》とうとするが、少《すこ》しも隙《すき》を見《み》せない小文吾《こぶんご》は馬上《ばじょう》に身《み》をかわす。猛勢《たけなり》の鉞《まさかり》は狙《ねら》いが外《はず》れて小文吾《こぶんご》の乗《の》った馬《うま》のたてがみを襲《おそ》い頭《あたま》を切《き》り落《お》としてしまった。その瞬間《しゅんかん》小文吾《こぶんご》は、馬《うま》が倒《たお》れる前《まえ》に身《み》を飛《と》ばして、束三《つかみつ》の馬《うま》にひらりと乗《の》り移《うつ》って例《れい》の八角《はっかく》の金棒《かなぼう》を振《ふ》り上《あ》げる。その速《はや》さは目《め》に見《み》えないほど。赤熊如牛太猛勢《しゃくまにょぎゅうたたけなり》の右《みぎ》の肩先《かたさき》から襟骨《えりぼね》にかけて力《ちから》に任《まか》せて撃《う》ったので、たまらない。猛勢《たけなり》は肩《かた》の骨《ほね》が砕《くだ》けて、持《も》っていた鉞《まさかり》を落《おと》して人馬《じんば》もろともに地上《ちじょう》にどっと倒《たお》れ、そのまま息絶《いきた》えてしまった。犬田《いぬた》のこの日《ひ》の働《はたら》きは敵《てき》も味方《みかた》も目《め》を丸《まる》くするば

かりで後《うし》ろに続《つづ》く者《もの》もないほどである。
その時犬川荘介《ときいぬかわそうすけ》は、手《て》にした采配《さいはい》を打《う》ち振《ふ》って
「かかれ、かかれ」と兵《へい》を鼓舞《こぶ》する。戦《いくさ》の潮時《しおどき》は今《いま》だ、と勇《いさ》む登桐三八《のぼきりさんはち》郎《ろう》・満呂復五郎《まろまたごろう》・再太郎《さいたろう》・安西就介《あんさいなりすけ》、その他《た》雑兵《ぞうひょう》端武者《はむしゃ》に至《いた》るまで、皆《みな》洪水《こうずい》の押《お》し寄《よ》せるように、あるいは大山《たいさん》の崩《くず》れるように、どっと挙《あ》げたときの声《こえ》と共《とも》に前後《ぜんご》を争《あらそ》い、真直《まっす》ぐに前《まえ》を見《み》て槍《やり》の穂先《ほさき》を揃《そろ》えて寄《よ》せ手《て》の陣《じん》中《ちゅう》へと突《つ》きかかり突《つ》き崩《くず》す。その勢《いきお》いは止《と》まらない。寄《よ》せ手《て》は、誰《だれ》も敵《かな》う者《もの》はないだろうと頼《たの》もしく思《おも》っていた上水和四郎《うえみずわしろう》、赤熊如牛太《しゃくまにょぎゅうた》を、犬田《いぬた》に倒《たお》されて力《ちから》を失《うしな》い、茫然《ぼうぜん》としている。そこに犬川《いぬかわ》が攻《せ》め入《い》り、始《はじ》めて事《こと》が起《お》こったかのように驚《おどろ》き乱《みだ》れて混乱《こんらん》のきわみだ。この状態《じょうたい》では大将自胤《たいしょうよりたね》や原胤久《はらたねひさ》も立《た》てなおすことは不可能《ふかのう》で、
「引《ひ》き返《かえ》せ」と叫《さけ》ぶだけ。逃《に》げる兵《へい》と共《とも》に崩《くず》れた陣《じん》のまま後方《こうほう》へ退《しりぞ》くと、朝良《ともよし》も憲重《のりしげ》も「どうしたことだ」と言《い》ったきりでとどめることなどとてもできない。ついに総敗軍《そうはいぐん》となってしまった。

そこで里見《さとみ》の二犬士《にけんし》は、逃《に》げる寄《よ》せ手《て》を深追《ふかお》いせず、兵《へい》を引《ひ》き揚《あ》げさせて五本松《ごほんまつ》に人馬《じんば》を集《あつ》める。敵《てき》の捨《す》てた陣営《じんえい》に入《はい》って、兵《へい》の軍功《ぐんこう》を尋《たず》ねると、登桐三八《のぼきりさんはち》・満呂親子《まろおやこ》・安西就介《あんさいなりすけ》ら、その他《た》の諸士《しょし》も分捕《ぶんど》りが多《おお》い。しかし、犬田《いぬた》があの二人《ふたり》を討《う》ち果《は》たし、寄《よ》せ手《て》二万五《にまんご》、六千《ろくせん》の胆《きも》を潰《つぶ》した、その武《ぶ》功《こう》に及《およ》ぶ者《もの》がいるはずもない。荘介《そうすけ》は賞嘆《しょうたん》し小文吾《こぶんご》に向《む》かって言《い》う。

「貴殿《きでん》の今日《きょう》の働《はたら》きは和漢《わかん》に類《たぐい》のないほどのものです。おかげで敵《てき》の勢《いきお》いをくじいたことはもちろん、味方六《みかたろく》、七千《しちせん》の小人数《こにんずう》を元気付《げんきづ》け、二万五千《にまんごせん》の大軍《たいぐん》をただ一息《ひといき》に切《き》り崩《くず》したのは、貴殿一人《きでんひとり》の力《ちから》によるものです。ちょっと余計《よけい》なことを申《もう》し上《あ》げます。貴殿《きでん》は我々《われわれ》の大将《たいしょう》ですから、兵《へい》の為《ため》に自《じ》愛《あい》して、最終的《さいしゅうてき》に勝《か》つことをお考《かんが》えいただきたかった。たとえ軍功《ぐんこう》はあっても、匹夫《ひっぷ》の勇《ゆう》をふるい、兵《へい》をも共《とも》にせず、あの二人《ふたり》の強敵《きょうてき》と戦《たたか》いなさったのはあまりにも危険《きけん》です。あの時《とき》もし寄《よ》せ手《て》の陣《じん》から狙《ねら》って矢《や》が放《はな》たれたら防《ふせ》ぎようがなかったでしょう。釈迦《しゃか》に説法《せっぽう》というようなものですが、思《おも》うところを申《もう》し上《あ》げました。これは後《あと》のためですので」

と筋《すじ》を通《とお》して諫《いさ》めたところ、小文吾《こぶんご》は聞《き》きつつ感服《かんぷく》して
「お教《おし》え実《じつ》にその通《とお》りです。私《わたし》もそのことを思《おも》わないではなかったのですが、あの上水和四郎《うえみずわしろう》、赤熊如牛太《しゃくまにょぎゅうた》は有名《ゆうめい》な猛者《もさ》であり、将衡《まさひら》と村禽《むらとり》ははかなく撃《う》たれ、良干《よしゆき》も危《あや》ういところでした。敵《てき》が勢《いきお》いに乗《の》ると今日《きょう》の戦《たたか》いがどうなってしまうかわからない状態《じょうたい》だったのです。そこで私《わたし》はやむを得《え》ず、力《ちから》を奮《ふる》ったというわけです。あえて武芸《ぶげい》を見《み》せたり、名誉《めいよ》を求《もと》めたのではありませんが、貴殿《きでん》の諫《いさ》めは価千金《あたいせんきん》、私《わたし》の過《あやま》ちを知《し》ることができました」

❖すでにして犬田小文吾《いぬたこぶんご》は、この両個《ふたり》の強敵《きやうてき》を、思《おも》ひのままに疲労《つから》して、甲乙《これかれ》ともに腕《ただむき》の、乱《みだ》るる透《すき》を得《え》たりしかば、乙《おつ》とおめきて撃《う》つ棒《ぼう》を、束三《つかみつ》ささゆるに遑《いとま》なく、鈍《おぞ》くも頸《うなじ》をはたと撃《うた》れて、頭鎧《かぶと》も骨《ほね》も砕《くだ》けけん、「あつ」と一声叫《ひとこゑさけ》びも果《はて》ず、馬《うま》よりだうと墜《おつ》る時《とき》、小文吾《こぶんご》が生木《なまき》の棒《ぼう》も、中《なか》よりほき、と折《お》れしかば、小文吾《こぶんご》早《はや》く、束三《つかみつ》が、鉄撮棒《かなさいぼう》のうらをつかみて、地上《ちぜう》に落《おと》さず拿《と》り留《と》めける、程《ほど》しもあらせず赤《しや》熊猛勢《くまたけなり》、「朋輩《ほうばい》の仇逃《あたのが》さじ」と叫《さけ》びすすみつ鉞《まさかり》もて、犬田《いぬた》が頭《かうべ》を撃《うた》んとするに、ち

小文吾《こぶんご》、如牛太《によぎゆうた》と和四郎《わしろう》を倒《たお》す

つとも透《すき》をあらせざりける、小《こ》文吾《ぶんご》馬上《ばぜう》に身《み》を反《かは》せば、猛勢《たけなり》が撃《う》つ鉞児《まさかり》は、ねらひ外《はづ》れて、小《こ》文吾《ぶんご》が、乗《のつ》たる馬《うま》のたてがみかけて、頸《かうべ》をはたと切《き》り落《おと》す、かの時遅《ときおそ》し、この時速《ときはや》し、小文吾《こぶんご》は我馬《わがうま》の切《き》られて仆《たふ》れんとしぬる時《とき》、仆《たふ》しも果《は》てず身《み》を飛《と》ばして、今東三《いまつかみつ》に放《はな》れてありける、馬《うま》にひらりと乗移《のりうつ》りて、かの八《はつ》角《かく》なる鉄撮棒《かなさいぼう》を、振《ふ》り上《あ》ぐる手《て》も見《み》せず、赤熊如牛太《しやくまによぎうた》猛勢《たけなり》の、右《みぎ》の肩尖《かたさき》、項骨被《えりぼねかけ》て、力《ちから》に儘《まか》して撃《うち》しかば、いかにして堪《たま》在るべき、猛勢《たけなり》は肩骨《かたぼね》摧《くだ》けて、握《にぎ》り持《もつ》たる鉞児《まさかり》を、落《おと》して人馬《にんば》もろともに、地上《ちぜう》にだうと撃伏《うちふせ》られて、そがまま息《いき》は絶《たえ》にけり。されば犬田《いぬた》がこの日《ひ》のはたらき、敵《てき》も自家《みかた》も目《め》を驚《おどろか》して、その緒《を》を接《つが》んと欲《ほり》する者《もの》なし。

その時犬川荘介《ときいぬかはさうすけ》は、執《とつ》たる麾《ざい》をうち揮《ふ》りて、「かかれかかれ」と士卒《しそつ》を進《すす》むる、軍《いくさ》の潮前《しほさき》、時《とき》こそよけれ、と勇《いさ》む登桐山八郎《のぼきりさんはちらう》・満呂復五郎《まろまたごらう》・再太郎《さいたらう》・安西就介《あんさいなりすけ》、いへばさらなり、雑兵《ざふひやう》仂武者《はむしや》に至《いた》るまで、皆洪水《みなこうずい》の衝《つ》く如《ごと》く、また大山《たいさん》の崩《くづ》るるごとく、「どつ」と揚《あげ》たる喊《とき》の声《こゑ》と、ともに前後《ぜんご》を相争《あひあらそ》ふて、面《おもて》も振《ふ》らず鎗《やり》の尖頭《ほさき》を、揃《そろへ》て寄隊《よせて》の陣中《ぢんちう》へ、突《つき》かかり衝頽《つきくづ》す、勢《いきほ》ひに誰《たれ》か中《あた》るべき。寄隊《よせて》は、万夫《ばんぷ》にまされりと、さしも負《たのも》しく思《おも》ひたる、上水和四郎《うへみづわしらう》、赤熊如牛太《しやくまによぎうた》を、犬田《いぬた》に撃《うた》せて力《ちから》を喪《うしな》ひ、勢《いきほ》ひくじけて忙然《ぼうぜん》たりしに、また犬川《いぬかは》に先《さき》を駈《か》けられて、始《はじめ》て事《こと》の起《お》こりしごとく、驚《おどろ》き乱《みだ》れて、辟易《へきゑき》す。一陣《いちぢん》すでに敗《やぶ》れては、大将自胤《たいせうよりたね》、原胤久《はらたねひさ》も、また立《た》て直《なほ》すことを得《え》ず、「返《かへ》せ返《かへ》せ」と喚《よ》ばはるのみ。逃《に》ぐる士卒《しそつ》に誘引《さそは》れて、くづれて後陣《ごぢん》へなだれかかれば、朝良《ともよし》も憲重《のりしげ》も、「こはいかに」とばかりに、制《とど》むべくもあらざれば、つひに総敗軍《そうはいぐん》にぞなりにける。

されば里見《さとみ》の二犬士《にけんし》は、逃《に》ぐる寄隊《よせて》を遠《とほ》くおはず、程《ほど》よく士卒《しそつ》を喚返《よびかへ》させて、人《にん》馬《ば》を聚《つど》へて、五本松《ごほんまつ》にあり。敵《てき》の棄《す》てたる陣営《ぢんえい》に入替《いりかは》りて、士卒《しそつ》の軍功《ぐんこう》を尋《たづ》ぬるに、登桐山八《のぼきりさんはち》、満呂《まろ》親子《おやこ》、安西就介《あんさいなりすけ》ら、この余《よ》も諸士《しよし》に分捕《ぶんどり》多《おほ》かり。しかれども、犬田《いぬた》がかの二勇士《にゆうし》を撃《う》ち果《はた》して、寄隊《よせて》二万五六千《にまんごろくせん》の、胆魂《きもだましひ》をとりひしぎける、その武《ぶ》その功《こう》に及《およ》ぶべき者《もの》あらず。荘介《さうすけ》これを嘆賞《たんせう》して、かつ小文吾《こぶんご》に向《むか》ひていふやう、「和殿《わどの》今日《けふ》のはたらきは、和漢《わかん》にたぐひ多《おほ》く得《え》がたし。ここをもて敵《てき》はさらなり、自家六七千《みかたろくしちせん》の小勢《こぜい》をもて、二万五千《にまんごせん》の大敵《たいてき》を、ただ一呼吸《ひといき》にきりくづせしは、和殿《わどの》一箇《ひとり》の力《ちから》に依《よ》れり。我及《わがおよば》ざるところなれども、和殿《わどの》は、当陣《たうぢん》の、上将《じやうせう》でありながら、士卒《しそつ》の為《ため》に自愛《じあい》して、始終《しじう》の勝《かち》を思《おも》ひ給《たま》はずや。たとひその功《こう》ありとても、匹夫《ひつぷ》の勇《ゆう》を事《こと》として、あへて士卒《しそつ》に譲《ゆづ》る事《こと》なく、かの二強敵《にきやうてき》と戦《たたか》ひ給《たま》ひしは、いと危《あやふ》しとも危《あやふ》かりき。かの時《とき》もし寄隊《よせて》の陣《ぢん》より、ねらひ近《ちか》づきて箭《や》を飛《とば》さば、和殿《わどの》防《ふせ》ぐに由《よし》なからん。孔子《くし》に語道《ごだう》に似《に》たれども、愚意《ぐゐ》の及《およ》ぶ所《ところ》をいふのみ。こは後《のち》の為《ため》なればと理《ことわ》りを演《のべ》て諫《いさ》むれば、小文吾《こぶんご》ききつつ感服《かんふく》して、「教諭《きやうゆ》まことにその理《り》あり。我《われ》もまた始《はじめ》より、思《おも》はざるにあらねども、かの上水和四郎《うへみづわしらう》、赤熊如牛太《しやくまによぎうた》は、その名《な》ほぼ聞《きこ》えたる猛者《もさ》なればこそ、将衡《まさひら》と村禽《むらとり》は、はかなく撃《うた》れて、良干《よしゆき》もまた危《あやふ》かりき。敵《てき》もし勝《かつ》に乗《の》るならば、今日《けふ》の闘戦《たたかひ》いかがあるべき、勝敗《せうはい》いまだ知《し》るべからず。この故《ゆゑ》に我《われ》やむことを得《え》ず、一臂《いつぴ》の力《ちから》を尽《つく》せしのみ。あへて武芸《ぶげい》を見《あら》はし、誉《ほまれ》を求《もと》めて、匹夫《ひつぷ》の勇《ゆう》を好《この》むにあらねど、和殿《わどの》の諫《いさ》めは千金《せんきん》にて、我《わが》あやまちを知《し》るに足《た》れり。

✲ここでの戦いの描写はまるで映像を見ているように躍動感があふれている。『八犬伝』には多くの戦いが描かれるが、それぞれ道具や状況にくふうが見られ、飽きさせない。長編を読ませる力は構想力以上に、こういった描写力であろう。馬琴のすぐれた力量がわかる。

戦いに勝った後、荘助が小文吾を諫《いさ》める。八犬士は自らも腕力があり、戦の指揮を執らせても強く、相応のプライドを持つ。また、正義を重んじ、人情にも篤く、礼を忘れない。いわば理想的な人物だが、それぞれに特徴があり、多少の欠点がないわけではない。しかしその欠点を互いに諫めるという、向上心と謙遜の精神を持ち合わせている。神懸かり的な活躍は、不思議な玉のおかげでもあるのだが、読者はそれだけでは満足しないだろう。八犬士それぞれの人間性が魅力的であるからこそ、危機を乗り越え、敵を倒す描写にわくわくするのである。

## ◈国府台《こうのだい》での戦《たたか》いで猪《いのしし》を使《つか》う（百六十六回）

あらすじ（百六十四回〜）

国府台《こうのだい》では十二月六日《じゅうにがつむいか》より戦《たたか》いが始《はじ》まり、山内顕定《やまのうちあきさだ》や足利成氏《あしかがなりうじ》らの三万五《さんまんご》六千の兵《ろくせんのへい》が戦車《せんしゃ》を用《もち》いて里見方《さとみがた》へ攻《せ》めこんだ。現八《げんぱち》が活躍《かつやく》するが、あまりに敵《てき》が多《おお》く、壊滅《かいめつ》させるまでにはいたらない。そこで現八《げんぱち》と信乃《しの》は、人《ひと》に馴《な》れた猪六十五頭《いのししろくじゅうごとう》に松明《たいまつ》を結《むす》び付《つ》けて戦車《せんしゃ》を襲《おそ》わせるという奇策《きさく》を八日《ようか》の未明《みめい》に実《じっ》行《こう》する。

さて管領方《かんれいがた》の寄《よ》せ手《て》は、二日間《ふつかかん》ゆっくりとする暇《ひま》もなく、敵《てき》が気《き》になってろくに眠《ねむ》ることもできなかった。この夜《よる》は真夜中過《まよなかす》ぎる頃《ころ》から、岡《おか》に構《かま》えた里見《さとみ》の陣営《じんえい》が静《しず》まり、攻《せ》め鼓《つづみ》の音《おと》もせず、かがり火《び》の光《ひかり》まで細《ほそ》くなった。さては二犬士《にけんし》も休《やす》んで明日《あす》の夜《よる》を待《ま》っているのだろうか、と思《おも》わない者《もの》はなかったので、盾《たて》を敷《し》いたり箙《えびら》を枕《まくら》にしたりして眠《ねむ》る者《もの》が多《おお》い。そろそろそろ夜《よ》が明《あ》けようとする頃《ころ》、敵陣《てきじん》がにわかに活気付《かっきづ》き、鉦《かね》や太鼓《たいこ》が打《う》ち鳴《な》らされ、天地《あめつち》を動《うご》かすほどのときの声《こえ》が挙《あ》がる。その声《こえ》とともに矢《や》を射出《いだ》し、鉄砲《てっぽう》をぶっ放《ぱな》して三方向《さんほうこう》から一時《いちどき》に下《くだ》る勢《いきお》いは先《さき》ほどとは大違《おおちが》いである。

そして大《おお》きな猪《いのしし》が何十頭《なんじっとう》も牙《きば》に松明《たいまつ》を結《むす》びつけ、真《ま》っ先《さき》に走《はし》って、三方《さんぽう》から寄《よ》せ手《て》の陣《じん》になだれ込《こ》む。これらの猪《いのしし》は特《とく》に獰猛《どうもう》で、寄《よ》せ手《て》が多人数《たにんずう》であるのもかまわず、敵《てき》の先陣《せんじん》に用意《ようい》した戦車《せんしゃ》の下《した》をくぐって正面《しょうめん》へ抜《ぬ》けるものもあれば、車《くるま》を飛《と》び越《こ》えて人《ひと》も馬《うま》も選《えら》ばず倒《たお》していくものもある。牙《きば》の松明《たいまつ》は散乱《さんらん》してすぐに戦車《せんしゃ》に燃《も》え移《うつ》る。

里見《さとみ》の兵《へい》は、かねて信乃《しの》が用意《ようい》していた煙硝《えんしょう》に小石《こいし》を混《ま》ぜて袋《ふくろ》に入《い》れた物《もの》をたくさん持《も》っており、その火《ひ》をめがけて投《な》げると火勢《かせい》はたちどころに激発《げきはつ》して、車上《しゃじょう》の武者《むしゃ》も車下《しゃか》の人《ひと》や馬《うま》も焼《や》かれて、逃《に》げおおせた者《もの》は稀《まれ》であった。

さらに夜明《よあ》けの風《かぜ》までも吹《ふ》き出《だ》して、火《ひ》の神《かみ》の暴《あば》れ方《かた》は尋常《じんじょう》ではない。

寄《よ》せ手《て》の大将《たいしょう》である顕定《あきさだ》・成氏《なりうじ》・憲房《のりふさ》は言《い》うまでもなく、それぞれの隊長《たいちょう》である重勝《しげかつ》・在村《ありむら》・素行《もとゆき》ら、それに錐布五六《きりふのごろく》や鷹裂八九《たかさきはっく》、将校《しょうこう》、老兵《ろうひょう》、近習《きんじゅ》の兵《へい》まで「いったい何事《なにごと》だ」とばかりに果敢《かかん》に戦《たたか》う気持《きも》ちもなく、乱《みだ》れて騒《さわ》ぐ兵《へい》とともに、火《ひ》を避《さ》け、煙《けむり》に巻《ま》かれないようにと、ある者《もの》はつないだ馬《うま》に鞭打《むちう》ち、ある者《もの》は弦《つる》が切《き》れた弓《ゆみ》を取《と》り、ある者《もの》は一本《いっぽん》の槍《やり》に数人《すうにん》が手《て》をかけ、互《たが》いに争《あらそ》って悶着《もんちゃく》している。

その正面《しょうめん》から犬塚信乃《いぬづかしの》、真間井樅二郎《まのいもみじろう》、左右《さゆう》から犬飼現八《いぬかいげんぱち》、継橋綿四郎《つぎはしわたしろう》、杉倉武者助《すぎくらむしゃのすけ》、田税力助《たちからりきのすけ》以下《いか》の勇士《ゆうし》が三方向一度《さんほうこういちど》に兵隊《へいたい》を進《すす》め、煙《けむり》の間《あいだ》から攻《せ》め入《い》り、当《あ》たるに任《まか》せて打《う》ち倒《たお》す。猪《いのしし》も味方《みかた》を助《たす》けて、慌《あわ》てて叫《さけ》ぶ敵《てき》の雑兵《ぞうひょう》を牙《きば》に引《ひ》っ掛《か》けて投《な》げ飛《と》ばす。人《ひと》と獣《けもの》とが力《ちから》を合《あ》わせて思《おも》いがけないところに出没《しゅつぼつ》する。その上《うえ》、寄《よ》せ手《て》はすべて風下《かざしも》にいて、炎《ほのお》に追《お》われ煙《けむり》に咽《むせ》んで顔《かお》を合《あ》わせることもできないほどなので、将帥《しょうすい》も士卒《しそつ》も区別《くべつ》なく皆《みな》ただ崩《くず》れて敗走《はいそう》するばかり。二犬士《にけんし》と直元《なおもと》・逸共《はやとも》・秋季《あきすえ》・喬梁《たかやな》は三方向《さんほうこう》から一致《いっち》して、逃《のが》すものかと追《お》ううちに霜《しも》が凍《こお》るほどの長《なが》い夜《よ》も朝風《あさかぜ》の中《なか》に明《あ》けたのであった。

❖さる程《ほど》に、寄隊《よせて》は両夜安《ふたよやす》き間《ひま》なく、敵《てき》の為《ため》におどろかされて、睡《ねむ》りもえせずありけるに、この夜真夜半《よまよなか》過《すぐ》る時候《ころ》よりして、岡《をか》の陣営静《ぢんゑいしづか》にて、戦鼓《せめつづみ》の音《おと》もせず、篝火《かがりび》の光《ひかり》さへ細《ほそ》くなりしかば、さては二犬士《にけんし》は落後《おちおく》れて、また翌《あす》の夜《よ》をまつにやあらん、と思《おも》はざる者《もの》もなければ、あるひは盾《たて》を布《し》き、あるひは箙《えびら》に臂《ひぢ》を持《もた》せて、ゐねむる者多《ものおほ》かりけるに、すでにして、天《よ》は明《あけ》なんとしぬる時候《ころ》、敵陣《てきぢん》にはかに起《おこ》り立《たち》て、金鼓《きんこ》間《ひま》なく天地《あめつち》を、動《うごか》すばかりの喊声《ときのこゑ》と、ともに箭《や》を射出《いい》だし鉄砲《てつほう》を発《はなち》かけて、三《さん》面一度《めんいちど》に攻《せ》め下《くだ》る、その威勢始《いきほひはじめ》に似《に》ず。あまさへいと大《おほ》きなる野猪幾十頭《ゐのししいくじつぴき》か、牙《きば》に蕉火《たいまつ》を結《むす》び着《つ》けたるを、真先《まさき》にすすめて、三面《さんめん》ひとしく寄隊《よせて》の陣《ぢん》へ放《はな》ち入《い》るるに、その野猪《ゐのしし》はことに猛《たけ》くて、寄隊《よせて》の多勢《たぜい》をはばからず、敵《てき》の戦陣《せんぢん》に備《そなへ》たる、戦車《せんしや》の下《した》へ潜《くぐ》り入《い》りて、つと前面《むかひ》へ走《はし》り出《い》づるもあり。さらぬは車《くるま》をおどりこえて、人馬《にんば》を捉《えらま》ず駈《かけ》たふせば、牙《きば》なる蕉火散乱《たいまつさんらん》して、はやく戦車《せんしや》に燃《も》え移《うつ》るを、里見《さとみ》の士卒《しそつ》はかねてより、信乃《しの》が准備《ようい》の焔硝《えんせう》に、小石《こいし》を交《まじ》へて嚢《ふくろ》にせしを、手《て》に手《て》に多《おほ》く携《たづさ》へて、

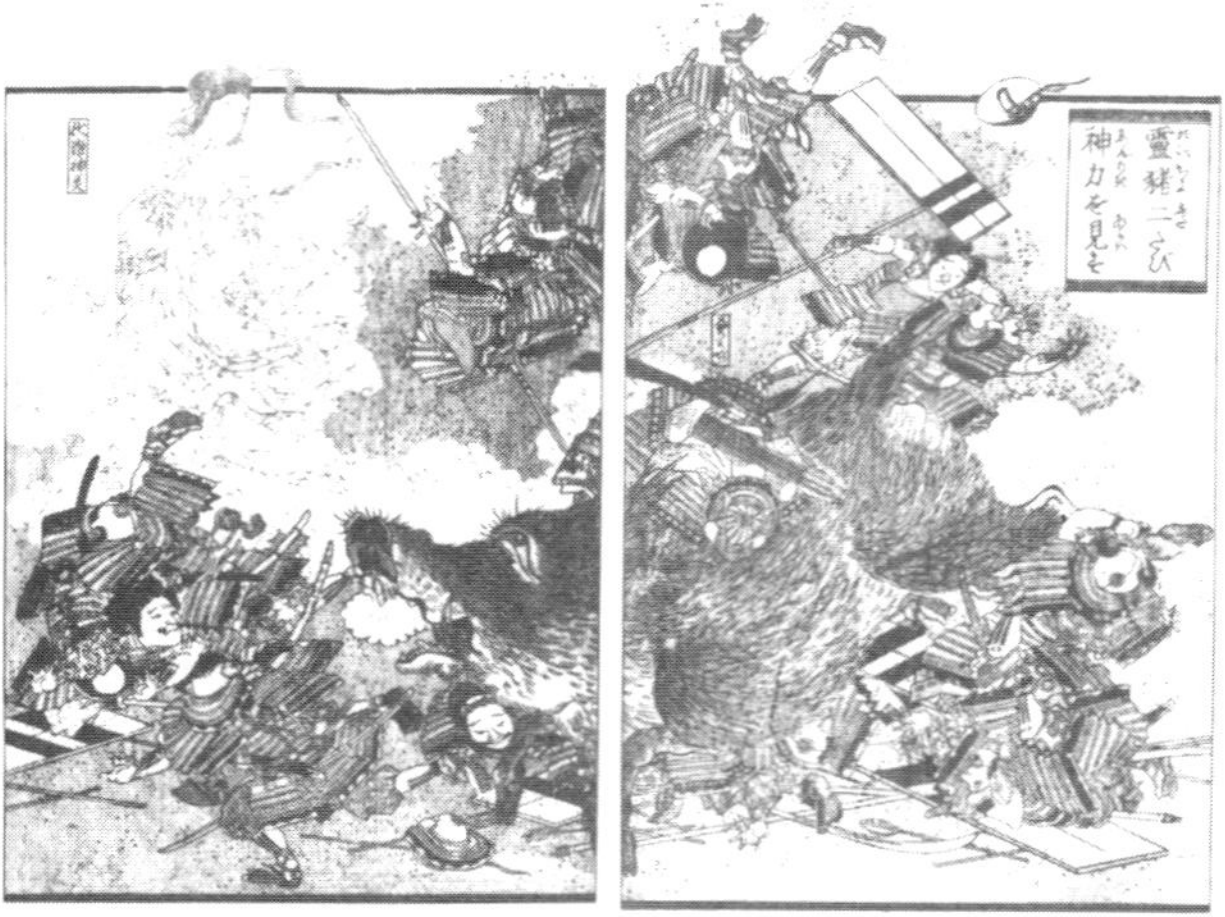


猪《いのしし》、敵陣《てきじん》を蹴散《けち》らす

その火《ひ》にのぞんでなげうちければ、火勢《かせい》たちどころに激発《げきはつ》して、車上《しやぜう》の武者《むしや》も、車下《しやか》の人馬《にんば》も、焼《や》かれて免《まぬか》るる者《もの》ほとんどまれなり。はたこれに加《くはう》るに、旦明《あさけ》の風《かぜ》さへ吹《ふ》き出《い》でて、軻遇突智《かぐつち》の暴《あら》びかぎりなければ、寄隊三《よせてさん》面《めん》の大将《たいせう》たる、顕定《あきさだ》・成氏《なりうぢ》・憲《のり》房《ふさ》はさらなり、その隊長《てのをさ》、重《しげ》勝《かつ》・在村《ありむら》・素行《もとゆきら》等、錐布五六《きりふのごろく》、鷹裂八九《たかさきはつく》、頭人老兵《とうにんろうひやう》近習《きんじゆ》まで、「こはそもいかに」とばかりに、あへて戦《たたか》ふ擬勢《ぎせい》なく、乱《みだ》れて譟《さわ》ぐ士卒《しそつ》とともに、火《ひ》を避《さ》け煙《けぶり》に巻《まか》れじとて、あるひは繋《つな》ぎし馬《うま》に鞭《むち》うち、あるひは弦《つるき》断れたる弓《ゆみ》を執《と》り、あるひは一条《ひとすぢ》なる鎗《やり》に、両三人《ふたりみたり》手《て》を掛《か》けて、あひ争《あらそ》ふて捫択《もんちやく》す。そが正面《まむかひ》より犬塚信乃《いぬつかしの》、並《ならび》に真間《まま》井樅二《のゐもみじ》郎《らう》、左右《さいう》はすなはち犬飼現八《いぬかひげんはち》、継橋綿四郎《つぎはしわたしらう》、杉倉武者助《すぎくらむしやのすけ》、田税力助《たちからりきのすけ》以下《か》の勇士等《ゆうしら》、三面一度《さんめんいちど》に隊兵《てぜい》をすすめて、煙《けぶり》の隙《ひま》より攻《せ》め入《い》り攻《せ》め入《い》り中《あた》るにまかせて撃《うち》たふせば、野猪《ゐのしし》もまた自家《みかた》をたすけて、慌《あはて》て叫《さけ》ぶ敵《てき》の雑兵《ざふひやう》を、牙《きば》に引掛《ひきか》けなげうつ勢《いきほ》ひ、人畜進退合期《にんちくかけひきがつご》して、出没不測《しゆつぼつふしき》のそが上《うへ》に、寄隊《よせて》はすべて風下《かざしも》にあり、焰《ほのほ》に逐《おは》れ烟《けぶり》にむせびて、面《おもて》を向《む》くべき由《よし》もなければ、将帥士卒《せうすいしそつ》の差別《けぢめ》なく、みなひたくづれに敗《やぶ》れ走《はし》るを、二犬士《にけんし》ならびに直元《なほもと》・逸友《はやとも》、秋季《あきすゑ》も喬梁《たかやな》も、三面一致《さんめんいつち》の遅速《ちそく》なく、なほ脱《のが》さじとおふ程《ほど》に、霜氷《しもこほ》る夜《よ》の長《なが》かりしも、朝風寒《あさかぜさむ》く明《あ》けにけり。

✲管領との戦いの描写は分量も多く、様々な場面がある。その中でいかにも『八犬伝』らしい箇所を紹介しよう。それは、裏切り者を許さなかった場面である。管領方の千《ち》葉介《ばのすけ》自胤《よりたね》（かつて馬加《まくわり》が仕えた城主）が敗走し切腹しようとしたとき、味方である渋《しぶ》谷《や》柿八郎に裏切られ里見方に突き出された。柿八郎は褒美を貰えると思ったのに、小文吾は逆に柿八郎を捕らえる。そして、「君、君たらずといえども、臣、臣たらずんばあるべからず」という『古文孝経孔子伝』の一節を引き、柿八郎の首を切ってしまう。この、ダメな主君でもちゃんと仕えるのが家来だ、という論理は儒教道徳の教えの中でも極端なものだが、江戸時代には強調され、「君、君たらずといえども云々」は誰もが知っていた。支配者にとっては実に都合のいい教えである。なお、里見家は千葉介自胤らを手厚く遇し、本来は寛容であることを示す。

## ◆毛野《けの》、五十子城《いさらごじょう》に入《はい》る（百七十七回）

あらすじ（百六十六回〜）

里見家《さとみけ》の御曹司《おんぞうし》義通《よしみち》は信乃《しの》、現八《げんぱち》らを応援《おうえん》するべく出陣《しゅつじん》するが、国府台《こうのだい》に向《む》かう途中《とちゅう》で長尾《ながお》景春《かげはる》と激《はげ》しい戦《たたか》いになる。敗《やぶ》れるかと思《おも》ったその時《とき》、京都《きょうと》から駆《か》けつけた犬江《いぬえ》親兵衛《しんべえ》らに助《たす》けられる。

安房《あわ》の洲崎《すざき》では、犬坂毛野《いぬさかけの》を軍師《ぐんし》、犬山道節《いぬやまどうせつ》を防御使《ぼうぎょし》として敵《てき》の来襲《らいしゅう》を迎《むか》え撃《う》つ準備《じゅんび》をしていた。扇谷定正《おうぎがやつさだまさ》らは北西《ほくせい》の風《かぜ》に乗《の》って多《おお》くの船《ふね》を走《はし》らせ、洲崎《すざき》に向《む》かったが、海上《かいじょう》で風《かぜ》は逆向《ぎゃくむ》きに変《か》わり、里見軍《さとみぐん》の放《はな》った火《ひ》に次々《つぎつぎ》と焼《や》かれてしまう。本名《ほんみょう》を隠《かく》して敵《てき》と行動《こうどう》を共《とも》にしていた大角《だいかく》は、戦《いくさ》が始《はじ》まると正体《しょうたい》をあかして戦《たたか》った。

こうして、行徳口《ぎょうとくぐち》、国府台《こうのだい》、洲崎《すざき》のいずれも犬士《けんし》の活躍《かつやく》により里見方《さとみがた》が勝利《しょうり》し、多《おお》くの敵将《てきしょう》を捕虜《ほりょ》としたのであった。定正《さだまさ》は追《お》い詰《つ》められ、里見《さとみ》の家臣《かしんこ》小湊《みなと》目に討《う》ち取《と》られそうになったが、自《みずか》らの首《くび》の代《か》わりに髪《かみ》を切《き》って渡《わた》すとともに、重臣《じゅうしん》の大石憲儀《おおいしのりしげ》を身代《みが》わりとして差《さ》し出《だ》し、河鯉《かわこい》の城《しろ》へと落《お》ちていく。毛野《けの》は、それまで定正《さだまさ》の居城《きょじょう》であった五十子城《いさらごじょう》をあっさりと攻《せ》め落《お》とした。

そうこうするうちに夜《よ》が明《あ》けて、正門《おおて》を守《まも》る兵士《へいし》らが案内《あんない》をしつつ
「、大法師《ちゅだいほうし》が谷山《やつやま》からお出《い》でになりました」
と申《もう》し上《あ》げたところ、毛野《けの》は自《みずか》ら迎《むか》えて、上座《かみざ》に座《すわ》らせ、あの風《かぜ》の術《じゅつ》の功績《こうせき》をたたえたが、、大《ちゅだい》は喜《よろこ》ぶ様子《ようす》もなく、憂《うれ》いを含《ふく》んで嘆《なげ》いている。しばらくして
「軍師《ぐんし》、昨日《きのう》の勝《か》ち戦《いくさ》はめでたいことのようだが、私《わたし》にとっては長年《ながねん》の出家《しゅっけ》の功徳《くどく》が消《き》えるどころか、地獄《じごく》に堕《お》ちる思《おも》いです。そもそも昨日《きのう》の焼《や》き討《う》ちによって死《し》んだ敵兵《てきへい》は何千人《なんぜんにん》になるでしょうか。憐《あわれ》むべきことです。それもこれも不思議《ふしぎ》な玉《たま》によって風《かぜ》を起《お》こした私《わたし》の重《おも》い罪《つみ》なのです。いやだいやだ」
と恨《うら》み言《ごと》を口《くち》にする。毛野《けの》はそれを聞《き》き、慰《なぐさ》めて

「先生《せんせい》の自責《じせき》の念《ねん》はごもっともですが、以前《いぜん》ご説明申《せつめいもう》し上《あ》げた通《とお》り、悪《あく》を懲《こ》らしめるのも仏《ほとけ》の方便《ほうべん》です。場合《ばあい》によっては殺生《せっしょう》も仏《ほとけ》の教《おし》えにそむくわけではありません。先生《せんせい》の功績《こうせき》は仰《あお》ぎ見《み》るべきものです。小生《しょうせい》、今快速船《いまかいそくせん》で洲崎《すざき》にいる主君《しゅくん》のところへ使《つか》いを参《まい》らせるところです。先生《せんせい》もお乗《の》せしてお送《おく》りしますが、まずお食事《しょくじ》をどうぞ。連日《れんじつ》の山籠《やまごも》りのお疲《つか》れを癒《いや》してください」

と言《い》われて、大《ちゅだい》はうなずくばかり。麻《あさ》の薄《うす》ねずみ色《いろ》の法衣《のりごろも》、栲《たえ》の浄衣《じょうえ》の垢《あか》染《じ》みたのを着替《きが》えもせず、数珠《じゅず》を爪繰《つまぐ》る他《ほか》にすることは何《なに》もない。

こうして、主客《しゅきゃく》とも朝食《ちょうしょく》をすませ、毛野《けの》は鮑内葉《はやうちは》四郎《しろう》を近《ちか》くに呼《よ》び寄《よ》せ

「お前《まえ》は、大法師《ちゅだいほうし》の供《とも》として七《しち》、八人《はちにん》の雑兵《ぞうひょう》を従《したが》えて洲崎《すざき》の陣《じん》へ参上《さんじょう》してくれ。足《あし》は快速船《かいそくせん》を使《つか》うのがよかろう。さて主君《しゅくん》への言上《ごんじょう》の内容《ないよう》はこれこれ」

と教《おし》えて、書状一通《しょじょういっつう》と定正《さだまさ》の髪《かみ》を箱《はこ》に収《おさ》めて自《みずか》ら封《ふう》じて渡《わた》したところ、葉《は》四郎《しろう》は心得《こころえ》て、準備《じゅんび》を始《はじ》める。、大《ちゅだい》は毛野《けの》に問《と》われて、谷山《やつやま》にいた時《とき》のこ

と、犬村大角《いぬむらだいかく》のこと、船戦《ふないくさ》で味方《みかた》が勝《か》ち五十子《いさらご》の城《しろ》を毛野《けの》が早《はや》くも落《おと》したのを噂《うわさ》で聞《き》いて船《ふね》を借《か》りようとこの城《しろ》に来《き》たことなどを話《はな》した。話《はなし》は尽《つ》きないが、葉四郎《はしろう》の用意《ようい》が整《ととの》い、「さあ」と、大《ちゆだい》を促《うなが》したので、、大《ちゆだい》は毛野《けの》らに別《わか》れを告《つ》げて立《た》ちあがり、葉四郎《はしろう》らに連《つ》れられともに柴浦《しばうら》に出《で》て快速《かいそく》船《せん》に乗《の》り、洲崎《すざき》を目指《めざ》して漕《こ》ぎ出《だ》した。

そしてこの朝《あさ》、毛野《けの》は、妙真《みようしん》・音音《おとね》・浦安友勝《うらやすともかつ》らに案内《あんない》させ、奥《おく》にいる定正《さだまさ》の継母河堀殿《ままははかわほりどの》と、貌姑姫《はこひめ》に顔《かお》を合《あ》わせた。男女間《だんじよかん》の礼儀《れいぎ》をわきまえた上《うえ》で、今回《こんかい》の戦《いくさ》は、定正《さだまさ》がへつらう人《ひと》に惑《まど》わされてしかけたことに非《ひ》があり、里見義成《さとみよしなり》が寛仁《かんじん》であることを説《と》き示《しめ》して、さらに言《い》う。

「我々《われわれ》がこの城《しろ》に船《ふね》で攻《せ》め入《い》ったのは、殺戮《さつりく》を目的《もくてき》としたものではありません。ただ管領《かんれい》のそばにいるへつらう人《ひと》たちを取《と》り除《のぞ》いて、両家《りようけ》の和睦《わぼく》を図《はか》ろうとしたのです。ですからその間《あいだ》、お二人《ふたり》を安房《あわ》へお移《うつ》し申《もう》し上《あ》げるのがよいのですが、船路《ふなじ》は波風《なみかぜ》の恐《おそ》れもありますので、なおこのままここにいらしていただいてかまいません。ここにおります妙真《みようしん》・音音《おとね》・曳手《ひくて》・

単節《ひとよ》は皆忠信貞実《みなちゆうしんていじつ》な女性《じよせい》ですので、お付《つ》きとしましょう。このほかにも長《なが》年《ねん》お仕《つか》えした女房《にようぼう》たちもおりますので、ご安心《あんしん》ください」と言葉《ことば》も丁寧《ていねい》に慰《なぐさ》め、これ以降《いこう》、朝《あさ》に夕《ゆう》に気《き》にかけている。捕虜《ほりよ》の中《なか》にいた料理人《りようりにん》どもの縛《いまし》めを解《と》き、台所仕事《だいどころしごと》をさせたので、河堀殿《かわほりどの》と貌姑姫《はこひめ》の食《しよく》事《じ》は普段《ふだん》と変《か》わらない。妙真《みようしん》や音音《おとね》が里見殿《さとみどの》の広《ひろ》い心《こころ》をことに触《ふ》れて話《はな》し、定正《さだまさ》の過《あやま》ちをあれこれと説《と》いたので、二人《ふたり》もこれによって目覚《めざ》め、とにもかくにもへつらう人《ひと》たちの不忠《ふちゆう》を憎《にく》みなさる。毛野《けの》は兵《へい》に命令《めいれい》して、城《しろ》の四門《しもん》を守《まも》らせるのに、千代丸豊俊《ちよまるとよとし》・浦安友勝《うらやすともかつ》・小湊堅宗《こみなとかたむね》・猨岡猿八《さるおかさるはち》などを頭人《とうにん》、及《およ》び小頭人《こがしら》として任命《にんめい》した。

そうしているうちに、近郷《きんごう》から郷士《ごうし》や豪民《ごうみん》、百姓《ひやくしよう》らで里見《さとみ》の仁政《じんせい》を慕《した》う者《もの》が、呼《よ》びもしないのに千人単位《せんにんたんい》で集《あつ》まってきて、自《みずか》ら願《ねが》って軍役《ぐんえき》につきたいという。そのように毛野《けの》の軍威《ぐんい》はますます高《たか》まり、草木《くさき》もなびくほど。翌日《よくじつ》毛野《けの》は馬《うま》に乗《の》り、二《に》、三百人《さんびやくにん》の家来《けらい》を引《ひ》き連《つ》れて城外《じようがい》のあちこちを巡《めぐ》りつつ、民《たみ》の訴《うつた》えを聞《き》いて回《まわ》ったところ、里《さと》の古老《ころう》らで諸手《もろて》を挙《あ》げて大歓《だいかん》迎《げい》しない者《もの》はない。

❖左右《とかく》する程《ほど》に天《よ》は明《あ》けて、正門《おほて》を衛《まも》る士卒等《しそつら》が、案内《しるべ》をしつつ「、大法師《ちゆだいほふし》の、谷《やつ》山《やま》より出《い》でて来給《きたま》ひぬ」と聞《き》こえしかば、毛野《けの》はみづから立《た》ち迎《むか》へて、上坐《かみくら》に推《おし》のぼし、かつかの奇風《くしかぜ》の、大功《たいこう》を称賛《せうさん》しぬるを、、大《ちゆだい》は歓《よろこ》ぶ気色《けしき》なく、愀然《しうねん》として嗟《さ》嘆《たん》に堪《たへ》ず、しばらくしていふやう、「軍師《ぐんし》昨日《きのふ》の勝軍《かちいくさ》は、これ賀《が》すべきに似《に》たれども、我年来《わがとしごろ》の出家《しゆつけ》の功徳《くどく》は、つひに堕獄《だごく》の悪趣《あくしゆ》になりぬ。そもそも昨日《きのふ》の火攻《やきうち》に、敵兵《てきへい》の焼《や》かれ死《し》せし者《もの》、幾千百《いくせんひやく》にありけむか、憐《あは》れむべきことならずや。甲《かれ》も乙《これ》も奇玉《くしたま》をもて、風《かぜ》を起《おこ》せし我罪重《わがつみおも》かり。やみなんやみなん」と怨《ゑん》ずるを、毛野《けの》はききつつ慰《なぐさ》めて、「師父《しふ》の自譴《じけん》はさることながら、さきにも諭《さと》しまうししごとく、悪《あく》を懲《こら》すも仏《ほとけ》の方便《はうべん》。時宜《じぎ》によりては殺生《せつしやう》も、反《かへつ》て仏意《ぶつゐ》にそむかざるべき、師父《しふ》の大功《たいこう》仰《あふ》ぐべし。小子今快船《しようしいまはやふね》をもて、洲崎《すざき》へ使《つかひ》をまゐらせんとす、師父《しふ》をも載《の》せて送《おく》らすべし。まづ斎《とき》をまゐらせん。この連日山《れんじつやま》ごもりの、疲労《つかれ》をいやし給《たま》ひね」と解《とか》れて、大《ちゆだい》はうなづくのみ、麻《あさ》の薄黒《ねずみ》の法衣《のりごろも》、栲《たへ》の浄衣《じやうえ》の垢染《あかじみ》しを、脱更《ぬぎかへ》もせず爪繰《つまぐ》る数《ず》珠《ず》の、外《ほか》には所作《しよさ》もなかりける。かくて主客《しゆかく》の早飯果《あさいひは》て、毛野《けの》は鮠内葉四郎《はやうちはしらう》を、身辺近《ほとりちか》く召《よび》よせて、「汝《いまし》は、大師《ちゆだいし》に倶《ぐ》し、七八個《ななたりやたり》の、雑兵《ざふひやう》を従《したが》へて洲崎《すさき》の御陣《ごぢん》へ参《まゐ》りねかし。去向《ゆくて》は水路《ふなぢ》を快船《はやふね》たるべし。さて言上《ごんじやう》の趣《おもむき》は、箇様箇様《かやうかやう》」と宣教《のりをしへ》て、呈書一通《たてまつりぶみいつつう》と、定正《さだまさ》の頭髻《たぶさ》を筥《はこ》に蔵《をさ》め、手《て》づから封《ふう》じてわたせしかば、葉四郎《はしらう》はこころえ果《は》てて、事《こと》の準備《ようい》をなす程《ほど》に、丶大《ちゆだい》はまた毛野《けの》に問《と》はれて、谷山《やつやま》に在《あ》りし日《ひ》の事《こと》、かつ犬村大角《いぬむらだいかく》の事《こと》、また水路味方《ふなぢみかた》の勝軍《かちいくさ》にて、この五十子《いさらこ》の城《しろ》さへ、毛野《けの》がはやく攻落《せめおと》ししを、かしこの風声《ふうぶん》を聞《き》き知《し》りて、船《ふね》を借《か》らんと思《おも》ひつつ、当城《たうぜう》に来《き》ぬる由《よし》を、云云《かにかく》と告《つ》げなどす。その言佳境《ことかきやう》に入《い》らまくせし時《とき》、葉四郎《はしらう》は準備《ようい》し果《は》てて、「いざ」とて、丶大《ちゆだい》を促《うなが》せば、丶大《ちゆだい》は毛野等《けのら》に別《わか》れを告《つ》げて、身《み》を起《おこ》しつつ葉《は》四郎等《しらうら》に、引《ひ》かれてともに柴浦《しばうら》に、出《い》でて快船《はやふね》に、うち乗《の》りて、洲崎《すざき》を投《さ》して漕《こ》がせける。

　さればまたこの朝《あした》、犬坂毛野《いぬさかけの》は、妙真《みやうしん》・音音《おとね》・浦安友勝等《うらやすともかつら》を案内《しるべ》にしつつ、すなはち後堂《おく》に赴《おもむ》きて、河堀殿《かはほりどの》と、貌姑姫《はこひめ》に見参《げんざん》す。その事男女《ことなんによ》の礼《いや》を乱《みだ》さず、詮《せん》ずる所《ところ》は定正《さだまさ》の、佞人《ねいじん》に惑《まど》はされたる、こたびの軍旅《ぐんりよ》の非《ひ》を挙《あ》げて、義成《よしなり》の寛仁《くわんじん》を説《と》き示《しめ》しつつかついふやう、「臣等《わくら》当城《たうぜう》に艦《ふね》を寄《よ》せしは、あへて殺戮《さつりく》を旨《むね》としぬるにあらず。ただ管領《くわんれい》の側《かたはら》なる、佞人《ねいじん》ばらをすき除《のぞ》きて、両家《りやうけ》の和睦《わぼく》をはからまくす。さればその間《あはひ》、両御達《りやうごたち》を、安房《あは》へ移《うつ》しまゐらすべけれども、水路《ふなぢ》は風濤《なみかぜ》のおそれをはしますべければ、なほこのままなるもけしうはあらず。ここに侍《はべ》る妙真《みやうしん》・音音《おとね》・曳手《ひくて》・単節《ひとよ》は、皆《みな》これ忠信貞実《ちうしんていじつ》なる、女《をんな》どもに候《さふら》へば、御陪堂《おんとぎ》にまゐらする。この他《た》年来給事《としごろみやづかへ》の、女房等《にようばうら》も候《さふら》へば、かならず御心安《みこころやす》かるべし」と言叮寧《ことねんごろ》に慰《なぐさ》めて、是《これ》よりの後朝夕《のちあさゆふ》に、安否《あんぴ》を訪《と》はざる事《こと》もなく、かつ生拘《いけど》りの内中《うち》に、庖人《くりやびと》もあれば、この者《もの》どもを釈《とき》ゆるして、庖厨《くりや》の事《こと》をなさしめしかば、河堀殿《かはほりどの》と貌姑姫《はこひめ》は、三飯《みたびのいひ》も生平《つね》にかはらず、また妙真《みやうしん》・音音《おとね》等《ら》が、里見殿《さとみどの》の仁心《じんしん》を、言《こと》に触《ふ》れては説《と》き出《い》でて、定正主《さだまさぬし》のあやまちを、云云《かにかく》と諭《さと》ししかば、河堀殿《かはほりどの》も貌姑姫《はこひめ》も、これによりてぞやや覚《さ》めて、左《と》にも右《かく》にも佞人《ねいじん》ばらの、不忠《ふちう》を憎《にく》み給《たま》ひける。かかれば毛野《けの》は士卒《しそつ》に下知《げぢ》して、城《しろ》の四門《しもん》を守《まも》らするに、千代丸豊俊《ちよまるとよとし》・浦安友勝《うらやすともかつ》・小湊堅宗《こみなとかたむね》・猿岡猿八《さるおかさるはち》等を頭人《とうにん》、また小頭人《こがしら》とす。

　さる程《ほど》に、隣里近郷《りんりきんごう》なる、郷士豪民荘客《ごうさむらひごうみんひやくしやう》らの、里見《さとみ》の仁政《じんせい》を慕《した》ふ者《もの》、招《まね》かざ

253　毛野、五十子城に入る（百七十七回）

五十子城《いさらごじよう》の四婦人《よんふじん》、貌姑姫《はこひめ》・河堀殿《かわほりどの》を守《まも》る

るにつどひ来《き》て、請《こ》ふて軍役《ぐんやく》にたたまく欲《ほ》りする者《もの》、千《せん》をもて数《かぞ》ふべし。ここをもて犬坂《いぬさか》が、軍威《ぐんゐ》いよいよいやちこにて、草《くさ》木《き》もなびくばかりなれば、次《つぎ》の日《ひ》毛野《けの》は馬《うま》にうち跨《の》り、二三百《にさんびやく》の、隊《て》の兵《もの》を相従《あひした》へて、城外四《ぜうぐわいし》境《きやう》をうち巡《めぐ》りつつ、民《たみ》の訟《うった》へをきき定《さだ》むるに、郷《さと》の故老《こらう》ら、簞《たん》食壺漿《しこししやう》して、歓《よろこ》び迎《むか》へざるはなし。

✲ 丶大《ちゅだい》は、風を操って里見軍を有利に導くのだが、洲崎《すさき》の戦いの描写の中に直接は登場しない。この作戦は、敵を欺《あざむ》くのであるから、正々堂々の戦いとは言いがたい。馬琴にしてもストーリーの上では、敵方に偽名を使って潜入するのは面白いが、少しばかりの後ろめたさはあったのではないか。そのため、直接の描写を避けたのかもしれない。

妙真《みょうしん》・音音《おとね》・曳手《ひくて》・単節《ひとよ》は久しぶりに登場する女性たちだ。妙真は親兵衛の父である山林房八の母。孫の親兵衛が神隠しにあった後、滝田の城で暮らしていた。音音は猪平《やすへい》の妻、曳手・単節は音音の息子たちの嫁である。三人とも荒芽山の戦いで犬士とはぐれ、小文吾がずいぶん捜したが見つからなかった。実は伏姫の神霊に助けられ、富山で親兵衛を養育していたのである。

## ◈犬士《けんし》の持《も》つ玉《たま》の文字《もじ》が消《き》える（百八十勝回中編）

あらすじ（百七十七回〜）

里見《さとみ》義成《よしなり》は、犬士《けんし》らを稲村城《いなむらじよう》に集《あつ》めて勝利後《しようりご》の統治《とうち》などについて指示《しじ》する。年《とし》が明《あ》け、毛野《けの》の発案《はつあん》によって、義成《よしなり》は、丶大《ちゆだい》を中心《ちゆうしん》に戦没者《せんぼつしや》のための法事《ほうじ》、大施餓鬼《だいせがき》を行《おこな》った。禁裏《きんり》及《およ》び室町殿《むろまちどの》より和睦《わぼく》の勅使《ちよくし》が下《くだ》され、里見家《さとみけ》は占領《せんりよう》した城《しろ》と捕虜《ほりよ》の武将《ぶしよう》を解放《かいほう》した。成氏《なりうじ》が滸我《こが》へ帰《かえ》る際《さい》、信乃《しの》は名刀村雨丸《めいとうむらさめまる》を献《けん》じ、宿願《しゆくがん》を果《は》たす。八犬士《はちけんし》は任官《にんかん》の礼《れい》に、丶大《ちゆだい》は義成《よしなり》の名代《みようだい》として和睦《わぼく》の礼《れい》に上洛《じようらく》し、仮《かり》の昇殿《しようでん》を許《ゆる》され巻絹《まきぎぬ》などを賜《たまわ》った。

義成《よしなり》は八犬士《はちけんし》にそれぞれ一万貫《いちまんがん》の所領《しよりよう》を与《あた》え、城主《じようしゆ》に任命《にんめい》するとともに、八人《はちにん》の娘《むすめ》を娶《めと》らせた。

その後《ご》、義成《よしなり》は犬士《けんし》らの助力《じよりよく》も得《え》て、仁義善政《じんぎぜんせい》を行《おこな》い、人々《ひとびと》は楽《たの》しんで暮《く》らしていた。十六年後《じゆうろくねんご》の明応九年《めいおうくねん》、義成《よしなり》は季基《すえもと》の六十年忌《ろくじゆうねんき》と義実《よしざね》の十三年忌《じゆうさんねんき》を兼《か》ねて、丶大《ちゆだい》の住持《じゆうじ》する延命寺《えんめいじ》に赴《おもむ》いた。その席《せき》で、丶大《ちゆだい》は、守《まも》り神《がみ》として国《くに》の四《し》方《ほう》に須弥壇《しゅみだん》に安置《あんち》する四天王《してんのう》の神像《しんぞう》を埋《う》めようと思《おも》うが、八犬士《はちけんし》の持《も》つ玉《たま》をその玉眼《ぎょくがん》とするのはいかがかと提案《ていあん》する。

犬塚戍孝《いぬづかもりたか》・犬坂胤智《いぬさかたねとも》・犬江仁《いぬえまさし》らがいうのには

「今《いま》の先生《せんせい》のお話《はなし》を聞《き》いて思《おも》い合《あわ》すことがあります。私《わたし》たちが手《て》にした霊玉《くしたま》は、いつもは守《まも》り袋《ぶくろ》に収《おさ》めていますが、毎月一日《まいつきついたち》と十五日《じゅうごにち》に取《と》り出《だ》して拝《はい》します。ところが昨日《きのう》、いつものように取《と》り出《だ》して拝《おが》もうとすると、いつの間《ま》にか文字《もじ》が消《き》えうせて、白《しろ》い玉《たま》になってしまっていたのです。我《われ》ら三人《さんにん》の玉《たま》だけではなく、このことを聞《き》いてみると、犬山道節《いぬやまどうせつ》・犬村大学《いぬむらだいがく》・犬川荘介《いぬかわそうすけ》・犬飼現八《いぬかいげんぱち》・犬田豊後《いぬたぶんご》の持《も》っている玉《たま》もすべて白玉《しらたま》になっていたということです」と告《つ》げる。

現八《げんぱち》が進《すす》み出《で》て

「また、玉《たま》の文字《もじ》だけでなく、我々八人《われわれはちにん》の体《からだ》にある、牡丹《ぼたん》の花《はな》の形《かたち》に似《に》た痣《あざ》も、隣国《りんごく》との和睦《わぼく》の頃《ころ》から年々薄《ねんねんうす》くなって、ついに今月《こんげつ》には皆消《みなき》えうせて跡《あと》もなくなってしまいました。義兄弟《ぎきょうだい》の痣《あざ》は肩《かた》やわき腹《ばら》・背《せ》・尻《しり》・股《もも》・ひじなどにあるので、着物《きもの》にかくれて人《ひと》に知《し》られず、見《み》えないのですが、私《わたし》の痣《あざ》は顔《かお》にあるので、人《ひと》にも見《み》えますし、鏡《かがみ》を見《み》れば自分《じぶん》でもわかります。これをご覧《らん》ください」

と頬《ほほ》を示《しめ》すと、義成《よしなり》や、大《ちゅだい》、直元《なおもと》・貞住《さだすみ》にいたるまでよく見《み》て共《とも》に言《い》うのには

「本当《ほんとう》に、犬飼《いぬかい》の顔《かお》の痣《あざ》は近頃薄《ちかごろうす》くなり、既《すで》に消《き》えうせたのに気《き》がつきませんでした。他《ほか》の犬士《けんし》たちも同様《どうよう》でしょうか。奇妙《きみょう》なことですね」

と言《い》うと、犬山忠与《いぬやまただとも》・犬村礼儀《いぬむらまさのり》・犬川義任《いぬかわよしとう》・犬田悌順《いぬたやすより》も膝《ひざ》を進《すす》めて、異口《いく》同音《どうおん》に

「事《こと》と物《もの》には因果《いんが》があります。因《いん》は始《はじ》め、果《か》は終《お》わり。我々《われわれ》の玉《たま》の文字《もじ》と体《からだ》にある痣《あざ》は因《いん》です。もしこの玉《たま》と痣《あざ》がなければどうして伏姫《ふせひめ》の子《こ》であることがわかったでしょう。この二《ふた》つの証拠《しょうこ》があるので、里見家《さとみけ》に仕《つか》えたのです。功名《こうみょう》を得《え》た後《のち》に玉《たま》の文字《もじ》も体《からだ》の痣《あざ》も、消《き》えてしまったのは果《か》です。

この神秘《しんぴ》にも終《お》わりがなければ、玉《たま》に傷《きず》が残《のこ》り、体《からだ》に痣《あざ》が残《のこ》ったままで、無垢清浄《むくせいじょう》とはなりません。誠《まこと》に仏法《ぶっぽう》はこの上《うえ》ないものです。役行者《えんのぎょうじゃ》と伏姫《ふせひめ》神《がみ》のご利益《りやく》というか、造化《ぞうか》の妙《みょう》というか、不思議《ふしぎ》なものですね」
と、それぞれに言葉《ことば》を継《つ》いで気持《きも》ちを述《の》べ、玉《たま》を取《と》り出《だ》して守《まも》り袋《ぶくろ》に載《の》せ、丶大《ちゆだい》に返《かえ》したのであった。

❖そが中《なか》に、戍孝《もりたか》・胤智《たねとも》・仁等《まさしら》がいふやう、「ただ今師父《いましふ》の教諭《きやうゆ》に就《つ》きて、思《おも》ひ合《あ》はする事《こと》こそ候《さふら》へ。臣等《わくら》が感得《かんとく》の霊玉《くしたま》は、生平《つね》に護身嚢《まもりぶくろ》に蔵《をさ》めたるを、月《つき》の朔《ついたち》望毎《じふごにちごと》に、とり出《い》だして拝《はい》するのみ。しかるに昨日《きのふ》も例《いつも》の如《ごと》く、出《い》だして拝《をが》ままくするに、幾《いつ》の程《ほど》にか文字《もんじ》は耗《う》せて、故《もと》の白玉《しらたま》になりにけり。そは臣等三人《わくらみたり》の玉《たま》のみならず、この義《ぎ》を自余《じよ》の犬士《けんし》に問《と》ふに、道節《どうせつ》・大角《だいかく》・荘介《さうすけ》・現八《げんはち》・豊後《ぶんご》等が蔵《をさ》めたるも、皆白玉《みなしらたま》になりぬといへり」と告《つ》ぐれば現八《げんはち》すすみ出《い》でて、「まただ玉《たま》の文字《もじ》のみならず、臣等八人《わくらやたり》が身《み》にある痣子《あざ》の、形状牡丹《かたちぼたん》の花《はな》に似《に》たるも、隣国和睦《りんごくわぼく》のころよりして、その痣子年々《あざとしどし》に薄《うす》くなるままに、本月《このつき》に至《いた》りては、皆銷《みなき》え耗《う》せて、あとなくなりぬ。されども、義兄弟等《ぎきやうだいら》が痣子《あざ》は、あるひは胛《かたほね》あるひは肋《わきばら》・背《そびら》・臀《ゐさらひ》・股《もも》・肘《ひぢ》などに在《あ》る故《ゆゑ》に、衣《きぬ》に隠《かく》れて人《ひと》に知《し》られず、その身《み》にも見《み》えざるがあれども、臣等《わくら》が痣子《あざ》は面部《めんぶ》にあれば、人《ひと》はさらなり、鏡《かがみ》を照《て》らせば、みづから見《み》るにかたからず。これ御覧《ごらん》ぜよ」と片頰《かたほ》を示《しめ》せば、義成主《よしなりぬし》も、大師弟《ちゆだいしてい》も、直元《なほもと》・貞住《さだすみ》に至《いた》るまで、左見右見《とみかうみ》つつともにいふやう、「げに犬飼《いぬかひ》の面部《めんぶ》の痣子《あざ》は、近曾薄《ちかごろうす》くなりしかば、すでにして銷《き》え耗《う》せしに、心《こころ》つきなく候《さふら》ひき。自余《じよ》の諸犬《しよけん》もかくぞあるべき。奇《く》しく妙《たへ》なる事《こと》にこそ」といへば忠与《ただとも》・礼儀《まさのり》・義任《よしたう》・悌順《やすより》も膝《ひざ》をすすめて、言語《ことば》ひとしく答《こた》ふるやう、「事《こと》と物《もの》には因果《いんぐわ》あり。因《いん》は始《はじめ》なり、果《くわ》は終《を》はりなり、我々《われわれ》が玉《たま》の文字《もんじ》と身《み》にある痣子《あざ》は、すなはちこれ因《いん》なり。もしこの玉《たま》と痣子《あざ》なくは、何《なに》をもて伏姫上《ふせひめうへ》の、御子《おんこ》なるを知《し》る由《よし》あらん。この両箇《ふたつ》の照据《あかし》あるをもて、当館《たうやかた》に徴《め》し使《つか》はれて、功名共《こうめいとも》になし得《え》て後《のち》に、玉《たま》の文字《もんじ》も身《み》の痣子《あざ》も、あらずなりしはこれ果《くわ》なり。この奇事《くしこと》の終《を》はりなくは、玉《たま》に疵《きず》あり、人《ひと》に痣子《あざ》あり、無垢清白《むくせいはく》とすべからず。まことに仏法無量《ぶつぽふむりやう》の方便《はうべん》、役行者《ゑんのぎやうじや》と伏姫神《ふせひめがみ》の、利益《りやく》か造化《ぞうくわ》の小児《せうに》の所為《わざ》か、思議《しぎ》すべからず候《さふらふ》」と甲一句《かれいつく》乙一句《これいつく》、かたみに語《ご》を続《つ》ぎ、意衷《いちう》を演《の》べて、おのおの玉《たま》を拿出《とうで》つつ、護身嚢《まもりぶくろ》にうち載《の》せて、ともに、、大《ちゆだい》に返《かへ》しけり。

✽『八犬伝』はあまりに長大で、区切り方が難しい。最初の頃は一時に売り出すのが五冊であり、そのかたまりを「輯《しゆう》」と呼んでいて、すっきりしていた。たとえば、肇《じよう》輯《しゆう》（第一輯）は五冊、第二輯も五冊である。従って第二輯の巻之三などと言えばだいたいどの辺りか見当がつく。途中からそれが乱れる。全部で九輯なのだが、第九輯は全体の半分以上を占めている。最後の方は、第九輯下帙《ちつ》下編上が

義成《よしなり》、八犬士《はちけんし》と牡丹《ぼたん》を観《み》る

五冊、第九輯下帙下編中が五冊などとなり、わずらわしい。比較的わかりやすいのは「回」である。おおよそ一冊につき二回が収められており、全百六冊に一回から百八十回までの通し番号が振られている。もっともこの「回」も最後に近づくと、一回が上下や上中下に分かれる。最後は、百八十回の次に百八十勝回の上中下が置かれて物語が終わる。さらに「回外剰筆」という言わば後書きが加えられているが、分量は通常の一回分以上もある。

### ★曲亭馬琴か滝沢馬琴か

『八犬伝』の作者は「曲亭馬琴」である。原本に「曲亭主人」あるいは「曲亭馬琴」と書いてあるのだから紛れようがない。ただし曲亭馬琴は号（ペンネーム）であり、本来の姓は滝沢、名は興邦《おきくに》、後に解《とく》、俗名は瑣吉《さきち》あるいは清右衛門《せいえもん》だ。滝沢馬琴という言い方は本姓にペンネームを組み合わせたものであり、馬琴が生きた当時「滝沢馬琴《たきざわばきん》」と呼ばれたことはなかった。

明治になって、夏目漱石や森鷗外のように、本名の姓に号という組み合わせが一般化したため、滝沢馬琴と呼ばれるようになったのであろう。しかし、例えば十返舎一九《じっぺんしゃいっく》は本姓と組み合わせて重田一九と称さないし、柳亭種彦《りゅうていたねひこ》も高屋種彦とは称さない。そういう意味でも馬琴は特別な存在だ。最近の小説家は、ペンネームを用いる場合に姓名とも変えるのが一般的だし、本名のままで小説を発表する方も多い。こういった流れと、当時の呼称に戻すべきだという声とがあいまって、最近では「曲亭馬琴」と呼ばれるようになってきた。

## ◈八犬士《はちけんし》、忽然《こつぜん》と消《き》える（百八十勝回下編大団円）

あらすじ（前回〜）

その後《ご》、犬《ちゅだい》は、寺《てら》を念戌《ねんじゅつ》にゆずり、富山《とやま》に入《はい》ってしまう。八犬士《はちけんし》にもそれぞれ子供《こども》が生《う》まれた。里見家《さとみけ》では義成《よしなり》が世《よ》を去《さ》り、義通《よしみち》も短命《たんめい》に終《お》わった。その子《こ》で後《のち》に義豊《よしとよ》と名乗《なの》る筠孺《たけわか》が幼《おさな》かったので、仮《かり》に義通《よしみち》の弟《おとうと》実尭《さねたか》が国主《こくしゅ》となった。八犬士《はちけんし》は実尭《さねたか》に退隠《たいいん》を申《もう》し出《で》て、一万貫《いちまんがん》の禄《ろく》と城《しろ》を返《かえ》し、息子《むすこ》たちは改《あらた》めて各《かく》五千貫《ごせんかん》の知行《ちぎょう》を賜《たまわ》った。八犬士《はちけんし》は富山《とやま》の観音堂《かんのんどう》の傍《かたわ》らに庵《いおり》を結《むす》んで八人《はちにん》で住《す》んだ。

こうして二十年《にじゅうねん》ほどが経《た》ったが、ついに煮炊《にた》きをすることもなくなったのだろうか、折々《おりおり》に子供《こども》が僕《しもべ》に持《も》たせた米《こめ》や塩《しお》や衣装《いしょう》も、今《いま》は必要《ひつよう》がない、と言《い》って受《う》け取《と》らない。この時城戸姫《ときのとひめ》・竹野姫《たけのひめ》・鄙木姫《ひなきひめ》・栞姫《しおりひめ》・浜路姫《はまじひめ》・小波姫《おなみひめ》・弟姫《いろとひめ》はそれぞれすっかり老《お》いて、次第《しだい》に身《み》まかりなさったけれども、その夫《おっと》である八犬士《はちけんし》は今《いま》に至《いた》るまで顔色《かおいろ》も衰《おとろ》えず、峰《みね》に登《のぼ》ったり、谷《たに》に下《くだ》ったりするのも飛《と》ぶ鳥《とり》より容易《ようい》に見《み》える。庵《いおり》にいることは稀《まれ》だと聞《き》いたので、八犬士《はちけんし》の子供《こども》たちは心《こころ》もとなく思《おも》い、ある日《ひ》それぞれ供人《ともびと》を伴《ともな》い、連《つ》れ立《だ》って富山《とやま》の庵《いおり》に着《つ》いて親《おや》を訪《たず》ねた。戍孝《もりたか》・胤智《たねとも》・仁《まさし》・礼儀《まさのり》・義任《よしとう》・忠与《ただとも》・信道《のぶみち》・悌順《やすより》は予《あらかじ》めこのことを知《し》っていたかのように、庵《いおり》の内《うち》に集《あつ》まっていた。

座《ざ》が定《さだ》まり、胤智《たねとも》が諸士《しょし》に向《む》かって言《い》うのには

「お前《まえ》たちは、まだ感《かん》じないのか。先君《せんくん》ご父子《ふし》の仁義《じんぎ》の余徳《よとく》が衰《おとろ》え、内乱《ないらん》が起《お》こりそうだ。そこで我々八人《われわれはちにん》は杖《つえ》を引《ひ》いて山《やま》を下《くだ》り、実尭公《さねたかこう》、義豊公《よしとよこう》を諫《いさ》めようかとも思《おも》うが、実尭公《さねたかこう》は物惜《ものお》しみする性格《せいかく》で、何事《なにごと》も借《か》りた物《もの》は返《かえ》さない。つまり自分《じぶん》の地位《ちい》を譲《ゆず》るはずがない。また、義豊公《よしとよこう》も孝順《こうじゅん》ではないので、諫《いさ》めても聞《き》くはずがない。受《う》け入《い》れられないとわかっていながら、主君《しゅくん》を諫《いさ》めて身《み》を殺《ころ》すのは何《なん》の益《えき》もない。危《あや》うい国《くに》には入《はい》らず、乱《みだ》れた国《くに》には住《す》まないのがいいのだ。こういったわけで我々八人《われわれはちにん》はここを去《さ》

って他《ほか》の山《やま》に移《うつ》るつもりである。お前《まえ》たちも禄《ろく》を返《かえ》して、共《とも》に他《ほか》へ移《うつ》ろうではないか」

というと、戍孝《もりたか》・忠与《ただとも》・仁《まさし》・礼儀《まさのり》・義任《よしとう》・信道《のぶみち》・悌順《やすより》もそれぞれその子《こ》を戒《いまし》めて

「お前《まえ》たち、もし迷《まよ》って、その職《しょく》や禄《ろく》を惜《お》しみ、去《さ》らずに徒党《ととう》を組《く》めば必《かなら》ず親《おや》の名《な》を貶《おとし》めるであろう。ただ速《すみ》やかに去《さ》るべきである」

と異口同音《いくどうおん》に教《おし》え諭《さと》すと、犬坂胤才《いぬさかたねかど》・犬山中心《いぬやまなかむね》・犬塚戍子《いぬつかもりたね》・犬江如心《いぬえゆきむね》・犬《いぬ》村儀正《むらのりまさ》・犬川則任《いぬかわのりとう》・犬飼言人《いぬかいのりと》・犬田理順《いぬたまさより》は涙《なみだ》が抑《おさ》えられないまでに粛然《しゅくぜん》とかしこまって、頭《こうべ》を低《ひく》くしていた。言葉《ことば》がようやく途切《とぎ》れたので、共《とも》に頭《こうべ》を挙《あ》げると、不思議《ふしぎ》なことに八人《はちにん》の翁《おきな》は忽然《こつぜん》と姿《すがた》を消《け》し、部屋《へや》には馥郁《ふくいく》たる香《かお》りが漂《ただよ》っているだけだった。

❖かくて二十《はた》稔《とせ》ばかりを歴《へ》ぬる程《ほど》に、つひに火食《くわしい》せずやありけん、をりをり児子等《こどもら》が、奴隷《しもべ》をもて贈《おく》りぬる、米塩衣裳《よねしほいしよう》も、今《いま》は要《えう》なしとて受《う》けず。この時《とき》城戸《きのと》姫《ひめ》、竹《たけ》

八犬士《はちけんし》、仙人《せんにん》となる

野《の》姫《ひめ》、鄙木《ひなき》姫《ひめ》、栞姫《しほりひめ》、浜路《はまぢ》姫《ひめ》、小《を》波姫《なみひめ》、弟姫《いろとひめ》は、年《とし》おのおのすでに老《お》いて、しだいしだいに身《み》まかり給《たま》ひしかども、その良人《をつと》たる八犬士《はつけんし》は、今《いま》に至《いた》るまで、顔色衰《がんしよくおとろ》へず、峯《みね》に上《のぼ》り谷《たに》に下《くだ》るに、飛《と》ぶ鳥《とり》よりも易《やす》げにて、庵《いほり》に在《あ》ること稀《まれ》なり、と聞《き》こえしかば、後《のち》の八犬士等《はつけんしら》は、ともに心許《こころもと》なく思《おも》ひて、有一日《あるひ》おのおのの伴当《ともびと》を将《ゐ》て、うち連《つ》れ立《だ》ちて富山《とやま》なる、庵《いほり》に至《いた》りて親《おや》を訪《と》ふに、戍孝《もりたか》・胤智《たねとも》・仁《まさし》・礼儀《まさのり》・義《よし》任《たう》・忠与《ただとも》・信道《のぶみち》・悌順《やすよら》等は、かねてこれを知《し》る如《ごと》く、うち聚《つど》ふて、庵《いほり》の内《うち》に在《あ》り。すでに坐《ざ》定《さだ》まりて、胤智《たねとも》諸《しよ》士に向《む》かひていふやう、「汝等《いましら》いまだ思《おも》はずや、先君《せんくん》御《ご》父子《ふし》の、仁義《じんぎ》の余《よ》徳《とく》衰《おとろ》へて、内《ない》乱《らん》まさに起《お》こらまくす。この故《ゆゑ》に、我等《われら》八名《やたり》、杖《つゑ》を曳《ひ》き山《やま》を下《くだ》りて、館《やかた》〔実尭《さねたか》をいふ〕ならびに義豊君《よしとよぎみ》〔筠孺《たけわか》をいふ〕を諫《いさ》めまく思《おも》へども、当館《たうやかた》はやぶさかなり。久《ひさ》しく借《か》りて返《かへ》さざれば、これを奪《うば》ふ所以《ゆゑん》を知《し》らず。義豊君《よしとよぎみ》も孝順《こうじゆん》ならねば、諫《いさ》めてきかるべきにあらず。そをきかれずと知《し》りながら、犯《をか》して身《み》を殺《ころ》すは益《ゑき》なし。それ危《あや》ふき邦《くに》には入《い》らず、乱《みだ》るる邦《くに》には居《を》らず。この故《ゆゑ》に洒家《われら》八名《やたり》は当所《たうしよ》を去《さ》りて、他《あだ》し山《やま》に移《うつ》らまくす。汝等《いましら》なにぞともに致仕《ちし》して、ともに他郷《たけう》へ去《さ》らざるや」といへば戍孝《もりたか》・忠与《ただとも》・仁《まさし》・礼儀《まさのり》・義任《よしたう》・信道《のぶみち》・悌順《やすより》も、おのおのその子《こ》を警《いまし》めて、「汝等《いましら》も親《おや》し惑《まよ》ひを取《と》りて、その職禄《しよくろく》を惜《を》しむの故《ゆゑ》に、去《さ》らで党《たう》する事《こと》あらば、かならずや親《おや》の名《な》を降《くだ》さん。ただ速《すみ》やかに去《さ》るべきのみ」と異口《いく》同様《どうやう》に教《をし》え諭《さと》せば、犬坂胤才《いぬさかたねかど》、犬山中心《いぬやまなかむね》、犬塚戍子《いぬつかもりたね》、犬江如心《いぬえゆきむね》、犬村儀正《いぬむらのりまさ》、犬川則任《いぬかはのりたう》、犬飼言人《いぬかひのりと》、犬田理順《いぬたまさより》等は、感涙《かんるい》そぞろにさしぐむまでに、踧然《しゆくねん》と畏《かしこ》みて、頭《かうべ》を低《たれ》てありける程《ほど》に、その事《こと》やうやく果《は》てしかば、ともに頭《かうべ》をもたぐるに、怪《あや》しむべし八個《やたり》の翁《おきな》は、忽焉《こつゑん》とあらずなりて、室中《いへのうち》に馥郁《ふくいく》たる、異香《いかう》しきりに薫《かほ》るのみ。

✲この後、里見家の代々、何人かの登場人物の末裔について簡単に述べて全編を終える。八犬士の子孫についても、二世と同じ名前の三世が里見家に仕え、武勇智計も父祖に劣らない、と記すのみである。大長編の終わり方は難しい。『源氏物語』はいかにも中途半端だし、西洋でも『ガルガンチュワとパンタグリュエル』を始め、きちんと終わっていないものが多い。『八犬伝』と同時代では十返舎一九の『東海道中膝栗毛』が長編だが、これは全体のストーリーがあるわけではなく、旅の滑稽を描くシリーズ物なので、終わりがない。一九の没後も次々と続編が記されている。それらと対比的に、『八犬伝』は当初の枠組みを維持しながら最後まで書き上げられた。馬琴の強靭な精神力と体力によって成し遂げられた偉業なのだ。

# 解　説

## 一　『八犬伝』で馬琴が伝えたかったこと

『八犬伝』は八犬士が集まる前半と、八犬士が里見家のために戦う後半という二部構成の大河小説である。伏姫が八つの玉を孕《はら》む以前はプロローグ、八犬士が消え去ってからはエピローグと位置付けられよう。この長大な小説で馬琴は何を伝えたかったのだろうか。いろいろな考えがあろうが、ここではその一つの見方を記そう。

伏姫は、深く仏教に帰依《きえ》し読経《どきょう》に余念がない。しかし、姫の孕んだ「気」によって飛び散った玉には、「仁・義・礼・智・信・忠・孝・悌」の八つの文字が浮かび上がっていた。これらは儒教《じゅきょう》の教えを象徴化した文字だ。「仁」は儒教の中心にある概念だが、一言では説明できない。「思いやり」でもあり「本分を尽くすこと」でもある。「義」は「正義」という語からも分かる通り、道理にかなっていること。「礼」は社会の秩序を保つための行い。「智」は是非、善悪を判断する力。「信」は誠実なこと。以上は儒教で五常とも言われ、人の守るべき道であった。「忠」は主君に忠実であること。「孝」は親に尽くすこと。「悌」は兄弟姉妹が力を合わせることである。もちろん八犬士はそれぞれ自分の名前及び玉に記された文字を実現する人物として描かれている。たとえば、小文吾《こぶんご》は妹夫妻の死を背負っているし、毛野《けの》は軍師として智力を発揮する。このように八犬士は儒教の衣をまとっているが、八犬士とともに重要な役割を果たすのは仏教の僧である、大法師《ちゆだい》であった。

すなわち仏教と儒教を綯《な》い交ぜて物語が進行するのだ。正義を貫く八犬士が邪悪《じやあく》な仇《かたき》や敵を倒すエピソードが繰り返し語られると同時に、里見の主君の慈悲深さも描かれる。後半も、「正義の里見家」対「悪の連合軍」という構図がはっきりしていた。ただし、連合軍を統率すべき管領《かんれい》は生来《せいらい》の悪人ではなく、あくまでも不忠の家来によってたぶらかされているという形である。いずれにしても八犬伝が「勧善懲悪《かんぜんちようあく》」の物語であることは間違いない。ちなみに現代のテレビで見られる時代劇の多くもわかりやすい勧善懲悪の物語である。水戸黄門はいつでも正しくて、必ず勝つ。

ところが里見家が戦いに勝ち、理想の国家が樹立されると、八犬士の持つ玉の文字が自然と消えてしまうのである。この場面で、大法師は「老子にいわゆる大道廃れて仁義起こるとは是なり」と述べる（百八十勝回、本書で取り上げた場面の直前）。いわゆる大道は至仁至善なり。本来の世界（それを老子は無為自然《むいしぜん》の大道世界と呼ぶ）

には仁や善が当たり前にあるので、あえて「仁」や「義」を意識する必要はない、「大道」が廃れたから「仁」や「義」を強調しなければならないのである。この老子の主張をわかりやすくたとえると、空気がいかに大事でも、それが十分にあり汚れてもいないときには意識する必要がない、ということだ。八犬士の玉の文字が消えたのは、大道世界が成立したからなのである。

勧善懲悪という思想が目指す世界は、懲《こ》らしめる悪人のいない世界なのである。換言すれば、儒教（孔孟《こうもう》思想）の目指すところは一見儒教とは対立する道教（老荘《ろうそう》思想）の立場に立つことだった。馬琴が八犬伝で描きたかった最終の理想世界は、儒教道徳が徹底した上に成り立っている道教的世界だったと言えよう。

## 二　『八犬伝』の出版

歴史が始まってから江戸時代までの文学作品を「古典」と称し、近代の文学作品とは分けるのが一般的である。だが「古典」の中でも江戸時代の作品は、多くの読者がいたという点で近代の文学作品に通ずるところがある。たとえば紫式部は『源氏物語』を書く際に読者の顔を一人ひとり思い浮かべることができたのではないだろうか。

そのような文学は仲間内で通ずればいいので、現代人には分かりにくいのも当然なのだ。一方江戸時代の文学は、不特定多数の読者に向かって書かれるので、分かりやすくなければならない。それに商品であるから、読者の関心を引き付ける必要もある。そうした理由で、平安文学に比べればほとんど注釈なしで現代人にも読めるのである。

江戸時代の文学の中に、読本《よみほん》と呼ばれるジャンルがある。主に江戸時代の後半に書かれたもので、馬琴の他、山東京伝《さんとうきょうでん》などが有名である。現代の小説にあたるといっていいだろう。会話文が中心の滑稽本《こっけいぼん》（十返舎一九《じっぺんしゃいっく》の『膝栗毛《ひざくりげ》』シリーズなど）や全ページに絵が入った合巻《ごうかん》（柳亭種彦《りゅうていたねひこ》の『偐紫《にせむらさき》 田舎源氏《いなかげんじ》』など）も盛んに読まれたが、文学の中心は読本だった。

その読本の代表作が、この『南総里見八犬伝』だ。

『南総里見八犬伝』の版本《はんぽん》106冊
（館山市立博物館蔵）

最初に発売されたのが文化十一年（一八一四）、完結したのが天保十三年（一八四二）、実に二十八年にわたって書き継がれてきた。当時の書物は一冊あたりに収められる分量が今よりも少ないこともあり、原本は全百六冊にも及ぶ。積み上げるとおよそ一メートル。一度に発売されるのは三冊から六冊、一年に二回発売されることもあるが、年に一回が基本でときに三年程期間が開くこともあった。通算してみると、二十八年間に二十二回発売された。一冊は通常二回に分かれ、見出しが付けられている。現在では続き物を年に一度というペースで刊行することは考えられない。江戸の人々は、今年の八犬伝はどうだろう、と毎年期待を持って刊行を待っていただろう。現在で言えば、毎年恒例の映画のシリーズ物を待つ心境に似ているかもしれない。

これほどの大部の物語だが、首尾が整っており、全体の構想は初めの部分を執筆した段階で既に出来上がっていたものと思われる。ただし細部においては、特に終末に近づくにつれて増補されていったようで、終わりそうでなかなか終わらない物語になっている。なお、本書で取り上げた場面は二十九にすぎず、原文から比べればごくわずかだ。あらすじをたどれば話の流れはわかるように構成したが、脇筋となる部分はだいぶ省略していることをお断りする。

読本には一冊に数箇所の挿絵《さしえ》が入っている。八犬伝では、下絵を馬琴が描き、専門の絵師が仕上げた。前半は柳川重信《やながわしげのぶ》、彼の没後渓斎英泉《けいさいえいせん》、二世柳川重信、歌川貞秀《さだひで》、歌川国貞《くにさだ》と浮世絵師としても高名な画家によって描き継がれた。文章とあいまって読者がイメージを作るのに役立っている。

板元《はんもと》（出版社）も、途中で変わった。最初は山崎平八《やまさきへいはち》（山青堂《さんせいどう》）、途中から美濃屋《みのや》甚三郎《じんざぶろう》（涌泉堂《ゆうせんどう》）、後半は丁子屋平兵衛《ちょうじやへいべえ》（文渓堂《ぶんけいどう》）となる。これだけの長編になると、前半部分は何回も増刷される。その元になる板木は丁子屋平兵衛が所有し、完結後も幕末まで何度も刷られた。明治になっても板元を変え、印刷されたが、明治の中期以降は何種類かの活字本が作られ、板木で刷られることはなくなった。

## III　作者馬琴

本書の作者、曲亭馬琴は本姓滝沢、名は興邦《おきくに》、後に解《とく》、俗名は瑣吉《さきち》（左吉）、清右衛門《せいえもん》など。続き物の読本として本書以外に『椿説弓張月《ちんせつゆみはりづき》』『近世説美少年録《きんせせつびしょうねんろく》』などがあり、中編の読本は二十種を越える。他に黄表紙や合巻や随筆の数も多く、俳諧《はいかい》に関する著作や読本の評論もある。さらにかなりの量の日記や手紙が残されており、伝記的な研究も進んでいる。

日記などからうかがえる馬琴の姿は、まじめだが融通がきかない性格で、尊大の気味があるといったところだろうか。付き合いにくそうな人物である。家庭的には一人息子や妻を先立たせるなど不幸で、自らも晩年は目がかなり悪くなり苦労した。八犬伝を書く際にも、大きな字で書いたがやがてそれも出来なくなり、最後の方は息子の妻であるおみちに口述筆記させた。馬琴には独特の用字もあり和漢の故事の引用もあるので、口述筆記は単純にはできない。場面によっては一字一字漢字を教えて書かせるのである。読み直すにもおみちの力が必要だが、おみちには読めない単語もあり、馬琴は辛抱して原稿を仕上げていったのである。おみちも努力を惜しまず、少しずつスムーズに進むようになったが、馬琴もおみちも並大抵の苦労ではなかった。

『八犬伝』完成直後に天保の改革による文芸弾圧があり、馬琴は一時筆を折ろうとしたこともあったようだ。幸いお咎《とが》めを受けることなく、おみちの助力を得ながら著作を続け、嘉永元年（一八四八）に八十二歳で身まかった。

馬琴は自らの著作方法などについて様々なことばを残している。『八犬伝』の中にも何箇所か出てくるが、有名なのは百四回の前に置かれた「八犬伝第九輯《しゅう》中帙《ちつ》附言」の一節で、小説を書く際の七つの法則を挙げている部分だ。七つを挙げると、一に主《しゅ》客《かく》、二に伏線《ふくせん》、三に襯染《しんせん》、四に照応《しょうおう》、五に反対《はんたい》、六に省筆《しょうひつ》、七に隠微《いんび》である。それぞれ例を挙げたりしながら説明を加えている。一の主客は、主役と脇役を交代させながら話を進行していく方法。二の伏線と三の襯染はともに事前に匂わせておくこと。四の照応と五の反対はいずれも二箇所で同じような物事や対照的な物事を用いること。六の省筆は、読者が退屈しないよう、繰り返しを避けることだ。つまり、法則の六までは趣向や構成に関する技法である。

ところが、七の隠微は趣《おもむき》が異なり「隠微は作者の文外に深意《しんい》あり。百年《ももとせ》の後知音《のちちいん》を俟《ま》ちて、是《これ》を悟《さと》らしめんとす」と説明されている。例として『水滸伝《すいこでん》』を挙げるものの、『水滸伝』を読む者は多いが隠微をわかっている者はない、と言うだけで具体的ではない。「文外」でしか表現できないのはなぜだろうか。江戸時代には規制も厳しくたとえば徳川家に関する小説類は禁じられていた。そういった法的な規制もあろうが、隠微はむしろ作者が意図的に隠しておいた主題ではなかろうか。なにしろ、「百年の後知音を俟つ」くらいだから、ほとんどの人には理解できないように隠してある。馬琴は、読者に「さあ、俺がこの小説にこめた主題がわかるか」と挑んでいる。そういうことをしそうな人間なのだ、馬琴は。となれば読者一人ひとりが自分でそれを探るしかなかろう。——これを書いている私が探った結果は、解説のⅠに記したように、儒教的世界と道教的世界に関わるものだが、それにとらわれず様々な可能性を探ってほしい。

## Ⅳ　もっと『八犬伝』について知りたい方へ

『八犬伝』は一つの物語にとどまらない、一つの世界、と言ってもいい。当時から繰り返し様々なメディアで取り上げられている。歌舞伎だったり、合巻（現在の漫画に近い）だったり、浮世絵に描かれたりしている。明治以降も繰り返し活字化され、ダイジェスト版、部分的な現代語訳も数多い。また、昭和四十年代に子供時代を過ごした方の多くはＮＨＫの人形劇「新八犬伝」で親しんだのではないか。辻村ジュサブロー（現在は寿三郎）の人形が秀逸だった。映画化や漫画化も枚挙にいとまがないが、原作を作り変えたり、ごく一部分を用いたりすることもしばしばある。二〇〇六年には、比較的忠実にテレビドラマ化され（ＴＢＳ系列で放映）、そのＤＶＤも発売されている。ゲームの世界でも、いくつかの八犬伝ものがある。

この本を読んだ方には、次いで原文に取り組むことをお勧めする。全注釈や、全文を忠実に現代語訳した書籍はいまのところ刊行されていない。

○岩波文庫『南総里見八犬伝』(一)~(十)
○新潮日本古典集成　別巻『南総里見八犬伝』(一)~(十二)
以上二書は校訂《こうてい》もしっかりしており、挿絵も全部収められている良いものである。なお、江戸時代の原本を収蔵している図書館もある。読まないまでも手にとってみると当時の雰囲気がわかる。
○世界文化社『日本の古典に親しむ⑬　南総里見八犬伝』杉浦明平訳
前半部分だけだが、写真が豊富で、見るのも楽しいダイジェスト。
○ミネルヴァ書房『ミネルヴァ日本評伝選　滝沢馬琴』高田衛著
○岩波書店『古典を読む　里見八犬伝』川村二郎著
○ちくま学芸文庫『完本　八犬伝の世界』高田衛著
○岩波書店『馬琴の大夢　里見八犬伝の世界』信多純一著
これらは、八犬伝の奥深さを教えてくれる、刺激的な書である。
○「戯作三昧《げさくざんまい》」芥川龍之介著

芥川初期の短編小説。八犬伝執筆中の馬琴を自らに重ね合わせて書いている。

○インターネットのサイト（二〇〇七年九月現在）

「南総里見八犬伝　白龍亭」　http://www.mars.dti.ne.jp/~opaku/

入門編からマニア向けまで、様々な情報が記されており、リンクも充実している。

「伏姫屋敷」　http://homepage2.nifty.com/fuse-hime/

詳しい年表や、名台詞など、『八犬伝』を読み込んでいる。

○博物館

館山市立博物館　館山市館山（城山公園内）

天守閣形式の分館の八犬伝博物館では「八犬伝の世界」を常設展示している。原本、錦絵ほか多くの八犬伝関連の資料を所蔵している。

八犬伝博物館《はっけんでんはくぶつかん》（館山城）

# 登場人物小辞典

八犬士は体のどこかに牡丹《ぼたん》の形のあざがあり、水晶玉を身につけている。［　］内は水晶玉に記された文字。

**犬塚信乃戍孝**《いぬつかしのもりたか》［孝］…父の死後、叔父で悪漢の蟇六《ひきろく》に育てられるが、宝刀村雨丸をすり替えられてしまう。甲斐では殺人犯に仕立てられそうになる。里見家に仕えた後に信濃介《しなののすけ》に任ぜられる。

**犬川荘助義任**《いぬかわそうすけよしとう》［義］…初名は額蔵《がくぞう》。信乃と会いそれぞれが玉を持つことを知る。濡れ衣を着せられるが処刑寸前に他の犬士たちに救われる。後に長狭荘介《ながさのしょうすけ》。

**犬山道節忠与**《いぬやまどうせつただとも》［忠］…主君の仇、扇谷定正《おうぎがやつさだまさ》を討とうとしている。上野国《こうずけのくに》の荒芽山で他の四犬士とともに戦う。甲斐では信乃を助ける。後に帯刀《たてわき》。

**犬飼現八信道**《いぬかいげんぱちのぶみち》［信］…初名は見八。「芳流閣《ほうりゅうかく》」で信乃と戦うが、すぐに八犬士とわかる。上野国で大角と巡り合う。後に兵衛佐《ひょうえのすけ》。

**犬田小文吾悌順**《いぬたこぶんごやすより》［悌］…行徳《ぎょうとく》の宿屋の息子。信乃と現八が行徳に流れ着いて犬士三人が集まり、由来などを知る。馬加常武《まくわりつねたけ》によって幽閉される。後に豊後介《ぶんごのすけ》。

**犬江親兵衛仁**《いぬえしんべえまさし》［仁］…他の犬士より年下で小文吾の甥。初名は大八。幼児期に神隠しにあう。富山《とやま》で義実《よしざね》が襲われた際、忽然と姿を現す。後に兵衛尉《ひょうえのじょう》。

**犬坂毛野胤智**《いぬさかけのたねとも》［智］…初名は旦開野《あさけの》。女田楽師《でんがくし》に化け、親の仇、馬加常武《まくわりつねたけ》を討つ。もう一人の仇、籠山逸東太《こみやまいっとうた》を捜し旅を続ける。後に下野介《しもつけのすけ》。

**犬村大角礼儀**《いぬむらだいかくまさのり》［礼］…初名は角太郎《かくたろう》。実は化け猫である偽の父と義母船虫《ふなむし》に苦しめられるが、現八に助けられる。後に大学頭《だいがくのかみ》。

【以上、八犬士】

**里見義実**《さとみよしざね》…物語前半の里見家の当主。滝田城に住む。

**里見義成**《さとみよしなり》…物語後半の里見家の当主。稲村城に住む。

**里見義通**《さとみよしみち》…義成の長男。

**伏姫**《ふせひめ》…義実の娘、八犬士が持つ八つの玉を産む。神霊となって犬士らを見守る。

**八房**《やつふさ》…義実の飼い犬。伏姫とともに富山《とやま》で暮らす。

**、大法師**《ちゅだいほうし》…里見家の家臣。出家して八犬士を捜し求める。前名、金碗大輔《かなまりだいすけ》。

**蜑崎十一郎照文**《あまさきじゅういちろうてるふみ》…八犬士を捜索するため、、大法師を助け諸国を経巡る。

亀篠《かめざさ》・蟇六《ひきろく》…信乃の伯母夫婦。大塚の村長《むらおさ》となり、信乃から村雨丸を奪おうとした。
浜路《はまじ》…蟇六の養女。犬山道節の異母妹で、信乃の婚約者。悪者に殺される。
扇谷定正《おうぎがやつさだまさ》・山内顕定《やまのうちあきさだ》…関東の両管領。後に連合して里見家と決戦する。
滸我成氏《こがなりうじ》…足利持氏の子で、滸我城主。連合軍に参加するが里見家に捕らえられる。
横堀史在村《よこほりふひとありむら》…滸我成氏の執権。信乃を追い詰める。
沼藺《ぬい》・山林房八《やまばやしふさはち》…小文吾の妹夫婦。大八の両親。小文吾を救うためわざと討たれる。
妙真《みょうしん》…房八の母。息子夫婦亡き後大八を育てるが、大八は神隠しに遭う。
猯平《やすへい》…道節の父に仕えた姨雪世四郎の別名。犬士を助ける。
音音《おとね》…猯平の妻。荒芽山の戦いで行方不明になるが、後に親兵衛とともに現れる。
力二郎《りきじろう》・尺八《しゃくはち》…猯平の双子の息子。戸田河原で犬士を救うが、自らは戦死する。
曳手《ひくて》・単節《ひとよ》…姉妹で、力二郎・尺八の妻。音音と行動をともにする。
馬加常武《まくわりつねたけ》…主家を横領しようともくろむ千葉家の家老。毛野の仇。
籠山逸東太縁連《こみやまいつとうたよりつら》…千葉家の家老。毛野の父を殺したため毛野に狙われる。
船虫《ふなむし》…毒婦。大角の義母。しばしば夫を変え、悪事を尽くす。
浜路《はまじ》…信乃の婚約者と同名の里見義成五女。幼時鷲《わし》にさらわれ甲斐で育つ。
念戌《ねんじゅつ》…石和《いさわ》の指月院の小坊主。後に、大を継ぐ。

氷垣残三夏行《ひがきざんぞうなつゆき》…武蔵国穂北《むさしのくにほきた》の郷士《ごうし》。犬士を庇護《ひご》する。

落鮎余之七有種《おちあゆよのしちありたね》…氷垣夏行の娘婿。犬士に協力を惜しまない。

素藤《もとふじ》…元は山賊であったが、館山《たてやま》城主となる。義通を城内に幽閉する。

妙椿《みょうちん》…素藤に味方する妖術使い。実は古狸《ふるだぬき》でかつて八房を育てた。

小湊目堅宗《こみなとさかんかたむね》…小《こ》水門《みなと》とも表記する。里見家の重臣。

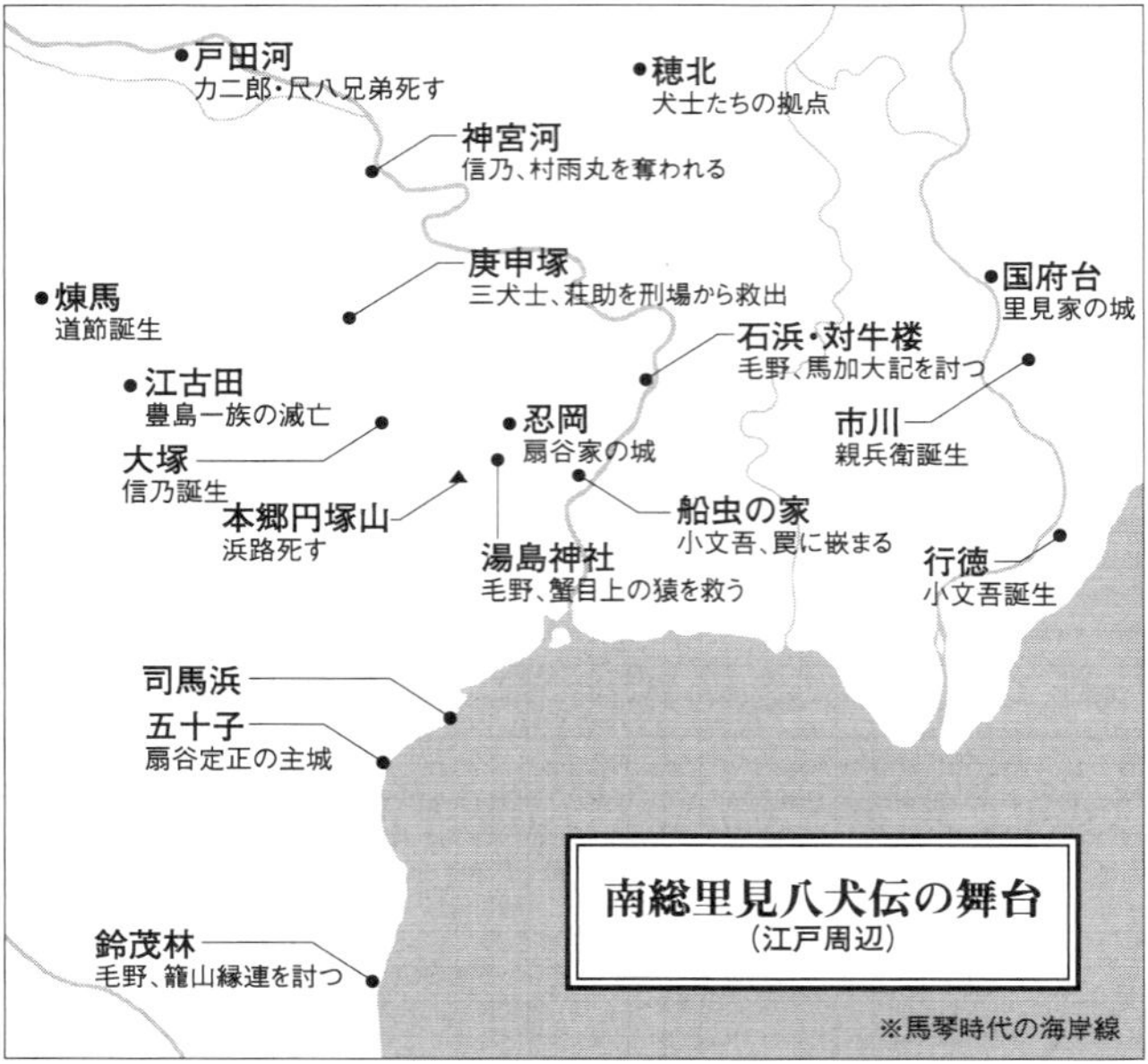


この２枚の地図はインターネットのサイト「南総里見八犬伝　白龍亭」所載の地図を基にして作成した。同サイトに感謝する。

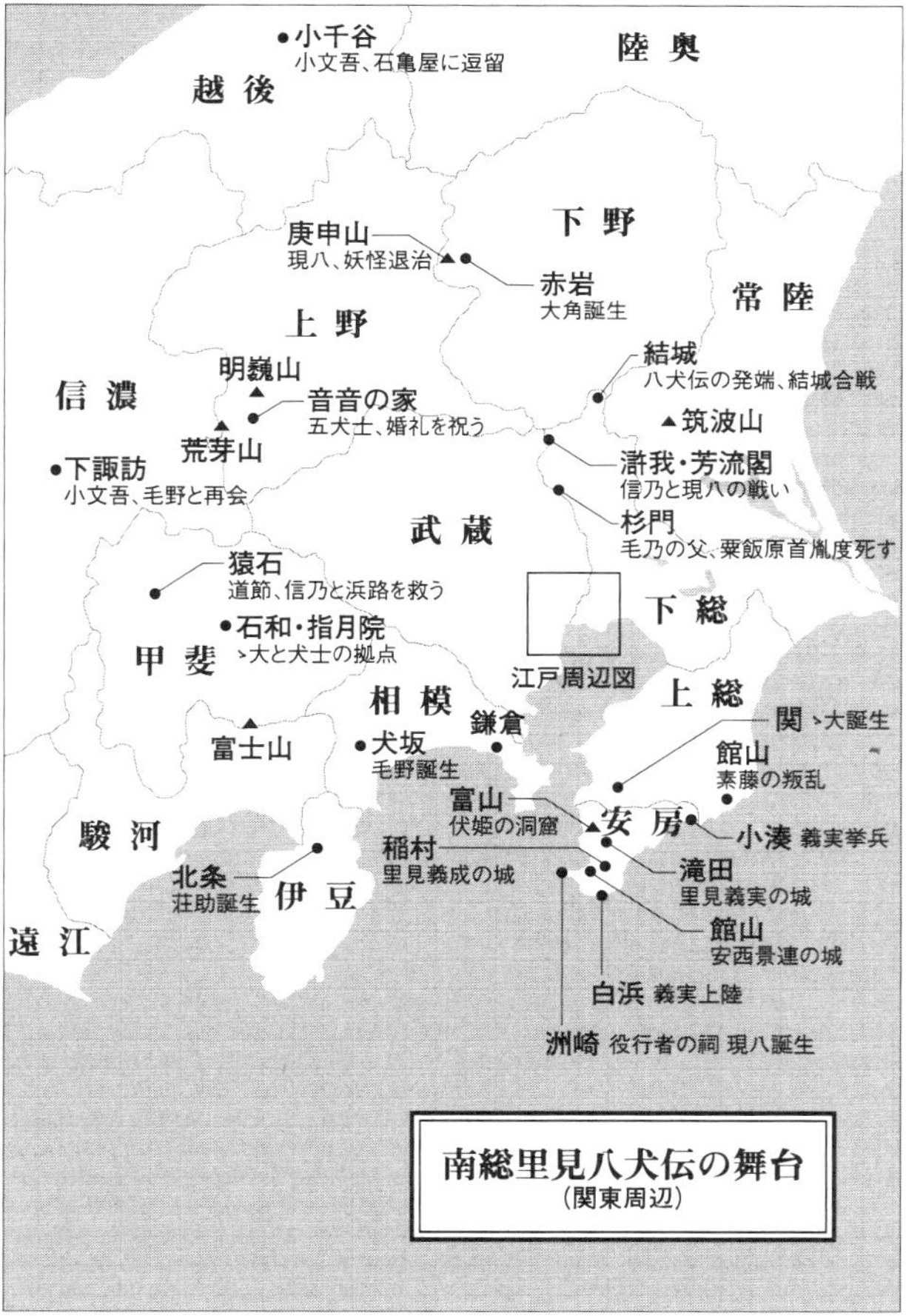
小千谷
小文吾、石亀屋に逗留
陸奥
越後
下野
庚申山
現八、妖怪退治
赤岩
大角誕生
常陸
上野
結城
八犬伝の発端、結城合戦
明巍山
信濃
音音の家
五犬士、婚礼を祝う
筑波山
荒芽山
滸我・芳流閣
信乃と現八の戦い
下諏訪
小文吾、毛野と再会
杉門
毛乃の父、粟飯原首胤度死す
武蔵
猿石
道節、信乃と浜路を救う
下総
石和・指月院
ゝ大と犬士の拠点
甲斐
江戸周辺図
相模
上総
関 ゝ大誕生
鎌倉
犬坂
毛野誕生
館山
素藤の叛乱
富士山
富山
伏姫の洞窟
安房
小湊 義実挙兵
駿河
稲村
里見義成の城
滝田
里見義実の城
北条
荘助誕生
伊豆
館山
安西景連の城
遠江
白浜 義実上陸
洲崎 役行者の祠 現八誕生
南総里見八犬伝の舞台
（関東周辺）

ビギナーズ・クラシックス 日本《にほん》の古典《こてん》

# 南総里見八犬伝《なんそうさとみはっけんでん》

曲亭馬琴《きょくていばきん》 石川《いしかわ》 博《ひろし》＝編

平成19年 10月25日 初版発行
令和3年 2月20日 10版発行

発行者●青柳昌行

発行●株式会社KADOKAWA
〒102-8177 東京都千代田区富士見2-13-3
電話 0570-002-301（ナビダイヤル）

角川文庫 14900

印刷所●株式会社暁印刷
製本所●株式会社ビルディング・ブックセンター

表紙画●和田三造



●お問い合わせ
https://www.kadokawa.co.jp/（「お問い合わせ」へお進みください）
※内容によっては、お答えできない場合があります。
※サポートは日本国内のみとさせていただきます。
※Japanese text only


ISBN 978-4-04-357422-3 C0193

# 角川文庫発刊に際して

角川源義

第二次世界大戦の敗北は、軍事力の敗北であった以上に、私たちの若い文化力の敗退であった。私たちの文化が戦争に対して如何に無力であり、単なるあだ花に過ぎなかったかを、私たちは身を以て体験し痛感した。西洋近代文化の摂取にとって、明治以後八十年の歳月は決して短かすぎたとは言えない。にもかかわらず、近代文化の伝統を確立し、自由な批判と柔軟な良識に富む文化層として自らを形成することに私たちは失敗して来た。そしてこれは、各層への文化の普及滲透を任務とする出版人の責任でもあった。

一九四五年以来、私たちは再び振出しに戻り、第一歩から踏み出すことを余儀なくされた。これは大きな不幸ではあるが、反面、これまでの混沌・未熟・歪曲の中にあった我が国の文化に秩序と確たる基礎を齎らすためには絶好の機会でもある。角川書店は、このような祖国の文化的危機にあたり、微力をも顧みず再建の礎石たるべき抱負と決意とをもって出発したが、ここに創立以来の念願を果すべく角川文庫を発刊する。これまで刊行されたあらゆる全集叢書文庫類の長所と短所とを検討し、古今東西の不朽の典籍を、良心的編集のもとに、廉価に、そして書架にふさわしい美本として、多くのひとびとに提供しようとする。しかし私たちは徒らに百科全書的な知識のジレッタントを作ることを目的とせず、あくまで祖国の文化に秩序と再建への道を示し、この文庫を角川書店の栄ある事業として、今後永久に継続発展せしめ、学芸と教養との殿堂として大成せんことを期したい。多くの読書子の愛情ある忠言と支持とによって、この希望と抱負とを完遂せしめられんことを願う。

一九四九年五月三日